AF176117

Sie oder er?

von Mia Voß

Buchbeschreibung:

"Sie oder er" ist eine Geschichte in der schnelllebigen Zeit des 21. Jahrhunderts und steht gesellschaftlcih genau zwischen dem gelungenem Abschluss der Gleichberechtigung von Mann und Frau und dem Beginn der Erfindung neuer Geschlechter.

"Sie oder er" ist die Geschichte eines Mannes, für den Familie und Kinder das wichtigste im Leben sind. Diese Geschichte archiviert, wie ein lieber Vater für seine Kinder kämpft.

"Sie oder er" ist die Geschichte des kleinsten Funken Hoffnung der Welt mit der längsten Brenndauer.

Über die Autorin:

Mein Name ist Mia Voß. Seit einigen Jahren lebe ich in Köln und studiere Psychologie. Meine Heimat ist das Sauerland.

In einer Projektarbeit machte ich mir zur Aufgabe, eine deutsche Familie zu analysieren. Im Internet fand ich die Familiengeschichte des Michael Schneiders aus Oberhof. Ich entdeckte die Freude des Schreibens in mir. Nach dem Einreichen eines Probemanuskriptes bekam ich das Angebot, ein Buch, mein erstes Buch zu schreiben.

Sie oder er?

von Mia Voß

An einem zarten Frühlingsmorgen legte sich eine dünne Eisschicht auf ihren unendlich großen Sumpf der Lügen.

So würde es in einem Märchen stehen.

Aber dies ist kein Märchen!

.Auflage,

© 2021, Mia Voß

Alle Rechte vorbehalten.

Herstellung und Verlag: BoD – Books on Demand, Norderstedt

ISBN: 9783755727125

Kapitel 1   Letzte Chance!

Michael Schneider fuhr mit dem schicken Sportwagen vom Parkplatz der Kinderklinik. Seine beiden Jungs waren gesund.

An dem herrlichen Spätsommertag lächelte Michael in den Tag. Seine blitzenden Augen zogen die Blicke der drei jungen Frauen auf ihn, welche auf dem Gehweg herumalberten. Die große Blonde winkte ihm im Rückspiegel zu.

Sein Herz, sein Leben gehörte seit vielen Jahren seiner Frau und den gemeinsamen beiden Kindern. »Sie haben wirklich zwei bezaubernde Jungs!«, so die Chefärztin der Kinderklinik Frau Dr. Naujoks. Doch zuhause war die Welt alles andere als in Ordnung!

Michael Schneider genoss den Luxus, drei »Zuhause« zu haben: Sein Elternhaus, sein eigenes Haus und das Haus vom Voss, in dem er zu der Zeit zur Miete wohnte. In keiner der Behausungen stand ein Bett, in welches sich der junge Mann hineinlegen konnte. In seinem Kinderbett weilte sein Vater nachts, wenn seine Mutter zu unruhig schlief. Sein Ehebett dufte er laut Gerichtsurteil erst wieder im nächsten Sommer belegen.

In der Wohnung vom Voss, in welcher zuvor seine Schwester gelebt hatte, schlief der leidgeplagte Mann auf einem qualitativ hochwertigen Feldbett in der Besenkammer. Links und rechts stapelten sich Umzugskartons und Kleiderware in Regalen seiner Schwester. Das Bett im Zimmer daneben war frisch bezogen. Seine Kinder schliefen im Bett ihrer Tante. Wenn sie mal zu ihrem Vater durften. Die Bleibe nannte Michael Schneider nüchtern »Zwischenlager«, in dem die Männerfamilie, wie sein Sohn Jan es ausdrückte, zu der Zeit lebte. Die Mietwohnung akzeptierte er nicht! Er hatte ein eigenes Haus, welches er liebevoll in sechs Jahren und 4200 Stunden für seine Liebsten zu einem Traumhaus umgebaut hatte. »Du hast uns eine Villa gebaut!«, schwärmte seine Caro damals nach der Fertigstellung. Das Herzstück war das elegante Hallenbad mit dem Wellnessbereich, verbunden mit dem Wohnbereich durch eine Glaswand. Von der Couch quasi direkt in den Pool springen. Wer hat das schon?

Seine Kinder waren gesund. Der kleine Alex wurde zweimal intensiv untersucht, ADHS wurde in Marburg und nun auch in Unna klar ausgeschlossen.

Die Diagnostik der Kinderklinik führte auf:
Akute familiäre Belastungssituation,
Störung des Sozialverhaltens,
emotionale Störung des Kindesalters,
sonstige emotionale Störungen,
erziehungsunsichere Mutter,
Interaktionsproblematik, generationsübergreifend.

Während Caro mit den Kindern zwei Wochen in der Kinderklinik verbrachte, grübelte Michael in den Alpen über sein Verhalten: »Was ist, wenn du krank bist? Wenn du tatsächlich eingewiesen werden musst? Hat mich die viele Arbeit in der Firma blind gemacht?«
Doch die Mutter aller Mütter und Väter, die Mutter Natur bescheinigte dem Michael Schneider einen gesunden Menschenverstand.

Von einem geistesgestörten Vater stand da nichts. Dass der Vater an allem Schuld ist, stand da auch nicht. Von einer erziehungsunsicheren Mutter war hingegen etwas zu lesen. Eine generationsübergreifende Interaktionsproblematik war aufgeführt. Die hieß in unserer Muttersprache: »Eine dominante-, eine provokante Schwiegermami mischt sich andauernd ein!«

Das stärkte Michaels Selbstbewusstsein, rehabilitierte seine Wahrnehmung und es gab ihm Mut, sich noch einmal mit Caro zu treffen. Sie wollte die Kinder einmal gründlich untersuchen. Michael sah es nicht für notwendig an. »Sie wird dann wohl wieder normal werden«, hoffte er. In zwei Wochen wurden die Kinder auf Herz und Nieren, Körper und Seele geprüft.

»Die aktuelle Situation lastet sehr auf ihren Sprösslingen«, so die Chefärztin Frau Dr. Naujoks. »Sie müssen eine Kur machen, sie ganz alleine Frau Schneider!«, die Psychologin Frau Puschnik.

Wenn Michael das machte, was man von ihm verlangte, standen alle hinter seiner Meinung, ging man gemeinsam jahrelang einen schönen gemeinsamen Weg. Aber wehe er machte es nicht! Deshalb war er in diese Schieflage geraten.

Am Dienstagmorgen trafen sich die Eltern in der Firma Schmidt und Meyer, der Firma von Caros Eltern, in der Michael seit einem Jahr Geschäftsführer war.

Seit einem Jahr befand sich die Familie Caro und Michael Schneider mit Jan und Alex in einer extremen Dauerkrise!

Caro betrat Michaels Büro. Es war ein großzügiges, modernes Büro. Durch die drei bodentiefen Fenster strahlte viel Licht herein. Die schmalen, eleganten weißen Schals gaben den Raum ein besonderes Flair. Bertha, Caros Mutter, und Michael hatten sie damals gemeinsam ausgesucht. Michael führte die Firma von Caros Eltern in die zweite Generation. Die drei Töchter verspürten keine Lust auf die tägliche zehnstündige Plackerei und das Herumärgern mit den Kunden, die immer schlechter bezahlten. Michael war Berthas Traumschwiegersohn. Die Betonung liegt auf »war«. Auf dem Geburtstag von Alex bekam er Haus- und Grundstücksverbot. Schon auf der Kommunion von Jan ranzte sie ihn an: »Brauchst gar nicht so zu gucken. Es war alles perfekt!« Caro und Michael waren jahrelang ein Traumpaar. Nun leben sie getrennt.

Caro wartete geduldig an der Schreibtischkante. Michael führte noch ein Telefongespräch mit seinem Lieblingsstammkunden Fernet aus der Eifel. Die Freisprechung war an. *»Am Telefon ist er immer freundlich!«,* warf Caro in den Raum, als das Gespräch für einen Moment verstummte.

»... ja, so ist er, unser herzallerliebster Herr Meyer.« Herr Fernet lachte. Er konnte herzhaft lachen. Caro konnte sich ein freches Grinsen nicht verkneifen. Ihr Ehemann liebte dieses verschmitzte Lächeln. Der Top-Kunde führte gemütlich sprechend und pulvertrocken aus: *»Da sät der jans fresch zu mir, der LKW der kütt heute nisch. Und mir sinn in Aachen auf der Baustelle und euer LKW fährt us an Nase vorbei. Und der Meyer sät einfach, der kütt heute nisch!* Dat muss man sisch mal vorstelle. Redet der mit den anderen Kunden auch so? Isch meine, mir kennen den ja.

Aber alle lassen sisch dat mit Sischerheit nisch jefallen! Isch wollte ne ja och schon anrufen. Aber isch dachte, dat verzellse ersmal dem Schnieder!«

Michael und Caro amüsierten sich über den originalen Herrn Fernet. Nach dem köstlichen Telefonat gingen die zwei nach draußen. Sekretärin Marianne winkte den beiden aus ihrem Büro zu. Sie strahlte über das ganze Gesicht, so wie Michael. Eine Unmenge an Hoffnung und Freude lag in der Luft.

Die beiden schlenderten durch das Gewerbegebiet, vorbei an der Metzgerei Knape, entlang am Autohaus Gierse. Sie gelangten auf den Weg unterm Möchsteinberg. Hier waren sie ungestört. Michael eröffnete die Zurückeroberung. Er hatte sich im Zwischenlager eine Liste gemacht, mit der er strategisch seine Caro wiedergewinnen wollte. Einfache Annäherungsversuche bei den seltenen Übergaben der Kinder waren kläglich gescheitert.

Die beiden gingen ein paar Schritte wortlos nebeneinanderher. Der Bagger vom Bauunternehmer Barns war zu hören und das Daherzischen der Autos auf der nahegelegenen Schnellstraße.

»Der Bericht von Unna ist ja letzten Freitag gekommen.«

»Ja, den habe ich auch.«

»Und? wie findest du ihn?«

»Geht so!«

»Wir müssen Jans Tagesplan ändern. Der ist zu voll. Der Junge ist total traurig. Frau Puschnik hat auch gesagt, dass das zu viele Therapien auf einmal sind.«

»Nein, das bleibt so! Jetzt bin ich so weit gekommen.«

»So weit gekommen! In Unna haben die klar festgestellt, dass die letzten Wochen total belastend für die Kinder waren. Was ist denn nur los mit dir? So haben wir uns das doch nicht vorgestellt. Wir wollten uns ein schönes Leben mit den Kindern machen.«

»Ich hatte auch eine beschissene Kindheit. Die werden das schon überleben!«

»Weiß du eigentlich, was du da redest?«
　　»Du muss dich auch therapieren lassen!«
　　»Wieso ich? Von mir steht nirgendwo etwas. Hast du dir schon Gedanken gemacht wegen einer Kur?«
　　»Vielleicht nächstes Jahr mal, mit den Kindern ...«
　　»Caro, du sollst alleine eine Kur machen.«
　　»Ich mache aber eine Mutter-Kind-Kur.«
　　Michael blieb stehen. »Caro, was ist mit dir los?«

»Ich komme nicht mehr zurück zu dir!«

Michael drehte wieder um. »Wo willst du hin?«, fragte Caro.
　　»Wir gehen wieder. Das hat keinen Zweck hier.«
　　Langsam kam Caro hinterher. Michael ging zügigen Schrittes Richtung Schmidt und Meyer. Ein Anliegen kam ihm noch über die Lippen. »Die Kinder möchten mich häufiger sehen. Die vermissen mich total. Das haben mir beide gesagt. Dass die Angst vor mir haben, ist eine Lüge! Jedes zweite Wochenende ist zu wenig. Ich bin der Vater und nicht der Wochenend-Clown! Einen Nachmittag möchten wir uns in der Woche sehen.«
　　»Das geht nicht! Die haben jeden Tag Termine.«

Michael blieb stehen und schaute seine Frau streng an: »Doch, das geht! Das sind zu viele Termine. Das sind nicht deine Kinder. Das sind nicht die Kinder deiner Schwester und schon gar nicht die Kinder deiner Mutter. Das sind unsere Kinder. Ich weiß nicht, was hier abgezogen wird, aber die Kinder wird mir keiner nehmen. Frau Himmelreich vom Jugendamt sagte auch: Das sind und bleiben Ihre Kinder!«

Kapitel 2   Dreißig Leute machen mit!

Michael ging in die Firma. Caro stieg in ihren Wagen und fuhr wieder weg. Marianne schaut Michael beim Hereintreten an. Die Enttäuschung war deutlich in beiden Gesichtern zu sehen.

Gelassen ging Michael seiner Arbeit nach. Um kurz nach zwei blinkte die Telefonanlage auf. Seit dem Entzug seiner Kinder und Frau war er oft gereizt. Jedes Geräusch, das man abstellen konnte, wurde ausgeschaltet. Das ständige Klingeln des Telefons stellte er als erstes ab.

Die schmale rote Taste blinkte auffällig und im Display stand: Stadt Neukirchen, Jugendamt Frau Himmelreich.

»Guten Tag Frau Himmelreich, schön, dass Sie anrufen. Ich hätte sie spätestens morgen auch angerufen.«

»Guten Tag Herr Schneider, ich wollte nur mal nachhören, ob Sie den Bericht von der Kinderklinik erhalten haben. Ihre Frau hatte die Kinder ja ohne Ihre Zustimmung dort einweisen lassen. Das ist eigentlich gar nicht möglich. Aber Sie sagten mir ja, dass Sie Ihrer Frau mal freie Hand lassen wollten.«

»Ja, das stimmt, ich habe ihr freie Hand gelassen und wenige Tage später hat sie sich von mir getrennt.«

»Das muss ich jetzt nicht verstehen, oder?«

»Nein, müssen sie nicht. Das versteht keiner. Der Bericht deckt sich mit meiner Einstellung und spiegelt genau meine Einschätzung wider. Dass die Mutter mit Alex Probleme hat, konnte ich schon vor Jahren beobachten.«

»Ah! Okay! Dann haben Sie also den Bericht.«

»Ja, ich habe ihn. Ich habe grade noch mit meiner Frau gesprochen. Wenn ich ehrlich bin, erkenne ich sie nicht mehr wieder. Die ist ja in einen regelrechten Therapiewahn verfallen und eben hat sie gesagt, sie möchte nicht mehr zu mir zurück.«

»Geben Sie ihr einfach mal etwas Zeit. Ihre Frau war letzte Woche noch hier im Rathaus.

Ihre Frau will keine Trennung. Ihre Frau will Veränderungen!«

»Frau Himmelreich, ich habe mal die Daten zusammengeschrieben, was sich in unserer Familie, besonders in den letzten Monaten zugetragen hat. Das möchte ich gern mal mit Ihnen besprechen. Eigentlich wollte ich das mit meiner Frau allein regeln, so wie wir das immer allein geregelt haben. Aber meine liebe Schwiegermutti meint, sie müsse immer mehr Leute zu diesem selbstgebrauten Konflikt herbeizaubern. Meine Kinder halten diesen Druck nicht mehr lange aus. Sie möchten mich häufiger sehen.«

»Sie können jederzeit zu mir hier ins Rathaus kommen. Wenn Sie in Ruhe sprechen wollen, vereinbaren wir am besten einen Termin.«

Zwei Tage später saß Michael Schneider im Büro von Frau Himmelreich. Die schlanke Dame mit der modernen Brille saß vor ihm. »Dann erzählen Sie mal.« Sie strahlte eine besondere Ruhe aus. Sie saß da, als hätte sie tagelang Zeit für den Mann vor ihr in seiner misslichen Lage: »Ja, wo soll ich denn anfangen?«

»Am besten ganz am Anfang!«, lächelte sie ihm freundlich mit einem Klemmbrett und Stift in den Händen zu.

»Dann fange ich mal an: Meine Frau und ich haben uns ganz ungezwungen kennen- und lieben gelernt. Wir haben zwei Jahre zusammengelebt, dann geheiratet. Wir wünschten uns zwei Kinder. Nach der Hochzeit haben wir es dann einfach drauf ankommen lassen. Wir wollten in 2004 eine Fahrradtour durch Deutschland machen. Doch Jan kam uns zuvor. Meine Frau wurde schwanger. Die Geburt verlief unkompliziert, aber es war ein Kaiserschnitt. Meine Schwiegermutter mischte sich sehr in unsere Ehe ein, auch schon während der Schwangerschaft.«

»Wie machte sich das bemerkbar?«

»Sie sagte oft: *Ich bin schwanger*.«

Die Sachbearbeiterin schaute ruckartig hoch.

»Sie kaufte andauernd Sachen beziehungsweise organisierte diese von ihrer Schwester. Ihre Nichte hatte auch einen Sohn, ein Jahr jünger als Jan.«

»Ah, ich verstehe!« Frau Himmelreich machte sich Notizen. »Und sie kaute uns stundenlang vor, was wir alles zu organisieren hätten, wo wir was beantragen müssten. Sie saß jeden zweiten Tag bei mir im Büro.«

»Ach ja! Das hatte Ihre Frau erwähnt. Sie arbeiten im Betrieb Ihrer Schwiegereltern.« Sie stöhnte kurz auf. »Das kommt bei Ihnen ja auch noch dazu.«

»Ja, genau. Okay, Frau Schmidt hat einen Sohn verloren. Deshalb habe ich auch großes Verständnis aufgebracht für ihr Verhalten. Aber meiner Frau wurde das zu viel ...«

»Also das mit dem verstorbenen Sohn hat Ihre Frau nicht erwähnt. Das finde ich aber nicht unerheblich. Das könnte die Überführsorge ausgelöst haben.«

»Ja, das ist gut möglich. Wie gesagt, ich war da sehr geduldig. Als Jan Ausschlag an den Gelenken bekam, brachte ich ebenfalls sehr viel Geduld auf und unterstützte meine Frau in jeder

14

Hinsicht. Erst hatten wir cortisonhaltige Salbe angewendet. Dann haben wir es mit verschiedenen Diäten, unter anderem mit Ziegen- statt Muttermilch versucht – vergebens.

Meine Frau wollte Homöopathie anwenden. Das haben wir dann auch gemacht. Der Ausschlag wurde schlimmer, was aber Teil der Therapie war ...«

»Ja, die Krankheit soll aus dem Körper herauswachsen.«

»So sagte es die Homöopathin auch. Aber meine Frau ging zu meinem Vater und sagte diesem, ich würde ihr verbieten, zum Arzt zu fahren.« Frau Himmelreich schaute ihn erneut an, zog die Augenbrauen hoch und schrieb eifrig vor sich hin. »Als Nächstes wollte sie es mit Handauflegen versuchen. Das half aber auch nicht. Dann fand meine Schwiegermutter eine Ärztin, die eine Salbe gegen Ausschlag erfunden hatte. Die sei so gut, dass sie von der Pharmaindustrie verboten würde.«

»Oh Gott, das nahm ja kein Ende!«

»Ich kann das auch alles abkürzen.«

»Nein, nein! Reden Sie ruhig weiter! Ihre Frau hat auch ausführlich berichtet, aber vieles höre ich hier zum ersten Mal.

»Die Salbe brachte keine Verbesserung. Meine Schwiegermutter fand eine Spezialklinik an der tschechischen Grenze ...« Die hübsche Frau schüttelte mit dem Kopf. »Dann habe ich die Notbremse gezogen. Wir haben ein paar Wochen nichts unternommen. Jan störte der Ausschlag nicht sonderlich. Ab und an rieb er sich in seinem Bettchen den Rücken. Dann haben wir ihn eingecremt. Nach zirka vier Wochen war der Ausschlag weg. Seine Milchzähne waren vollständig.«

»Oh Mann, da haben Sie aber einen Faden mitgemacht. Hätte man mal früher auf Sie gehört!«

»Ich war einfach froh, dass der Wahnsinn zu Ende war. Als meine Frau mit Alex schwanger war, sagte sie »der hat was!« Aber es wurde nichts festgestellt. Die Schwangerschaft verlief normal. Sie war allerdings deutlich gereizter als bei Jan. Dieses Empfinden, »der hat was« behielt sie bei. Der Kinderarzt stellte aber nichts fest. Wir haben dann später gemeinsam zusätzliche Untersuchungen veranlasst. Man schickte uns nach Hause. Eine Ärztin sagte mal:

»Fahren sie nach Hause, Sie haben ein gesundes Kind.«

Als Alex in den Kindergarten kam, entfachte wieder die Sorge: »Der hat was!« Die junge Gruppenleiterin nahm sich sofort dieser Sorge an. Ich war öfters mit im Kindergarten und musste wie bei Ihnen noch ein paar Informationen nachliefern. Dann lief es eine Zeit ganz gut.

Mit Jan bekam sie Schwierigkeiten bei den Hausaufgaben. Die Schule verlangte sehr viel. Meine Frau hat die Fehler von ihm verbessert, aber nicht mit ihm besprochen.

Wir haben dann gemeinsam mit ihm geübt und das sogar sehr erfolgreich. Nach ein paar Monaten ließ sie sich aber wieder hängen. Alex könne nicht malen und nicht seinen Namen schreiben. Ich habe mich mit ihm hingesetzt. In nur drei Tagen konnte er seinen Namen schreiben und er malte die schönsten Bilder. Wir beantragten dann ein weiteres Kindergartenjahr und sie organisierte für Alex Therapiemaßnahmen.«

»Ihre Frau sagte mir, Sie würden ihr verbieten, Therapien anzumelden.«

»Das stimmt nicht. Sie hatte sich so gefreut, dass ich sie unterstütze. Mit dem Kindergarten war klar vereinbart, dass ich den Kleinen unterstütze. Ich hatte schnell und sehr gute Erfolge. Die Kindergartenleitung war begeistert! Vielleicht sei hier mal die Frage gestattet, warum die Mutter einfach behauptet, der kann nicht malen, statt sich mal mit ihm hinzusetzen und malen zu üben! Wenn mir die Erfolge nicht gelungen wären, hätten wir selbstverständlich früher externe Hilfe hinzugezogen.

Nach der Kommunion von Jan war sie dann eines Mittags mit den Kindern weg.« Frau Himmelreich schaute auf. »Ich dachte mir zunächst nichts dabei. Wir wollten uns eine schöne Zeit machen, freuten uns so auf das Jahr 2014 und auf unseren Sommerurlaub.

Direkt nach der Mittagspause fragte mich Herr Meyer in der Firma: *»Na? Ist dir erstmal die Caro abgehauen?«* Sie wohnte ein paar Tage bei ihren Eltern. Nur schwer kam ich an sie heran. Am Sonntag drauf kamen mein Bruder, ihr Onkel und ihr Vater zu mir unangekündigt in die Küche spaziert. Sie waren sich einig, dass ich meine Frau verletzt hatte, dass ich auf ihrer Seele herumgetrampelt hätte, konnten aber kein konkretes Beispiel nennen. Dies ist auch unmöglich, da ich meine Frau niemals verletzt oder auf ihrer Seele herumgetrampelt habe. Der Hauptredner war der Onkel, den ich nicht wiedererkannte. Er war eigentlich ein lustiger und lockerer Typ, mit dem ich mich immer gut verstand. Nach einer Viertelstunde habe ich dann die Herren wieder nach Hause geschickt. Mein Bruder blieb. Er blieb zwei Stunden. Ich habe ihm meine Version erzählt. Er fiel aus allen Wolken.

Ich suchte Rat bei meiner Tante in Görlitz. Die hatte immer Verständnis und ein offenes Ohr für mich. Aber die habe ich auch nicht mehr wieder erkannt. Sie sagte mir direkt zu Anfang, dass meine Schwiegermutter alldem nichts zu tun habe. Sie hatte am Vorabend sehr lange mit dieser telefoniert.«

Frau Himmelreich schüttelte den Kopf, während sie schrieb.

»Meine Frau kam dann wieder. Aber erst gab es eine große Aussprache mit unseren Eltern.«

»Was war denn eigentlich vorgefallen?«

»Das weiß ich bis heute nicht!

Ich durfte bei der Aussprache nicht von Anfang an dabei sein. Wie ein kleiner Rotzlöffel musste ich im Garten warten, bis ich dazu gebeten wurde. Frau Schmidt, also meine Schwiegermutter, fehlte bei diesem Treffen. Als ich dazu durfte, unterhielten sich meine Eltern und Caros Vater mehr über das Wetter als über uns. Beim Verabschieden sagten die Väter, man wolle nicht mehr wiederkommen, in jeder Ehe würd' man sich mal streiten. Ich war erleichtert, dass diese seltsame anhaltende Stimmung endlich vorbei war. Wir erlebten wieder schöne gemeinsame Tage.«

Er stockte.

»Bis ...«

Er stockte noch einmal.

»Ja, bis sie wieder kamen!«

»Wer kam wieder?«

»Meine Schwiegereltern!«

»Was?«

»Nach einer Woche kamen sie wieder.«

»Nach einer Woche!?«

»Sie saßen bei uns im Wohnzimmer. Ich habe kurz Hallo gesagt und sie da sitzen gelassen. Dann bin ich zu meinen Eltern. Beim Rausgehen meinte mein Schwiegervater, dass Caro doch nur mal für eine Zeit allein im Haus wohnen wolle.« Frau Himmelreich warf ein: »Es war doch angeblich alles eine Woche zuvor alles besprochen. Das muss man jetzt nicht alles verstehen? Der wollte doch nicht mehr wieder kommen. Also Ihre Frau hat von diesen Auftritten nichts erwähnt!«

»Es kommt noch besser!« Erschrocken schaute sie zu Michael Schneider. »Als ich wenige Minuten bei meiner Mutter in der Küche war, kamen Bertha Schmidt und meine Frau hinzu. Bertha Schmidt betrat den Raum, als wenn es ihre eigene Küche gewesen wäre. Sie sagte nicht »Guten Abend« oder »Hallo«. Ich bin dann einfach rausgegangen. Nach einer Weile rief mich meine Schwester auf dem Handy an. Bertha habe sie aus ihrem Elternhaus geworfen mit den Worten: *Halt du dich da raus, du dummes Blag! Du hast ja gar keine Ahnung!* Das Zitat hat sie mir aber erst einen Tag später genannt ...«

Immer wieder schüttelte Frau Himmelreich mit dem Kopf, während sie sich Notizen machte. Zwei Blätter waren schon umgeschlagen. Seit einigen Minuten stand der Kugelschreiber mit dem roten Stadtwappen nicht mehr still. Sie schrieb und schrieb. Michael führte weiterhin eine Gegebenheit nach der anderen auf, sachlich und präzise: »Ich sagte zu meiner Schwester, sie solle wieder in die Wohnung meiner Eltern gehen. Das machte sie. Ich ging auch wieder dorthin. Mein Bruder mit Frau saßen nun auch mit in der Küche. Als ich reinkam, schwiegen alle. Von draußen hörte ich Frau Schmidt reden. Die fing dann wieder an, zu erzählen. Sie versuchte mich als unmöglichen Ehemann dastehen zu lassen. Sie erzählte den anderen von unseren Eheproblemchen. Dann behauptete auch sie, ich würde meine Frau verletzen. Es reichte mir. Ich habe sie gefragt, warum sie sich immer einmischen würde, fragte, wer die ganzen Leute zu meinen Eltern bestellt habe. Fragte, wer die drei am Sonntag davor in unsere Küche geordert hatte und wer den Menschen die Unverschämtheiten und Lügen in die Köpfe gehämmert habe. Dann sprach ich zu meiner Frau, dass wir alles so lassen, wie wir es mit ihrem Vater und meinen Eltern besprochen hatten. Wenn sie aber der Meinung sein würde, dass sie so nicht mehr leben möchte, obwohl wir so viele Jahre gemeinsam glücklich verbrachten, ich freiwillig das Haus verlassen würde. Meine Frau nahm dieses Angebot an. Frau Schmidt zürnte allerdings direkt im Anschluss: *»Und das machen wir nicht!«*

»Was ist das denn für ein Mensch? Diese Frau!«

»Für mich war die Veranstaltung beendet. Ich ging wieder. Meine Frau kam und kam nicht. Dann bin ich noch einmal zu meinen Eltern. Frau Schmidt saß immer noch da, meine Frau, mein Bruder, meine Schwägerin auch noch. Meine Schwester war nicht mehr da. Unsere Mutter saß auch nicht mehr auf ihrem Platz. Sie saß im Wohnzimmer. Mein Vater schlief auf der Couch. »Michael, wir können nicht mehr, was will die denn noch?«, fragte mich meine Mutter. Sofort bin ich auf dem Absatz rum und bat die Leute, die Küche meiner Mutter zu verlassen ...«

Es war über eine Stunde verstrichen. Frau Himmelreich saß am Besuchertisch. Ein Bein angewinkelt, an welches sie ihr Klemmbrett lehnte. Geduldig und aufmerksam hörte sie den Ausführungen zu und machte sich reichlich Notizen.

»Dann erlebten wir ein paar schöne Tage. Ich war mir sicher, dass ich meine Frau aus ihrer Krise herausholen könne.

Sie machte mir einen Termin bei Rechtsanwalt Beule. Der sagte mir, wir sollten uns wieder vertragen, bei uns wäre doch noch nichts kaputt. Er würde das sofort sehen. Keine Ahnung, was sie mit diesem Termin bezwecken wollte.

Wir unternahmen viel mit den Kindern. Caro wurde wieder zu einer Powerfrau. Sie war wieder wie ausgewechselt. Die Schwiegereltern gönnten sich eine Kreuzfahrt auf dem Mittelmeer.

Ein paar Tage lang war alles wieder wie vor der Krise. Ich dachte: »Jetzt haben wir es geschafft!«

Von jetzt auf gleich fing der Horror dann aber erst so richtig an: Meine Frau sagte mir, sie wolle mit ihrer Schwester einen Cocktail-Abend genießen. Sie war bis halb drei Uhr nachts weg. Sie war die halbe Nacht mit ihrer Schwester bei ihren Eltern. Meine Frau hielt sich an keine Vereinbarung mehr. Sie flog mit ihrer Schwägerin Kerstin nach Mallorca. Es war klar, dass die Kinder bei mir bleiben sollten. Sie aber brachte sie einfach zu ihrer Mutter. In der Firma bekam ich von meiner Schwägerin, die nie was mit der Firma zu tun haben wollte, eine Abmahnung und eine Gehaltspfändung. Einen Tag vor Alex Geburtstag zog meine Frau wieder aus. Ich durfte meinem Sohn nicht gratulieren. Dieser war im Haus der Schwiegereltern. Kurz vor dem Gratulieren bekam ich vor den Kindern Haus- und Grundstücksverbot. Wenige Tage später kam ein Brief von Anwalt Beule wegen Zuweisung der Ehewohnung. Die Kinder bekam ich wochenlang nicht zu sehen. Erst müsse die Wohnsituation geklärt werden. Dann hat meine Frau das Jugendamt eingeschaltet. Sie würden das nicht für gutheißen, wenn die Kinder zum Vater kämen. Ja, und dann haben wir beide uns kennengelernt.«

»Ach so, ja, dann haben Sie mich angerufen, weil Sie mit den Kindern wegfahren wollten.« Frau Himmelreich atmete einmal tief durch und sagte:

»Eine Trennung ist ja eigentlich eine Angelegenheit zwischen zwei Personen, aber bei Ihnen machen ja mindestens 30 Leute mit!«

»Ja, wenn wir mit 30 hinbekommen. Das war ja nur ein kurzer Abriss der ganzen Aktionen. Da gehören noch ein paar andere Gegebenheiten hinzu. Ich werde Sie mal in einen Kurzbericht zusammentragen. Wenn Sie möchten, lasse ich Ihnen diesen zukommen. Erstmal vielen Dank, Frau Himmelreich, dass Sie sich die Zeit für mich genommen haben.«

»Sehr gern Herr Schneider, dass gehört für mich zu einer Familienkonfliktbegleitung dazu. Und nun habe ich einen Überblick in ihrer Sachlage. Den Kurzbericht lassen Sie mir bitte unbedingt zukommen.

Als Vater haben Sie das Recht, Ihre Kinder jedes zweite Wochenende bei sich zu haben und jeweils die Hälfte der Ferien. Egal, wie die Sache hier endet, ich gebe Ihnen den Rat:

Machen Sie sich immer eine schöne Zeit mit den beiden Jungs.

Wir als Jugendamt können nur beratend tätig sein und wir sind der Neutralität verpflichtet. Wir können aber gern zusammen mit Ihrer Frau eine Umgangsvereinbarung verfassen, an die sich beide Elternteile zu halten haben.«

Erleichtert vor sich hin summend verließ Michael das Amtsgebäude. Im Auto legte er einen guten Song auf und fuhr nach Oberhof, nicht mehr in die Firma. Vorsichtshalber hatte er bevor er zum Rathaus fuhr in der Firma abgestempelt.

Kapitel 3   »gut«, »gut«

Mit lauter Musik rollte sein Wagen auf seinen vom Genscher
eingewiesenen Parkplatz. Genscher war das Urgestein im
Miethaus Voss. Er stand wie so oft am Zaum vor der Eingangstür,
ein Fuß auf dem Bruchstein auf der Ecke und eine Kippe auf dem
Zahn. Er schaute zu Michael, wie dieser pfeifend einen Karton aus
dem Kofferraum auf seinen linken Unterarm stellte.

　　»Heute biste besser gelaunt.« Er grinste, nahm einen tiefen
Lungenzug, rückte seine Brille mit einer Hand am Bügel zurecht.
»Aber das geht mich ja auch nichts an.«

　　　Er schaute in dem schönen Spätsommertag hinein. »Guten
Tag Herr Nachbar, du hast es doch am besten!«

　　»Meinste?« Der alte Mann lachte schelmisch. Michael ging
mit seinem Karton zum Haupteingang. Michael grinste über beide
Backen und sprach leise vor sich hin. »Ach Genscher, du bist
einfach der Originalste!« Der Griff an den Brillenbügel war
Genschers Markenzeichen. Der Name wurde ihm verliehen, weil
er dem früheren Außenminister Genscher sehr ähnlich sah.

Michael Schneider scheute in der Zeit die Gesellschaft. Vor der
Krise war er sehr aktiv im Schützenverein gewesen. Viele Jahre
lebte er sein fröhliches Temperament im Karnevalsclub aus. Seine
Büttenreden, über die man sich noch wochenlang unterhielt, über
die man noch Jahre später schmunzelte, waren legendär.

　　　Seit diesem aufgezwungenem Single-Dasein versteckte er
sich jedoch vor den Menschen.

　　An diesem Tag sah man ihn seit Wochen mal wieder im
Dorf. Doch er schien sich so unsichtbar wie möglich zu machen.

Eiligen Schrittes ging er durch Gassen des alten Ortskernes, mit starrem Blick auf den Gehweg. Viele Menschen bewegten sich draußen in ihren Gärten, saßen auf den Bänken vor dem Haus oder beim Voss im Biergarten. Michael war ein recht angesehener Bewohner des Ortes Oberhof, mit dem der Name Schneider tief verwurzelt war. Die Bewohner von Oberhof nannte man in den umliegenden Orten Hofer. Dieser Hofer Michael ging nie durch den Ort, ohne ein Schwätzchen, ohne einen netten Gruß zu rufen. Die anderen Hoferinnen und Hofer wussten um seine Lage. Die Freundin seiner Mutter sagte im Sommer zu ihm: »Bei allen Paaren können wir uns vorstellen, dass man sich trennt, aber bei euch doch nicht!« Selbst Pfarrer Brandt gab die Order raus: »Herrn Schneider müssen wir mal eine Zeit lang in Ruhe lassen!«

Dieser schlenderte durch die Gärten zurück zum Zwischenlager. Auf der langen Geraden, welche beidseitig mit gepflegten Ligusterhecken eingefasst war, kam er an seinem eigenen Grundstück vorbei.

Nachbar Volker fegte seinen Gehweg. War es für Michael ein Nachbar? Oder war die Nachbarschaft für die Zeit im Zwischenlager ausgesetzt? Volker ging auf ihm zu. »Na, Michael!«

Wie oft standen die beiden an ihren Hecken und hielten ein kleines Schwätzchen.

Als Michael vor wenigen Wochen allein die Stellung hielt, erkundigte sich Volker des Öfteren nach Michaels Befinden. Volker war ein sehr guter Nachbar. Überhaupt hatten Schneiders eine top Nachbarschaft, in der sich die zugezogene Caro wohlfühlte. Sie war stolz, der guten Nachbarschaft und der guten

Dorfgemeinschaft anzugehören. Sie war stolz darauf, eine Hoferin zu sein.

Das Gespräch von Volker und Michael war kurz. Die Lage war einfach zu unübersichtlich. Volker wünschte Michael viel Glück. Der geschundene Ehemann ging in die Querstraße und an seinem Haus vorbei. Vor dem Haus stand das hochpolierte Cabrio seiner Schwägerin Marion, Caros Schwester, Jans Patentante. War das die Botschaft: Wir brauchen dich nicht mehr? Die Mathenachhilfe macht nun die Patentante und nicht der strenge Vater, der unbeeindruckt an seinem Haus vorbeischritt.

Welcher Mann schritt mal an seinem eigenen Haus vorbei, in dem seine Kinder zu hören waren, aus dem der Duft eines leckeren Abendessens umherzog?

Und eine fremde Frau legte fest, dass er nicht seinen Grund und Boden betreten durfte. In neun Monaten darf er sich wieder als freier Mann bewegen. Darf er wieder in sein Haus. Darf er wieder auf dieses Fleckchen Erde. Den großen Naturgarten mit einem Schwimmteich und mit einem traumhaften Panoramablick sollte er erst wieder im darauffolgenden Sommer betreten dürfen. Im Notfall soll ein Schaf die Vertretung für die Pflege der kleinen Parkanlage übernehmen. Man könnte über die Idee lachen, wenn sie nicht aus dem Mund einer deutschen Richterin gesprochen worden wäre!

Die Hecken hatte er vorsorglich geschnitten. Bereits Ende Juli machte er seinen Garten winterfest, in weiser Voraussicht, dass ein blökender Vierbeiner nicht mit seiner Elektro-Heckenschere umgehen konnte. Die Rasenpflege traute der Hobbygärtner dem Getier durchaus zu. Da war sich der Naturfreund sicher. Doch er prüfte nicht die Arbeiten des Vierbeiners. Keinen Blick schenkte er seinem kleinen Paradies mit Traumhaus im Hintergrund.

Was hat diesen Mann so hart gemacht? Das Abenteuer in den Bergen? Das Gespräch mit Frau Himmelreich?

Nach seinem Gang durch die Gemeinde saß er an seinem Küchentisch aus heimischer Fichte. Seine Schwester nahm diesen Tisch mit in ihre Wohnung.

Dieser Tisch hatte eine lange, bedeutende Familiengeschichte: Michael erneuerte vor vielen Jahren die Tischplatte, ersetzte die abgenutzte Kunststoffplatte durch eine massive aus Kiefer. Das war zu der Zeit, als er Caroline Schmidt ihr bestes Frühstück servierte. Aus Caroline wurde Caro, aus Schmidt wurde Schneider. Mehrere Mädels hatten mit Michael an diesem Tisch in seiner ersten eigenen Wohnung im Hause seiner Eltern gesessen. Noch viel mehr Schneiders saßen an diesem geschichtsträchtigen Küchentisch: sein Vater mit seinen Geschwistern, ja vielleicht sogar schon sein Großvater, welcher ein Einzelkind war, was für die Zeit wohl eher ein Einzelfall war.

Nun saß er wieder an diesem Tisch, ganz allein. Er strich mit der flachen Hand über die Fläche mit den vielen Macken und Kerben, mit den vielen Erinnerungen an eine glückliche Zeit.

Es schellte. Er musste sich erstmal zurechtfinden. Er wohnte seit mehreren Wochen in der Wohnung mit seinem alten Küchentisch, den Möbeln seiner Schwester und der Küche vom Voss. Aber es hatte noch nie geschellt. Es hing ein Hörer an der Wand neben der Tür zum Flur. Michael griff zuerst danach, ging dann aber doch zur Wohnungstür. Er öffnete sie, es stand aber keiner davor. Sein Zeigefinger drückte den Knopf mit dem Schlüssel drauf. Es summte und das Öffnen der Haupteingangstür war zu hören. Schnelle Schritte kamen die Treppe hinauf. Jan rannte auf seinen Vater zu: »Hallo Papa!« »Hallo Jan!«, rief dieser freudig. Dann gingen beide in die Wohnung. »Möchtest du was trinken?«

»Im Moment nicht!« Er schaute sich um und Michael inspizierte die Post.

»Wie geht es dir?«

»Gut.«

Der Junge saß auf der blauen Couch, schaute schüchtern umher.

»Das wird wieder, lass der Mama einfach mal etwas Zeit!«

»Ja! Ich glaube auch, das wird wieder!«

Auch hier sei noch mal ein kleiner Rückblick gestattet: Auf der roten Couch im gemeinsamen Haus quasselte der Kleine seinen Vater voll. Er fragte viel! Wollte alles wissen. Er war ein lebhafter, lustiger, lebendiger Junge. Vater und Sohn alberten gern gemeinsam rum oder werkelten auch gern zusammen in der kleinen Werkstatt.

Der ganze Stolz der beiden war das Baumhaus mit echten Fenstern, in dem Platz für drei Leute zum Schlafen war. Man konnte sogar durch eine alte Dachluke auf das Flachdach klettern. Der Papi installierte noch ein Geländer drumherum. Man war vier Meter über dem Boden, man war Mitten in der Baumkrone der Trauerweide. Der perfekte Ort, um die Tiere in dem großen wilden Garten zu beobachten. Jan war wie sein Vater sehr naturbegeistert.

Bei jeder Gelegenheit half er seinem Papa in dem großen Garten. Jan bekam ein eigenes Gärtchen mit Erdbeeren und Erbsen. Beim sonntäglichen Rundgang durch die Privatbotanik beobachteten die zwei die Pflanzen und waren begeistert, wie schnell die Erbsen wachsen konnten. Noch begeisterter war der Kleine, wenn er neben seinem Vater am Schwimmteich saß, die Füße im Wasser paddelten und die leckeren Erbsenperlen aus den frisch gepflückten Schoten auf der Zunge zergingen.

Für Jan war sein Vater ein großes Vorbild. Es war sein ein und alles. Über Mittag hatte man ihn einfach aus der Familie gestrichen. Was wohl in seinem Köpfchen vorging, als er auf der blauen Couch seiner Tante saß?

Es schellte erneut. Michael stand am Herd. »Das ist bestimmt Alex, der wollte dich auch besuchen.«

»Dann mach ihm mal auf!« Er eilte die Stufen hinunter, mit »quietschenden Reifen« um die Treppenhauskurven, fast schon so fröhlich wie damals, wenn er voller Lebenslust aus dem Haus schoss.

Nach wenigen Sekunden kam er wieder in die Wohnung geflitzt. Michael stand am Herd. Mit schnellem Atem stellte er sich ganz nah neben seinem Papi: »Was machst du da? Kannst du auch kochen?«

Für Caro und für Bertha war stets klar gewesen: Michael bringt das Geld nachhause. Nachdem er sich bereiterklärt hatte, dass er die Firma weiterleiten würde, brachte er ganz gut Geld mit nachhause.

Für Caro und für Bertha war klar: Wir sind zuhause die Chefs! Wir unterstützen unsere Männer. Die kommen von der Arbeit und haben Hunger.

Zuhause muss alles in Ordnung sein. Wenn man eine Firma leitet, muss man den Kopf frei haben – waren sie sich einig, Bertha, Caro, Ludwig und Michael.

»Kochen und Bügeln ist unsere Arbeit.« Und das konnten sie! Bertha konnte bügeln. Stolz verkündete sie immer wieder, dass sie sogar die Unterhosen ihres Mannes bügelt. Noch stolzer verkündete sie nach jedem Urlaub, dass einen Tag später die komplette Wäsche wieder im Schrank ist. Jeden Morgen legte sie ihrem Mann die Sachen auf das Bett, welche er anzog.

Caro konnte kochen! Caro war eine Fünfsterne-Köchin. Nicht nur, weil sie es gelernt hatte – nein sie kochte mit Leidenschaft. Auch ihre Backkünste waren legendär! Wenn sie bei der Vorbereitung von Dorffesten den Hefeteig mit ihren trainierten, gebräunten Armen durch den Raum jonglierte, staunten alle umhersitzenden Frauen. Selbst in einer traditionellen Bauerntracht sah diese Frau umwerfend attraktiv aus. Michael liebte es, wenn sie das lange strohblonde Haar zu Zöpfen geflochten hatte und ein blauweiß kariertes Kopftuch trug. So lief sie immer auf dem jährlichen Martinsmarkt herum. Nicht nur Michael liebte dieses Outfit. Und dann noch dieser freche, unschuldige Blick!

Das war der Kick dieses Traumpaares, das war das absolute Sahnehäubchen für eine perfekte Partnerschaft: Sie waren flippig und modern, legten Wert auf schicke Kleidung und waren dennoch bodenständige Familienmenschen. Oder wie Caro es mal zu Michael sagte: *»Du bist ein richtiger Traditionsmensch!«*

Wenn Michael sich mal für das Schützenfest schnell ein weißes Hemd bügelte und seine Frau ihn dabei ertappte, zog sie es ihm frech wieder aus, bügelte es nach und zog es ihm mit tiefen Blicken wieder an. Aus der Ferne sagte sie dann zum Abschied: »So muss das Hemd eines schicken Mannes aussehen!«

Als die sündhaft teure Designer-Küche eingebaut wurde, hatte Caro gesagt: »Das ist meine Küche, da hast du nichts drin verloren!«

Viele Jahre ging man so nebeneinanderher. Michael bestand nicht auf diese klassische Rollenverteilung, er konnte auch bügeln, kochen und sogar Gardinen aufhängen. Schließlich hatte er vor Caro sechs Jahre lang eine eigene Wohnung gehabt.

Michael hatte allerdings gar keine Wahl: Er musste diese Rollenverteilung annehmen! Was er auch machte. Was er gerne machte. Er hätte sich auch verändert, wenn es gewünscht worden wäre. Er hatte seine Frau unterstützt, als sie wieder in das Berufsleben einsteigen wollte, als Alex in den Kindergarten kam. Aber sie stand auf der Bremse. Oder hatte sie andere Probleme? Hatten Caro und Michael andere Probleme?

Als wäre der hochwertige Dampfgarer in der Luxusküche explodiert, welcher in den wenigsten Küchen neben einer dreiteiligen Kühl- und Gefrierschrankwand eingebaut war und seine Frau würde mit einem gestauchten Armgelenk so gerade das Zwischenlager betreten, stand Michael vertretungsweise am Herd. Doch sie kam nicht.

»Ja! Ich kann auch kochen.«

»Das riecht aber gut!«

»Das sind Eier-Ravioli!«

»Hab ich noch nie gegessen, oder?«

»Nein – wüsste ich nicht!«

Michael rührte mit einem Holzkochlöffel im Topf.

»Ich hab' sie glaub auch noch nie gegessen!«

Jan kicherte. Michael grinste.

Alex lugte durch die Tür, darunter sein Freund Fred. Sie kamen dazu.

»Hallo!«, grüßte Fred. »Na ihr zwei!«, erwiderte Michael. Der kleine Alex drückte sich zwischen Jan und Michael. »Na, mein kleiner Käfer, wie geht es dir?«

»Gut.«

»Das ist schön!«

Die beiden rannten wieder raus.

Jan blieb neben seinem Vater stehen und verfolgte die Drehungen des Löffels. Der Herd vom Voss brauchte mindestes fünfmal so lange heiß zu werden wie der Induktionsherd in seinem Elternhaus. Wenn man da rührte, konnte man aus dem Riesen-Fenster den langen Staufenkamm bewundern, wenn er im Frühling mit seinem hellen Grün erwachte. Oder wenn im Herbst die Sonne zwischen dem dritten und vierten Hügel von rechts in den verschiedensten Rot-, Rot-Orange-, Orange-Gelb- oder Orange-Tönen versank.

Langsam fing die Soße an zu sieden.

Der Kühlschrank sprang an und summte vor sich hin.

Der Vater rührte. Der Sohn schaute zu.

Das Kühlschranksummen verstummte wieder.

Wo war der Junge hin, der singend und pfeifend aus dem Haus sprang und zu seinen Freunden eilte?

Jan lugte in den Topf und kam noch näher an den Vater heran. Ihre Körper berührten sich. Sie waren sich ganz nah.

»Papa, wo du das erste Mal nicht mehr bei uns im Haus geschlafen hast, habe ich die ganze Nacht geweint!«

Kapitel 4   Das wird wieder!

Ein paar Tage drauf saß Michael bei Jans Klassenlehrer. Er hatte den vertriebenen Vater angerufen und dringend um ein Gespräch gebeten, da die Situation des Schülers Jan Schneider besorgniserregend war.

»Schön, dass Sie so schnell Zeit gefunden haben. Die Lage ist wirklich ernst. Ich hatte auch schon mit Ihrer Frau gesprochen. Ich möchte mich auch gar nicht in Ihre privaten Angelegenheiten einmischen. Aber für den Jungen ist die Situation unerträglich!

Ich erkenne den Jungen nicht mehr wieder. Der war sonst so lebhaft.« Der Lehrer feixte. »Oft musste ich ihn ermahnen, wieder dem Unterricht zu folgen, weil er wieder mit Claas und Uli Unfug trieb. Aber jetzt sitzt er nur noch da und schaut vor sich hin. Mit Matheaufgaben brauchen wir ihm erst gar nicht kommen. Da läuft augenblicklich überhaupt nichts. Also, wenn sich da nicht schleunigst etwas ändert, bin ich gezwungen, den Jungen nach den Weihnachtsferien zurückzusetzen!« Der erfahrene Lehrer kam ins Schwärmen: Was der Junge alles schon wüsste! Was der für eine Allgemeinbildung hätte. Das sei echt enorm. Und für seine Klasse sei er ein Gewinn. Sein Wirken sei gut für die Stimmung und für den Zusammenhalt untereinander. Deshalb wurde er ja auch einstimmig zum Klassensprecher gewählt ...

Michael hörte zu. Die Worte taten ihm gut. Davon konnte er gar nicht genug bekommen. So hatte er sich immer die Gespräche mit der Schule vorgestellt, damals, als er selbst noch Kind war. Als Vater musst du dann mal in die Schule, weil deine Kinder sich einen Streich erlaubt haben.

Auf den zwei Elternsprechtagen, welche er bereits erlebt hatte, war es so gewesen: Jan war ein guter Schüler im Mittelfeld, wenn Quatsch auf dem Programm stand, war er dabei. Aber dass Michael mal in die Schule bestellt würde, weil sein Sohn zurückgesetzt werden sollte, wäre ihm nie in den Sinn gekommen.

»... auch sein Wissen über die Natur, über die Pflanzen ist enorm. Jan ist ein toller Junge!

Aber jetzt sitzt er einfach nur da.«

Michael begann zu erzählen, sachlich aus den vergangenen Wochen. Klassenlehrer und Grundschuldirektor Kotten versuchte, ihn an den Ausführungen zu hindern, das ginge ihn nichts an. Bei der ersten Kurzausführung des Vaters verstummen seine Worte und sein Kopf zuckt einige Millimeter nach vorne. Michael erzählt weitere Schoten aus dem Hause Schneider und Meyer.

»Na, dann wundert mich nichts mehr!«, haute Kotten dazwischen. Michael gibt zuletzt die Befunde der Kinderklinik Unna hinzu und beendet seinen Kurztrip durch die grausame nahe Vergangenheit.

»Warum musste denn Jan dahin? Er ist doch ein gesundes Kind!«

»Wenn ich das wüsste! Ich erkenne meine Frau nicht mehr wieder. Die ist nur noch am planen, prüfen und doktern.«

»Geben Sie Ihrer Frau ein wenig Zeit, die muss erst mal wieder zur Besinnung kommen. Dann wird sie von selbst merken:

»Was mache ich eigentlich hier?«

Michael war sehr zufrieden mit dem Gespräch. Neben seinen Eltern, seiner Schwester, den Fachleuten der Kliniken in Marburg und Unna hatte er nun einen weiteren Verbündeten: den Klassenlehrer.

Michael fühlte sich wieder als Mensch.

Michael war sich sicher: »Das wird wieder!«

Voss gab ihm auch dieses Gefühl. Endlich traute sich der geschundene Ehemann ein Stückchen weiter in die Öffentlichkeit. Der Kultwirt Voss konnte ihm seit langer Zeit mal wieder einen Hochbehälter füllen. Hochbehälter war die interne Bezeichnung vom Voss für ein Weizenbierglas, ebenso Hochbehältnis oder Kanister.

Die rustikale Kneipe war an dem frühen Freitagabend von nur wenigen Leuten besucht. Das war selten. Sehr selten! Normalerweise herrschte in dem urigen Fachwerkhaus von Freitag- bis Sonntagabend Oktoberfest- oder Megaparkstimmung. Nicht selten hörte man bis spät in die Nacht die hämmernden Bässe oder Hans Albers war noch mit seiner Quetsche zu hören und sang mit einer nicht schlafen wollenden Menge umgedichtete Volkslieder. Der Alleinunterhalter taufte sich selbst Hans Albers und nannte sein Schifferklavier Quetsche.

»Ja, Michael, dann kommst du gleich mit! Sascha wird 30.«

»Aber ich bin doch gar nicht eingeladen.«

»Der hat nicht eingeladen, jeder der den kennt, kann kommen. Zehn Euro auf den Tisch und saufen bis zum Umfallen.«

Voss lachte! »Heute machen wir die Nacht zum Tag, hör mal!« Er rollte lang das »r« und lachte erneut. Er war in bester Partylaune.

Und genau so kam es! Der Himbeersaft trinkende Alkoholiker und der Kultwirt fuhren auf Reise. Zehn Euro auf den Tisch und die Party war im Gange. Michael kannte viele auf der Geburtstagsfeier. Man freute sich, dass man ihn endlich mal wieder sah. Zwischendurch nahm Voss ihn fest in den Arm:

»Michael! Das wird wieder!«

Zu den beiden gesellten sich zwei Frauen, die Voss gut kannte. Sie arbeiteten im Wellness-Hotel einen Ort weiter. Sie wollten auch die Nacht zum Tag machen und suchten eine Fahrgelegenheit zum Kultur- und Partyzentrum »Helgeland«, der größten Diskothek der Umgebung.

»Ins Helgeland wollt ihr? Da war ich noch nie drin, in dem Laden.«

Schon war es geschehen. Die vier verließen die Party und setzten sich in den kleinen, offenen Geländewagen. Voss chauffierte die Partypeople, zu denen er sich auch zählte, nicht über die Schnellstraße nach Neukirchen. Das wäre etwas riskant gewesen, außerdem ein enormer Umweg. Nein, er wählte die Luftlinie. Er steuerte quasi den Partytempel schnurstracks an, was zur Folge hatte, dass er noch Nichtmals die Sandkuhlen auf dem Golfplatz umfuhr. Wie auf einer wilden Safari bei Nacht sausten die Vier über das Gelände. Die Herren vorne amüsierten sich. Die Damen hinten, auf der Ladefläche flogen von links nach rechts. Michael schaute ab und an nach hinten. »Vossi, lass langsam geh'n. Die Damen überschlagen sich schon!« Die Damen lachten sich schrott und »verknoteten« sich immer mehr.

Über einen Feldweg gelangten sie zum Stadtrand von Neukirchen. Mit Vollgas machte das Fahrzeug einen Sprung auf die Straße. »Heute Nacht gehört die Straße uns!« Voss war in Höchstform und hatte einen Heidenspaß! Mit quietschenden Reifen machte er direkt vor dem Haupteingang eine Vollbremsung, hüpfte aus dem Wagen und die zwei Herren mit den beiden Damen betraten den Club.

Zunächst war dem Kultwirt die Szene etwas fremd. Nach zwei »Rutschen« Wodka-Redbull war dann kein Halten mehr. Zwischendurch sah man Vossi mit Michael auf der Schulter durch den Nebel walken. Die beiden Oberhofer waren bekannt. Es war eine lange, ausgiebige Nacht.

Am anderen Morgen lag Michael Schneider tief unten zufrieden in der schmalen Schrank- und Kartonschlucht auf seinem Feldbett in der Besenkammer seiner Schwester. Er konnte sich wieder raus wagen. Er konnte sich wieder unters Volk mischen, in die Öffentlichkeit gehen. Er konnte wieder Alkohol zu sich nehmen. Er wurde wieder locker. Er flippte nicht, er rastete nicht aus. Das tiefe Tal seiner Krise war durchschritten.

Anders sein Vater: Der lag mit einem mittelschweren Schlaganfall im Krankenhaus. War es sein Alter? Oder war es das nicht mehr Mitansehenkönnen der Familienzerstörung seines Sohnes? Schließlich war es ja auch seine Familie. Es waren seine Enkelkinder, denen es nun wirklich nicht gut ging!

Der jüngste Bruder seiner Mutter, Onkel Anno, lag ebenfalls im Krankenhaus. Ihm ging es sehr schlecht. Er hatte bereits vor Wochen im Sterben gelegen. Im Herbst hatte er sich noch einmal berappelt. Es plagten ihn massive Schmerzen. Obwohl Michael fast jeden Mittag bei seiner Mutter aß, wie er es vor zwanzig Jahren zum letzten Mal gemacht hatte. Obwohl sie fast bei jeder Mahlzeit von den Schmerzen sprach, konnte Michael keinen Bezug zu dem Mitleid finden. Er hatte mit sich selbst viel zu viel zu tun.

Kapitel 5   Weinnachzeit

Der 3. Oktober hatte eher das Flair von Volkstrauertag oder Totensonntag, statt eines stolzen Tags der Deutschen Einheit. Michael wollte sich an diesem Tag verstecken, sich am liebsten ohne Pause im fensterlosen Bad der Mietwohnung aufhalten.

Als es dunkel war, ging Michael Schneider in die Kirche von Oberhof. Zu seiner Überraschung war an dem Abend eine Veranstaltung. Michael kannte sich nicht aus mit den christlichen Bräuchen. Der Tag der Deutschen Einheit war ein staatlicher Feiertag. Warum versammelte man sich an diesem Tag in einer Kirche? Für Michael war es ein besonderer Tag. Er wollte ihn in Stille und Einsamkeit über sich ergehen lassen. Dennoch ließ er sich nicht von seinem Vorhaben abbringen: Er stand im Turm vor der massiven Schieferplatte, auf der man eine Kerze aufstellen konnte, um ein Gebet zu sprechen, um einem lieben Menschen zu gedenken oder um seine Kinder bei Prüfungen beizustehen. An dem Tag standen keine Teelichter auf der Platte. Nur in der Mitte auf dem mit Wachs befleckten Tisch stand ein Kranz mit zehn unbenutzten Kerzen. Drei davon waren soeben entzündet. Immer wieder öffnete sich knarrend die alte Kirchentür und es kamen Frauen und Männer, teils mit Kindern an den Händen an Michael vorbei, der wie eingefroren vor dem Kerzentisch weilte. Drei, vier Frauen machten einen größeren Bogen, um in das Kirchenschiff zu gelangen und schauten Michaels Tränen nach. Keiner sprach ihn an. Es waren fremde Leute, die an ihm vorbeischritten. Geräuschlos, mit versteinerter Mine weinte Michael eine Strophe nach der anderen. Er zündete weitere Kerzen an. Wenn der Besucherstrom nachließ, wimmerte oder schluchzte er leise. Seine

Finger hielten das brennende Streichholz an der letzten Kerze vorbei. Michael entzündete erneut ein Holz. Die Zehnte brannte. Dann schaute er eine Weile auf seinen leuchtenden Kerzenkreis. Stimmungsvoll begann die Orgel zu spielen. »Wohin soll ich mich wenden, wenn Schmerz und Grahm mich drücken ...«, erklang eine hochgestellte Stimme hinter der Zwischentür zum Hauptschiff.

Michael lauschte ein wenig den Worten. »... Du sendest ja die Freuden, du heilest jeden Schmerz ...«

Sein Schmerz schien unheilbar. Sein Sohn Jan hatte Geburtstag. Sein kleiner Janni wurde 10 Jahre alt.

Endlich war der schreckliche Tag vorbei. Am anderen Morgen war die Trauer vorüber. Michael musste etwas unternehmen. Diese Lust am Zerstören musste gestoppt werden. Michaels Geschwister kümmerten sich um seine Eltern. Er kümmerte sich um sein Trümmerfeld. Für ein »was mache ich hier eigentlich?« war es fast schon zu spät! War es überhaupt seine Frau, die hier die Fäden in den Händen hielt?

Nach dem Frühstück schaute er im Bad in den Spiegel und sprach vor sich hin: »Um was geht es hier eigentlich?«

Er stellte wie schon öfters sein Tablet vor den Spiegel. Das morgen- und abendliche Bühnenprogramm in dem kleinen Bildschirm begann seit einigen Tagen mit Fürstenfeld: »I will wieder hoam!«

Michael spulte in Gedanken das aufgeschäumte Problem zurück bis zu seinem Ursprung: dem nicht zu erklärenden, plötzlichen Verschwinden seiner Frau und Kinder über Mittag.

Man sprach sich aus und alles sollte wieder gut sein. Caros Vater und Michaels Eltern wollten nicht mehr wiederkommen. In jeder Beziehung gäbe es mal Streit. Genau so sah es Michael auch! Bertha Schmidt fehlte bei diesem Gespräch.

Bertha Schmidt kam eine Woche später wieder, eröffnete den Streit erneut, erweiterte den Streit, zog den Streit in mindestens vier Familien! Es zogen Leute auf, die den Traumschwiegersohn zutiefst beleidigten.

»Es gibt nichts, wo man nicht drüber reden kann!«,

so sein Freund Kultwirt Voss in der Partynacht.

Michael machte sich auf, dieses Problem zu lösen. In wenigen Tagen bekam er einen Gesprächstermin mit den Leuten hin, welche die Hauptverantwortlichen für die Taten der letzten Monate waren: Bertha und Ludwig Schmidt, Caro und Michael Schneider. Tagungsort war wieder das Wohnzimmer im Traumhaus.

Michael klopfte an der Nebeneingangstür. Caro öffnete ihm. Die Kinder waren nicht da. Michael stellte sich an die große Fensterfassade. Draußen war Sturm. Es regnete. Der Wind peitschte das Wasser auf dem Schwimmteich auf. Dicke Regenwolken zogen beschwerlich am langen Staufenkamm entlang. Wie oft hatten die beiden auf der Sonnenterrasse gesessen und vom Leben geschwärmt, von der Zukunft, von ihren Kindern.

Caro kochte in der Küche Kaffee und hatte einen Oskikuchen gebacken. Dies war ein einfacher Rührteigkuchen mit Ananas, den die Super-Köchin und -Bäckerin ohne ins

Rezeptbuch zu schauen in wenigen Minuten angerichtet hatte. Er schmeckte himmlisch. Er war nur für die Oskis. Seit über 15 Jahren nannten sie sich gegenseitig aus Spaß Oskis. Jan und Alex waren natürlich auch Oskis.

Michael schaute aus dem Küchenfenster auf die Straße. Hier fand er die gleiche triste Novemberstimmung, obwohl es erst Anfang Oktober war wie aus der großen Fensterfront nach Süden. Der Hund seines Freunds und Landwirts Stefan tippelte über den Gehweg.

Das Auto von Schmidts kam vorgefahren. Es saß nur Ludwig drin. Ludwig war für Michael das, was er für seine Schwiegermutter war: ein Traumschwiegerfamilienmitglied. Er war charismatisch. Er war immer ruhig und freundlich. Gerne nahm Michael seinen Rat an. Zu seiner Tochter hatte er ein sehr gutes Verhältnis. Oft hatten die drei Bertha Schmidt in ihre Grenzen verwiesen, wenn sie es mit ihrer Übermütterlichkeit und Megahilfsbereitschaft übertrieben hatte.

Der Ludwig Schmidt in der Firma Schmidt und Meyer war ein anderer Mensch, war eine ganz andere Person, war genau das Gegenteil von diesem Schwiegervater.

Was war das jetzt für ein Ludwig Schmidt, welcher dort vor der Panorama-Fassade Platz nahm? Es war der ganz neue Ludwig Schmidt. Er saß da. Der Oskikuchen und für jeden eine duftende Tasse Cremecoffee stand auf dem Tisch.

Michael fackelte nicht lange rum. Es kamen familieninterne Schwergewichte auf den Tisch. Er verlangte endlich nach Antworten für das miese Verhalten der letzten Monate. Doch wie schon mehrmals geschehen, bekam er keine klaren Antworten.

»Caro, wann habe ich dich bitteschön verletzt?«

»Du hast mich verletzt!«

»Das ist doch keine Antwort. Warum mischt Bertha im Hintergrund immer mit?«

Ludwig brachte sich nach einem künstlichen Lachen ein: »Die, die Bertha die will euch nur helfen!«

»Das ist aber eine komische Hilfe! Den Kindern geht es richtig schlecht. Ich weiß echt nicht, was ihr hier veranstaltet!«

Nüchtern führte Caro aus: »Die brauchen ja auch dringend Therapien. Du muss dich auch untersuchen lassen.«

»Caro, das ist doch totaler Schwachsinn! Ich hatte letzte Woche mit Herr Kotten gesprochen. Der erkennt dich nicht mehr wieder. Der Jan rutscht total ab in der Schule. In Unna hat man gesagt, dass du eine Kur brauchst. Nur du allein.«

»Ach komm!«

»Ich habe dir schon vor zwei Jahren gesagt, dass dir die Caro abhaut«, so der Schwiegervater.

»Ludwig! Die Caro lässt sich einfach hängen, wenn sie ihren Willen nicht bekommt. Sie hat Probleme mit Alex. Abhauen ist doch dann keine Lösung!

Caro, ich habe dir immer geholfen, wenn es dir schlecht ging. Ich stehe immer hinter dir. Wir wollten uns doch ein schönes Leben machen.«

Die beiden schauten auf die hochglänzende Tischplatte. Draußen peitschte der Regen gegen die Scheiben. Michael nahm in aller Ruhe einen Schluck Kaffee und teilte sich mit der Gabel ein Stück Kuchen ab.

Sollte er die beiden zum Nachdenken gebraucht haben? Wurde endlich das »was mache ich eigentlich hier?« in Gang gesetzt?

Caro blickte auf, schaute Michael nicht an. Nur einmal ganz kurz, dann steuerte ihr Blick an das Sideboard mit den Fotos aus dem letzten Urlaub in Südtirol. Schnell schaute sie wieder auf die neutrale sterile Tischplatte.

»Was hast du zuletzt für mich gemacht, worüber ich mich gefreut habe?«

»Ja, genau!«, spritzte es aus Ludwig.

Ohne lange zu überlegen gab Michael zur Antwort: »Ich habe die Gartenhütte für uns fertig gemacht. *Da hast du dich richtig drüber gefreut!«*

Nach wenigen Sätzen stand Michael auf. Er schaute fröhlich zu seiner Frau. Sie lächelte zurück.

Ein, zwei Tage später saß Michael an seinem Küchentisch im Zwischenlager. Seine Finger bedienten eifrig die schwarzen Tasten des Laptops. Er sah sehr zufrieden aus. Neben ihm stand eine Tasse mit der Oberhofer Kirche drauf. Der angenehme Duft des Waldfruchttees füllte den Raum. Er tippte und tippte. Wie ein emsiger Schriftsteller haute er in die Tasten. Wie bei einem Songschreiber, der die Melodie des Jahrhunderts im Ohr hat, füllte sich die weiße Fläche am Bildschirm. Er tippte und tippte.

Michael Schneider hatte die Angewohnheit, sein Geschriebenes auszudrucken und auf dem Tisch auszubreiten. So ging er immer vor: bei Angeboten, bei Aufträgen, bei

Rechnungen, Kalkulationen und auch bei seinen persönlichen Anschreiben, bei vertrauten Briefen.

Am Tag darauf lag das neueste Werk auf dem Küchentisch, bedachte Worte auf edlem Briefpapier mit Wasserzeichen. Der Papierkorb darunter war halbgefüllt mit viertelgerissenem Papier. Michael schrieb gern mal persönliche Briefe. Seine Eltern hatten vor Jahren einen bekommen. Seine Lieblingstante Josi in Görlitz bekam regelmäßig handgeschriebene Briefe und Postkarten. Einen Urlaub ohne eine Postkarte an Josi gab es nicht. Für den letzten Brief hatte sich Josi von ganzem Herzen bedankt. Sie hatte eine unbekannte Ekzem-Erkrankung und litt über Monaten an starken Schmerzen.

»Dein Brief hat mir so viel Kraft gegeben, Michael! Ich sah mich schon im Rollstuhl. Ich wollte einfach nicht mehr leben. Den Brief habe ich mir unter meinen persönlichsten Sachen abgelegt.«

Nun lag ein Brief an seine Schwiegermutter Bertha auf dem Küchentisch, an dem Josi, sein Vater, deren zwei Brüder, er selbst und alle acht Enkel seiner Oma gegessen haben – an dem Caro ihr bestes Frühstück serviert bekam, an dem nun die Männerfamilie Schneider ihre Mahlzeiten einnimmt. Jan und Alex waren die vierte Generation, welche an diesem schlichten Möbelstück ernährt wurden.

Hallo Bertha,

was ist in den vergangenen Monaten in unseren Familien
geschehen? Dies wollte ich in dem Gespräch am Sonntag erfahren.
Da warst du leider wieder nicht dabei. Es sind viele Aktionen
gegen mich veranstaltet worden, obwohl ich mir hab nichts zu
Schulden kommen lassen habe. Caro sagt, es ginge ihr jetzt besser.
Das glaube ich ihr nicht. Den Kindern geht es sehr schlecht. Jan
wird höchstwahrscheinlich eine Klasse zurückgesetzt. Alex steht
unter einem seelischen Schock, von dem er sich wohl nur schwer
erholen wird.

Als ihr zum letzten Mal bei uns zu Besuch wart, habe ich
dich schroff angefahren. Ich habe dir gesagt, dass ich ein Jahr
nicht mehr mit dir an einem Tisch sitzen möchte. Dafür wollte ich
mich bei dir persönlich entschuldigen. Meiner Einladung zu einem
Versöhnungsgespräch bist du leider nicht nachgegangen. Somit
entschuldige ich mein Verhalten mit diesem Schreiben.

Wir beide mögen Knigge, stehen auf Benimm- und
Anstandsregeln. Zu einer persönlichen Entschuldigung gehört
auch eine Begründung für das Fehlverhalten.

Hier meine Begründung:

Wir sind viele gemeinsame Jahre in eine Richtung gegangen. Es
gab Meinungsverschiedenheiten, aber die haben sich wieder

gelegt, weil wir uns ausgesprochen haben. Nun sprechen wir uns nicht mehr aus, sondern es hat sich eine kleine Serie von seltsamen Handlungen aufgebaut.

Auf dem Geburtstag von Gisela hast du mich ignoriert, ebenso auf Jans Kommunion. Nach der Kommunion und nach dem Besuch deiner Freundin hast du mich rau behandelt. Dann zieht Caro mit den Kindern über Mittag zu dir. Mein Bruder, dein Mann und Ambrosius kommen zeitgleich zu mir und machen mich runter. Dann ist eine Aussprache. Du fehlst. Daher meine Wut! Wir setzen uns alle an einen Tisch, um das Problem zu lösen – du fehlst! Die meisten Fragen hatte ich an dich! Die Aussprache war erfolgreich. Eine Woche später kommst du mit deinem Mann vorbei, ihr seid euch einig, dass es nicht mehr funktioniert in unserer Ehe. Ludwig sang förmlich in den Raum: *Die Caro möchte doch nur mal für ein paar Wochen alleine im Haus wohnen.*

Liebste Bertha, da hatte ich eine enorme Wut. Diese Aktionen waren eine große Gefahr für meine Familie! Bei jeder Aktion gab es eine Verbindung zu dir. Statt ein Problem zu lösen, wurde einfach ein neues dazugestellt und sie wurden immer größer. Dass Ambrosius einfach behauptet, ich hätte die Caro verletzt, ist eine unverschämte Lüge! Und deshalb habe ich gesagt, dass ich mit dir ein Jahr nicht an einem Tisch sitzen möchte.

Warum möchte ich mich nun doch wieder an einen Tisch setzen? Um meine Ehe zu retten? Nein! In Südtirol ist mir klar geworden, dass ich mir meine Frau nicht ans Bein nageln kann. Ich akzeptiere Caros Trennung. In den letzten Wochen habe ich um meine Frau gekämpft und meine Familie wurde brutal auseinandergerissen. Für mich gibt es nun zwei Möglichkeiten: Entweder Caro kommt wieder zurück oder ich suche mir eine neue Frau, mit der ich eine neue Familie aufbaue. Jan und Alex hingegen wird mir keiner nehmen! Es sind meine Kinder und sie werden mein Leben lang meine Kinder bleiben. Diesen Gedanken habe ich von dir übernommen. Du hast mir mal vor Jahren gesagt: *Kinder bleiben dein Leben lang deine Kinder. Auch wenn sie über 18 sind!*

Von nun an gehe ich in die Defensive beziehungsweise in die Neutralität.

Deine Tochter hat meinen Ring. Sie ist am Zug! Es gibt noch viel Hoffnung. Aber es müssen große Wunden heilen. Das wird dauern.

Ich möchte dich einfach bitten, dich aus unseren Angelegenheiten herauszuhalten. Wenn Caro den Weg der Scheidung sucht, dann sollen die Kinder so wenig wie möglich darunter leiden. Ich werde mich nicht scheiden lassen! Ich habe meine Frau nicht verletzt! Ich habe ihr ein gemeinsames Leben bis zum Tod versprochen. Auf mein Wort ist Verlass. Wir haben uns auf wunderschöne Jahre mit den Jungs gefreut. Ich weiß wirklich nicht, was hier gespielt wird.

Hier eine kurze Zusammenfassung meines Vorschlages von dem Treffen am letzten Sonntag: Caro betreut die Kinder allein inkl. Therapien. Michael unternimmt Aktionen mit den Kindern. Michael darf sich bei Bedarf im gemeinsamen Haus aufhalten.

Michael behält die Wohnung seiner Schwester. Öffentliche Feste besuchen die Kinder mit den Eltern.

Diese Regelungen dienen vordergründig dazu, den Kindern die unliebsame Lage so angenehm wie möglich zu gestalten.

Den Kindern muss es gut gehen!

Das ist auch deine Devise!

Den Kindern geht es aktuell verdammt schlecht! Die Kinder sind die Opfer! Das werde ich nicht zulassen! Jetzt sage ich: Den Kindern muss es gut gehen!

Jedes Kind hat ein Recht auf eine anständige Kindheit!

Wenn dir die Konstellation in der Firma nicht passt, warum sagst du es dann nicht einfach? Es gibt nichts, wo man nicht drüber reden kann. Du hast mir selbst immer gesagt: »In der Firma ist der Ludwig der Chef und ich zu Hause.«
    Wenn ich damals nein gesagt hätte, hättet ihr die Firma verkauft. Es gab ja bereits Vorverhandlungen mit einer Firma. Die Zusammenarbeit mit Marion funktioniert ganz gut, wenn wir mal die Ausrutscher um Alex Geburtstag außen vor lassen. Als klar war, dass Marion dazukommt, habe ich mit Ludwig, Caro und Marion zusammengesessen. Ludwig hatte mir ganz klar die Geschäftsführung zugesprochen. Selbst letztes Jahr hätte ich mich

aus der Firma zurückgezogen, damit es keinen Streit gibt. Aber Ludwig sagte mir klar und deutlich, dass ich Geschäftsführer und sein Nachfolger würde. So hatten wir es von Anfang an besprochen. Auf sein Wort sei Verlass!

Somit bitte ich dich nochmals: Halte dich aus unseren Angelegenheiten heraus oder wir lösen die selbstgestrickten Probleme gemeinsam.

Mit freundlichem Gruß
    Michael

Kapitel 6 Der persönliche Brief an der Brötchentheke

Per Einschreiben ließ Michael den Brief mit den gewählten Worten an Bertha zukommen. Mehr konnte er nicht machen. Gelassen, gut gelaunt, mit positiven Gedanken für die Zukunft erledigte er seine Aufgaben in der Firma.

Tags drauf am späten Vormittag wurde er um ein Haar von Sekretärin Christel überrannt: »Ich denke, es ist besser, wenn du das erstmal bekommst!« Sie überreichte ihm einen feuerroten Brief mit einem schwarzen Totenkopf mit langen Haaren, darunter ein Kreuz. Von weitem betrachtet kam das Symbol, das Zeichen für Frau, für weiblich zum Vorschein. Unten rechts war adrett ein weißes Adressfeld ohne Absender aufgeklebt.

Michael zog das Schreiben aus dem Kuvert. Seine Augen wurden größer.

ALL-EX-IS

Buchen Sie ALL-EX-IS

... für Ihre Intrige

... für die Zerstörung Ihrer Familien (Fachgebiet!)

... für die beweislose Ermordung von Kinderseelen

ALL-EX-IS ist unsichtbar, skrupellos, unmenschlich.

ALL-EX-IS! WAFFE DES EINUNDZWANZIGSTEN
JAHRHUNDERTS
ALL-EX-IS! DIE NEUE GENERATION DER
TRÜMMERFRAU
ALL-EX-IS! IS SS SM IN EINEM!

Diskret buchbar über die erfahrene Domina Bertha Schmidt an
einer der x-beliebigen Brötchentheken in ihrer Nähe!

Langsamen Schrittes bewegte er sich wieder zu seinem Schreibtisch und sprach leise vor sich hin: »Wer hat sich denn sowas ausgedacht?«

Er ließ sich in den schwarzen Bürostuhl fallen. »Na, ob mir das nun weiterhilft?« Sein Blick schweifte nach draußen auf den Apfelbaum auf der Wiese vor seinem Fenster. Sein Blick wurde freundlich. Er ging rüber in die Fertigung zum eigentlichen Empfänger des roten Briefes, zu Hermann Meyer, Berthas Bruder, Mitgeschäftsführer: »Hier schau mal!« Seine Finger fletschten das Kuvert über den Tisch. Es dreht sich drei Mal und gleitet vor die Arbeiterhände des Seniors Meyer. Dieser brummte nur. Neugierig wie er war, zog er hastig den seltsamen Schrieb heraus.

Er grinste. Er lachte. Er flitschte es wieder über den Tisch. »Wer war das denn?«

»Keine Ahnung!«

»Na ja, so ganz ohne ist unser Bertha nicht!« Hermann Meyer lachte noch einmal auf. Dann wurde er schlagartig hektisch. »So komm! Ich muss was tun!«

»Hermann, wir müssen alle was tun«, konterte Michael. Die beiden werteten diese ausgefallene Werbekampagne im roten Umschlag als einen kleinen Streich. Ihnen kam nicht in den Sinn, dass ein hochwertiges Kuvert mit einem ordentlich aufgeklebten, maschinell erzeugtem Adressfeld und einer Sonderbriefmarke mehrere Personen erreicht haben könne. Zufrieden ging Michael mit dem Dokument wieder in den Bürotrakt.

In der Mittagspause rollte sein Wagen auf seinen Parkplatz neben der Garage vom Genscher. Es war Mittwoch. Mittwochs wird immer der Staufenkurier an alle Haushalte verteilt. Dieser steckte in den sechs Briefkastenklappen. Genschers Klappe war schon geschlossen. Er war Rentner. Alle anderen Mitbewohner waren berufstätig. Die Dame von der Deutschen Bundespost hatte die Angewohnheit, die Post in die einmal geknickten Wochenzeitungen zu stecken, zumindest bei gutem Wetter. Michaels Briefkasten war der zweite von unten. Schon von weitem stach ein besonderer Brief hervor.

Michael ging erst zu seiner Mutter. Es gab Bratwurst mit Rotkohl und Kartoffeln. Seine Mutter erzählte vom Vater. Er war auf dem Wege der Besserung. Von Onkel Anno gab es nichts Neues. Ein roter Brief lag nirgends herum. Oder seine Mutter hatte die Post noch nicht aus dem Kasten entnommen. Seine Mutter erzählte. Michaels Gedanken waren beim roten Umschlag.

Er ging rüber zu seiner Wohnung. Das Mietshaus vom Voss war nur drei Straßen weiter. Michael schaute zu den Briefkästen links und rechts. Bei den meisten war auch hier die Tagespost in den einmal gefalteten Staufenkurier gesteckt. Oder die Klappen waren schon geschlossen wie beim Genscher. Nirgendwo steckte ein roter Umschlag.

Mit einem Brotmesser seiner Schwester öffnete er den Brief. Es war das gleiche Schreiben wie in dem Umschlag an Hermann Meyer. Wer mag diesen Brief noch bekommen haben?

Einen Tag später am frühen Nachmittag kam Licht ins Dunkel. Das Verteilergebiet konnte ziemlich genau bestimmt werden. Michael war es eigentlich egal, wer diesen Brief verfasst und ihn in Umlauf gebracht hat. Er hatte mit der Sache nichts zu tun. Ruhe sollte in die festgefahrene Familienproblematik kommen. Die Herbstferien standen bevor und mit seiner Ehefrau auf Abstand war abgestimmt, dass die beiden Junges in der ersten Ferienwoche bei ihm sind. Die drei männlichen Geschöpfe schwärmten schon seit Wochen von ihrem Projekt, eine Waldhütte in der kleinen Lerchenschonung hinter dem Firmengebäude aus Palettenbrettern zu bauen. Mit Erstaunen stellte Michael Schneider fest, wie schnell man sich an den Kindesentzug gewöhnt. Doch er wehrte sich gegen diese Denkweise, entgegen den Gesetzen, welche ihm die Mutter Natur noch vor wenigen Wochen in der Neutralen lehrte.

Nach 14 Uhr saß er wieder an seinem Schreibtisch. Durch die geöffnete Tür waren Stimmen aus der Ausstellung zu hören. Mal war es ein leises Unterhalten, mal puspelte man etwas, dann wurden die Worte immer lauter.

Caro, Bertha und Marion kamen unangemeldet in das Büro des Geschäftsführers Michael Schneider. Caro lehnte sich an die Fensterbank neben seinen Schreibtisch, fast saß sie schon auf Michaels Schoß, so nah war sie ihm. Bertha ließ sich in einen der Besucherstühle fallen. Sie plumpste genauso unsanft wie früher, als die Welt noch in Ordnung war, auf das Sitzpolster.

»Also wenn das so weiter geht, dann könnt ihr mich bald auch einliefern!«

Michael Schneider traute seinen Ohren nicht. Sollte dieser seltsame rote Brief etwas bewirkt, ein Umdenken in Berthas Kopf erzielt haben?

Die beiden Töchterchen sagten nichts. Marion stand verlegen in der Tür mit der Klinke in der Hand.

Michael fiel nun auch nichts ein, was er in dieser spontan zusammengeeilten Runde als Gesprächsansatz einfügen sollte. Ihm gelang es am einfachsten, Verlegenheit zu überspielen. Seine linke Hand führte die Maus, seine rechten Finger tippten auf der flachen Tastatur.

Und wer hat wohl nun die Talkrunde eröffnet, ohne zu bemerken, dass sie sich an dem Tag mit Michael an einen Tisch gesetzt hat? Da gibt es nur eine Kandidatin! Wie schon mehrmals geschehen, brauchte sie ein paar gebrochene Sätze, um zum Hauptthema zu gelangen: die scheinbar nicht in Auftrag gegebene Werbekampagne für ihr unterirdisches Gewerbe. Niemals vor dem 01.02.2014 war ihr Intrigentalent so stark in der oberirdischen Welt wahrgenommen worden wie in den letzten Monaten. Und selbst das nur von einigen wenigen Leuten.

»Deine Entschuldigung nehme ich an«, sagte sie auf einmal. Alle schauten mit einem freundlichen Lächeln auf Michael. Sollte dieser seltsame Brief tatsächlich so eine Art Umdenken bewirkt haben? Wer war die Verfasserin oder der Autor dieser Zeilen? Der geheimnisvolle Rudolf aus Südtirol?

»Deinen Brief, den habe ich bekommen. Und da entschuldigst du dich ja bei mir für dein Verhalten auf unserem Treppenstein. Deine Entschuldigung nehme ich an!«

Ein längeres Schweigen blockierte wieder den Dialog. Michael antwortete nicht. Er hatte seinen Brief nicht geschrieben, um seine Reaktion, sein lautes Schreien, ohne Beleidigungen oder kränkende Worte auf ihre maßlose Aktion auf dem Kindergeburtstag seines Sohnes zu entschuldigen! Der Brief sollte eine andere Botschaft übermitteln!

Bertha fügte kleinlaut an: »Du hast auf unserem Treppenstein zu mir gesagt: *Ich schlage dir gleich in deine dreckige Fresse!*«

»Das stimmt nicht!«, gab Michael direkt zurück.

»Das stimmt wohl! Das hast du gesagt!«

»Nein, das habe ich nicht gesagt!« Er schaute ihr streng in die Augen. Sie schaute auf den Boden. »Das einzige Schimpfwort, welches ich benutzt habe, war *falsche Schlange*.« Mit ausgestrecktem Arm zeigte er mit der dem Zeigefinger auf sie: »Du hast zu mir gesagt: *Schlag mich doch, schlag mich doch!* Mit dem Zeigefinger hast du an dein Kinn gezeigt und wiederholt: *Hier hin sollst du mich schlagen.*« Er machte eine kurze Pause. »Und da ich nicht reagiert habe, hast du noch hinzugefügt: *los nun mach schon!* Da ich immer noch nicht reagiert hatte, sagtest du: *Wenn du das machst,*
dann ...« Ja und dann gingen dir die Worte aus! So war das! Wir bleiben aber bitte bei der Wahrheit ...«

Kleinlaut wimmerte sie ganz leise dazwischen: »Nein und das war nicht so!« »... Es war auch kein Entschuldigungsschreiben. Es war ein Brief, der Antworten einfordert!«

Es folgten keine Antworten, auch keine Gegenentschuldigung für das miserable Auftreten auf dem Treppenstein.

»Du sollst ihr sagen, was sie mit dem Brief machen soll!«,

fügte sich nun Marion an der Tür ein. Der Satz klang so einstudiert. Monoton, ohne jeglichen natürlichen Klang wurden die Silben ausgesprochen – wie bei einer Schülerin beim Krippenspiel im vierten Schuljahr. Hatte sie dem Dialog, in den sie sich da einmischte, nicht richtig zugehört?

Michael schwieg. Michael blieb neutral. Michael konnte seit dem Einbringen von Marion die Lage nicht mehr einschätzen. Wenn Marion mitspielte, war Rushhour auf den Autobahnen der Unterwelt.

Caro streife mit der linken Hand durch ihr langes strohblond gefärbtes Haar. Bertha seufzte laut.

Marion sprach ein zweites Mal: »*Sag doch einfach, was Mama mit deinem Brief machen soll!*« Michael schaute entsetzt zu ihr hoch:

»*Also, ich hefte solche Briefe zu meinen persönlichsten Sachen ab!*«

»*Ok, dann mache ich das!*«, so Bertha. Dann sprach sie weiter: »Und sag deiner Schwester, wenn sie sich bis morgen Abend nicht meldet oder sich bei mir entschuldigt, dann gibt es eine Anzeige, die sich gewaschen hat.«

»Wie? Was? Eine Anzeige?«, fragte Michael.

»Ja genau! Eine Anzeige! Es ist ja wohl klar, dass deine Schwester diesen Brief geschrieben hat.«

Auf dem Tisch neben ihr lag ein roter Umschlag mit dem schwarzen Logo und dem adretten Adressfeld. Dieser lag auf dem großen weißen Umschlag, dem Einschreiben an Bertha mit dem Absender, Zwischenlager Oberhof.

»Ach, der Brief mit der Alexis. Ein bisschen krass war der schon geschrieben. Wieso kommst du auf Rena?«

»Das war die!«, schoss Marion dazwischen.

Caros Hand streifte durch ihr Haar.

»Das war deine Schwester, da bin ich mir ganz sicher! Du schreibst so etwas nicht. Das ist nicht dein Stil. Und du würdest diesen Brief auch nicht an andere schicken. Unsere komplette Nachbarschaft stand gestern Abend vor der Tür. Der Sommers Werner sagte: *Damit haben wir nichts zu tun!*«

»Und meine Schwester soll den Brief geschrieben haben? Ich wäre vorsichtig mit solchen Äußerungen.«

Bertha stand auf und wiederholte ihre Drohung: »Wenn sie sich bis morgen Abend nicht gemeldet hat, gibt es eine Anzeige! Eine Anzeige, die sich gewaschen hat! Das steht fest. Das kannst du ihr sagen!«

»Warum sagst du es ihr nicht selbst?«

»Sag ihr das!« Und schon waren die Damen wieder weg.

Er würde es ihr sagen. Michael Schneider hat es zwar nicht fest zugesagt, denn dann hätten sich die Damen zu 100 Prozent drauf verlassen können. Er würde es aber aus Gefallen tun, weil er gerne hilft und immer bemüht ist, Streit zu schlichten. Bertha Schmidt wird diese Art von Michael später mal schriftlich als Selbstverliebtheit auslegen.

Wird sie den persönlichen, friedlich geschriebenen Brief abheften? In einem Tresor verriegeln?

Ab diesem Tag wurde ein Handeln von unvorstellbarer Ungerechtigkeit aktiviert. Ab dem Abend wurde mit zweierlei Maß gemessen – über Jahre!

Auf der Fahrt nach Hause rief Michael seine Schwester über die Freisprechanlage an: »Bertha war eben in meinem Büro. Hast du etwas mit dem Brief zu tun?«

»Mit was für einem Brief?«

Er sprach abgehakt wie ein Roboter: »All ex is.«

»Mama hat mir da gestern Abend was gezeigt. Du meinst diesen roten Brief? Aber ich habe da nichts mit zu tun.«

»Na, so ganz glaube ich dir das nicht.« Rena musste etwas in den Hörer lachen. »Nein – ich habe nichts damit zu tun. Ich schwöre!«

»Ich soll dir von Bertha sagen, dass sie eine Anzeige gegen dich stellt, wenn du dich nicht bis morgen Abend bei ihr gemeldet hast.«

Michaels Schwester lachte etwas überheblich. »Die soll mal aufpassen, was sie von sich gibt, diese alte Schabe! Ich habe damit nichts zu tun!«

Damit war für Michael der Gefallen getan, die Aufgabe des Schlichters erledigt. Er fühlte sich sichtlich erleichtert, dass er mal in einem Konflikt nach Monaten Dauerkrise eine Nebenrolle spielte. Doch der Schein trügte!

Gut gelaunt ging er in sein Zwischenlager und setzte sich an seinen Küchentisch. Für die dreiköpfige Männerfamilie fehlte ein Stuhl. Erfinderisch wie die Herren waren, stellten sie einen Gartenstuhl von der Schwester hinzu, mit zwei Auflagen, sonst würde man zu tief in dem »Sessel« sitzen.

Er aß zu Abend, was er schon lange nicht mehr gegessen hatte. Als junger Single, bevor er Caro kennengelernt hatte, schlemmerte er diese schlichte Speise regelmäßig: frische Brötchen mit Jägermett vom allerbesten Metzger aus dem Oberstaufenwald, garniert mit Zwiebelringen und Paprikapulver. Dazu ein Glas Traubensaft.

Michael stand ruckartig auf. In einer Hand hielt er noch eine angebissene Brötchenhälfte, mit der anderen räumte er das Brettchen und das Glas vom Tisch. Die Begegnung mit Bertha bewegte ihn. Zwei Mal war sie nun nicht an den Tisch der Aussprache gekommen und urplötzlich saß sie direkt vor ihm. Das musste der unverbesserliche Optimist seinen Eltern erzählen. Aus seiner Sicht hatte dieser rote Brief, diese rote Karte für Bertha unheimliches Potential.

Wäre er doch im Zwischenlager geblieben!

Sein Vater lag noch im Krankenhaus. Seine Mutter saß auf ihrem Platz am Fenster. Er setzte sich dazu. Sie wirkte leicht angespannt. Michael erzählte ihr von der Begegnung. Sie war skeptisch: »Na! Das soll mich nicht wundern! Die heckt doch bestimmt wieder was aus!«

Kaum ausgesprochen, kam Michaels Bruder Matthias in die Küche und setzte sich schnaufend vor Wut an den Tisch zwischen die beiden. Er grüßte nicht. Er hatte zwei Briefe dabei, einen roten Umschlag und ...

Michael traute seinen Augen nicht! Er ließ sich nichts anmerken. Sollte sich ihr Krieg doch nicht dem Ende neigen? Sollte nun der totale Krieg folgen?

»Und du bist dir sicher, dass Rena nichts hiermit zu tun hat?«, fauchte Matthias seine Mutter an und wedelte mit dem blutroten Kuvert vor ihren Augen herum.

»Das weiß ich doch nicht!«, gab die Mutter forsch zurück. »Wer soll das denn sonst gewesen sein!«, schrie er in den Raum, ohne wen anzuschauen.

Das war nicht sein Bruder, der dort saß! Er sah genauso aus wie Matthias Schneider. In dessen Leib weilte jedoch ein anderes Wesen. Es war nicht der chillige Sunnyboy, der das Leben locker nahm, gerne lachte und gern mit seinen Freunden ins Stadion fuhr und auch mal gern mal fröhlich feierte. Der auch mal ein bisschen mit anderen Frauen flirtete.

Dieser Herr, welcher Michaels Bruder verdammt ähnlichsah, kam aus einer anderen Welt. War es bei Caroline Schneider nicht auch so?

Matthias legte den zweiten Brief auf den Tisch, den Michael beim ersten Blick erkannt hatte.

Es war sein persönlicher Brief an seine Schwiegermutter!

Nein! Es war nicht der persönliche Brief. Es war eine Kopie des Briefes. Die drei typischen Kopierstreifen, welche das Multifunktionsgerät in der Firma auf jedem Papier erzeugte, waren Beweis für eine Vervielfältigung des vertrauensvollen Dokumentes.

Michael saß da und schaute zu. Die neutrale Zone hatte ihn immun gemacht gegen diese geschmacklosen Provokationen. Er frage seinen Bruder nicht, warum er denn seinen Brief an seine Schwiegermutter im Besitz habe. Michael Schneider fragte Matthias Schneider nicht, warum er diesen Brief angenommen habe. Warum er nicht zu Bertha Schmidt gesagt hat: »Frau! Geht es dir nicht gut? Das ist doch ein persönlicher Brief, den reicht man doch nicht rum!«

Eigentlich war sich Michael sicher, dass sein Bruder zu ihm hielt oder sich zu mindestens neutral verhalten würde. Noch vor wenigen Wochen sagte er abfällig über Bertha: »umnieten!«

Michael hatte ihm die bis dahin schon geschmacklosen Handlungen der eisernen Berta ausführlichst berichtet, weil sie mit ihren Lügengeschichten durch die Verwandtschaft zog.

Michael saß da und schaute dem Wolf im Scharfspelz, dem Schmidt im Schneidergewandt zu.

»... Wie kann man nur so etwas schreiben? Liebe Bertha! ...«

Unterstrichen sei hier, »liebe Bertha« stand im letzten Teil des Briefes. Es war nicht die Anrede.

»... *Du bist zu Kreuze gekrochen ...!*«

Wild fuchtelte er mit den Armen und Händen herum.

Michael saß da und schaute ihn an. Neutral und nüchtern hörte er sich die impulsive Rede an.

Es war Krieg!

Michael verglich sein Schicksal mit dem Krieg. Nicht, weil er braun war. Politisch war er eher liberal eingestellt. Die Vergleiche der letzten Monate mit dem Nazi-Verbrechen beruhten einzig und allein auf Berthas mehrmalige Drohung weit vor Kriegsausbruch: »Leg dich nicht mit mir an! Ich gewinne jeden Krieg!« Und nachdem Michael Schneider Geschäftsführer bei Schmidt und Meyer wurde, war Marion Schmidt automatisch der neue Ludwig Schmidt. Siegmund Freud hätte dieser These nicht viel abgewinnen können, ebenso wenig wie den Rassegesetzen des Dritten Reiches. Für Bertha Schmidt hingegen war dies modernste Entwicklungspsychologie. Für den Erhalt des Wahrheitsgehaltes dieses neuen Denkens des 21. Jahrhunderts musste ihr Ehemann über 40 Jahre lang stille Reserven anschaffen.

So gestikulierte dieser ganz neue Matthias Schneider wild mit Arm und Hand außer Rand und Band wie einst das Rhetoriktalent Goebbels im Berliner Sportpalast.

Sein rechter Zeigefinger zitterte euphorisch und er brüllte aus sich heraus: »*... Du hast keine Familie mehr! Du hast kein Haus mehr und in einem halben Jahr bist du auch nicht mehr in der Firma.*« Erbost schaute er den Untermenschen rechts neben sich an:

»*Komm endlich runter von deinem hohen Ross!*

Liebe Bertha!

Wie kann man nur so etwas schreiben?«

Er zitierte einzelne Sätze aus dem Brief!

Was für eine Schmach!

Die Mutter am Tisch begann zu weinen.

Der Untermensch Michael blieb gefasst.

»Wie kann man nur so eine Vereinbarung aufsetzen?« Das
Monster las wieder aus dem Brief: »Michael unternimmt Aktionen
mit den Kindern. Michael darf sich bei Bedarf im gemeinsamen
Haus aufhalten. Michael behält die Wohnung seiner Schwester.
Öffentliche Feste besuchen die Kinder
mit ...«

    Michael schnitt ab: »Eine Vereinbarung liest sich immer
etwas seltsam!«

    Die Wirkung der neutralen Zone ließ nach. Michael wurde
lauter, ging in die Offensive. Michael erzählte von einer mehr als
fragwürdigen Vereinbarung zwischen Matthias und seiner
damaligen Freundin. Er fand diese vor vielen Jahren auf einem
Papierschnipsel notiert. »Mit jedem Kilo, das du abnimmst, wird
mein neues Auto 1000 DM billiger!«

    »Wie billig ist das denn? Wie bekloppt hört sich denn die
Vereinbarung an?!«

    Wie bei Joseph G. wurde auch bei Bertha, bei Matthias nun
auch, die Wahrheit ausgeblendet. Das Ungetüm überhörte einfach

die gewaltige, Gegenklatsche und schrie noch lauter: »Die Frau will nichts mehr von dir!«

Michael nahm den Brief zur Hand. Er schlug Seite zwei auf und las vor: »Ich akzeptiere Caros Trennung.«

»Du hast keine Familie mehr und kein Haus!«, wiederholte der Tyrann erneut und fügte hinzu, »du kannst in eine von meinen Mietwohnungen ziehen!«

Michael zitierte erneut gelassen aus seinem Brief an Bertha: »In Südtirol ist mir klar geworden, dass ich mir meine Frau nicht ans Bein nageln kann. Ich akzeptiere Caros Trennung. In den letzten Wochen habe ich um meine Frau gekämpft und meine Familie wurde brutal auseinandergerissen. Für mich gibt es nun zwei Möglichkeiten: Entweder Caro kommt wieder zurück oder ich suche mir eine zweite Frau, mit der ich eine neue Familie aufbaue.«

Der andere überhörte das schlagkräftige Argument abermals und teilte die nächste Klatsche aus: »Krankenkassen betrügen. Jeder macht das! Nur einer natürlich nicht. Einer hat das natürlich nicht nötig! Nein, der doch nicht!«

Der Satan in Menschengestalt legte die Handflächen vertikal zusammen, führte sie an die Nasenspitze und der Kopf neigte sich auf den Tisch, bis die kleinen Finger die Tischplatte berührten.

»Der heilige Michael hat das ja nicht nötig!«

Andächtig, mit höchster Konzentration führte der Patriarch das Zeremoniell ein zweites Mal durch:

»Der heilige Michael hat das ja nicht nötig!«

»Was hast du überhaupt vor?«, fragte Michael, »das ist bestimmt schon zehn Jahre her, wenn nicht sogar noch länger. Da ging es um die Elternzeit. Das war gerade neu als Gesetz herausgekommen. Das hätte uns zugestanden, wenn ich als Vater für zwei oder vier Wochen zuhause geblieben wäre. Wie das genau war, weiß ich auf Anhieb jetzt auch nicht. Ich bin aber nicht zuhause geblieben! Ich wurde in der Firma gebraucht. Wär ich besser mal zuhause geblieben. Dann wären mir einige Tage Schikane und Gebrülle von Ludwig und Hermann erspart geblieben! Es ging uns finanziell sehr gut! Wir hatten ein schuldenfreies Haus, zwei Autos. Unsere Eltern waren gesund und uns wurde ein gesundes Kind geschenkt!

Warum muss ich mich jetzt hier rechtfertigen, weil ich vor zehn oder zwölf Jahren die Krankenkasse nicht betrogen habe?«

Mit dem Krankenkassen-Nichtbetrug hatte man nun alle Schandtaten aus Michaels Vergangenheit aufgetischt, bis auf drei! Drei Taten fehlten noch! Genau die drei Taten waren der Grund für die Trennung!

    Aber das nur am Rande! Wichtiger an dem Krankenkassen-Nichtbetrug ist die Tatsache, dass man intensiv in der Vergangenheit des Michael Schneiders herumgewühlt hat, wie es die Stasi, wie es die SS nicht besser hätte schaffen können. Wer weiß, was man bei anderen Ehemännern oder -frauen so gefunden hätte.

Selbst die aufgeblasene Geschichte mit der Katze vor 30 Jahren wurde hinzugezogen.

Diese Vorgehensweise ist schon armselig genug! Die komplette Vergangenheit auf links drehen.

Umso erstaunlicher wird später, wenn man auf der verbrannten Erde steht und den Verbrechern auf die Spur kommen möchte!

Ihre Mutter schaute nur zu. Michael legte nach: »Caroline und ich leben auf Abstand. Ich lasse sie in Ruhe. Die Vereinbarung hat Caro nicht angenommen. Das war vor drei Wochen. Das Jugendamt hat mir empfohlen, Caro Zeit zu geben. Das mache ich auch. Und jetzt fangt ihr wieder an! Ihr solltet euch doch da raushalten! Die Himmelreich sagte auch, eine Ehekrise ist die Sache von zwei Leuten. Aber bei ihnen machen ja mindestens 30 Leute mit!«

»Du hast der Caro eine SMS geschrieben, dass du Sonntag wieder im Haus bist!«, bellte er dazwischen.

»Das habe ich nicht!«

»Das hast du doch! Ich will die sehen!«, schrie er!

»Was ist denn los mit dir? Ich habe so eine SMS nicht geschrieben! Ich akzeptiere doch die Trennung. Warum wird denn hier wieder so ein künstlicher Terror aufgebaut?«

»Ich will die SMS sehen!« Er zückt sein Handy und rief Caro an. Caro sagte zu, dass sie vorbeikommen würde.

Die Mutter weinte bitterlich.

Der ältere Sohn peitschte weiter auf den Jüngeren ein: »Merkst du gar nicht, was du hier machst?« Er zeigte mit beiden Händen auf die Mutter und nickte selbstzustimmend. »Da, siehst du, was du anrichtest? Du zerstörst unsere Familie! Unsere, die gehen dabei drauf! Du wolltest immer nur Chef werden und eine eigene Firma haben. Josi hat auch gesagt, dass du jetzt fein Menneken markierst!«

Die Mutter der beiden verließ den Raum. Matthias holte einmal tief Luft und donnerte weiter:

»Mach endlich einen sauberen Strich unter die Sache!«

»Ich zerstöre? Wer zerstört denn hier gerade? Man hat mir meine Familie grundlos zerstört. Das tut mir sehr weh! Aber ich akzeptiere das! Du bist derjenige, der hier gerade sehr viel zerstört! Ich wollte nur kurz unsere Mutter besuchen und ihr gute Laune vermitteln. Was machst du denn gerade hier? Am besten du entschuldigst dich für dein Verhalten und wir beenden das ganz hier. Mama weint in den letzten sechs Monaten zum ersten Mal, weil du hier aufwiegelst. Die Sache ist doch entschieden! Was hast du vor? Mit der seltsamen Bertha-Werbung habe ich nichts zu tun. Erst dachte ich, dass Bertha dadurch vielleicht die Augen aufgehen würden. Aber wenn ich das hier sehe, geht das Dingen wohl nach hinten los. Was machst du hier? Zerstörst du nicht gerade? Dabei gehen unsere drauf ...!« Michael betonte extra das »dabei«.

»... Ich wollte immer Chef werden? Die wollten die Firma verkaufen. Wenn ich nicht gewesen wäre, gäbe es den Laden nicht mehr! Dann müsste das feine Töchterchen Marion jetzt ganz woanders schaffen. Eine Firma aus Steisen hatte schon den Kaufvertrag ausgearbeitet.

Nirgendwo ...« Michael wiederholte bestimmend »... nirgendwo hat man irgendwo in der Familie und in der Öffentlichkeit wahrgenommen, dass ich Chef geworden bin! Bertha hat bei unseren vor Jans Kommunion damit geprahlt. Der Michael ist jetzt Chef! Hat er euch das noch nicht erzählt? Der verdient jetzt gut. Der bekommt einen Firmenwagen. Wie oft hat diese Person geprahlt: Du bist unser Traumschwiegersohn! Das ist deine Firma! Du kannst so tun, als wenn es dein eigenes Unternehmen ist!? Zigmal! Monate lang!«

Die Mutter kam wieder dazu und sprach noch im Stehen: »Ja, das stimmt! Oft saß sie mit mir auf dem Spielplatz. Der Michael der hat es demnächst gut! Diese verlogene Hexe!«

Michael führte weiter aus: »Volker hat mich vor Ostern darauf angesprochen, bei einem Dorfeinsatz auf dem Friedhof. Herzlichen Glückwunsch Michael, du bist ja jetzt Geschäftsführer. Er hatte es im Handelsregister gelesen!«

Michaels Argumente wurden weiterhin ignoriert und es wurde die nächste Schote aus der Schublade gezogen: »Der Beule hatte ja auch gesagt, wenn du falsch auf der Autobahn fährst, dann fahren alle anderen falsch.«

Diese Aussage hatte er bereits getätigt, als er mit Ludwig und Ambrosius im Frühling verbal auf ihn einschlug. Damals war es ein Überraschungsangriff, nun konnte Michael kontern: »Du! Du musst gerade was sagen! Du muss hier gerade anfangen mit Rechtsanwalt Beule und Autofahren. Sag mal, was hast du für einen Zaubertrunk geschluckt? Wie oft hast du dir schon Punkte bei mir einfach genommen? Einmal in meinem Leben sollte ich meinen Führerschein abgeben. Wie oft hast du ihn abgenommen bekommen? Fünf Mal? Und bist dann trotzdem oft gefahren! Und genau der liebe Herr Beule hatte mich damals raus geboxt. Ich hatte versichert, dass ich keine Punkte in Flensburg hätte. Er rief mich entsetzt an: Von wegen, Sie haben keine Punkte, Herr Schneider. In Hamburg haben Sie gleich zwei Stück kassiert. Das waren deine Punkte! Die hast du mir einfach in den Briefkasten geworfen. Ich habe dir das Schreiben wieder zurück in deinen Kasten geworfen. Ich hätte aber Einspruch dagegen einreichen müssen. Habe ich aber nicht! Somit hatte ich sie an der Backe. Also mal ganz vorsichtig sein mit so weisen und rechtlichen Schlauheiten.«

Aus dem Körper von Matthias Schneider schallte es weiter: »Komm endlich runter von deinem Höhenflug. Du meinst auch, du wärest was Besseres!«

»Wieso das denn?«, fragte Michael dazwischen. Die Person der lauten Redensführung äffte ihn nach: »Wieso das denn? Wieso das denn?« Er zürnte: »Du bist nichts Besseres! Was war denn mit der Lotti?«

»Mit welcher Lotti?«, fragte Michael direkt.

»Na mit der Holters Lotti!«

»Was hat die denn jetzt mit unserer Sache zu tun?«

»Was? Was?« Diese geladene Person wurde immer ungehaltener und haute mit voller Wucht auf den Tisch. »Von wegen, die Tochter ist gestorben, weil Lotti nachts heimlich getanzt hat!« Michael schaute zu seiner weinerlichen Mutter. Sie tat ihm leid. Er versuchte mit leisen, gewählten Worten die aggressive Stimmung zu mildern: »Ich weiß echt nicht, was Holters Lotti mit meiner Ehekrise oder mit meinem Brief an meine Schwiegermutter zu tun haben soll.«

Die aufbrausende Person stand auf. Michael wich ein wenig zur Seite. Im ersten Moment schien es, als wolle der nicht mehr wiederzuerkennende Bruder ihm links und rechts was um die Ohren hauen. »Du bist wie ein Politiker! Du redest dir jede Lage schön. Du redest dich immer raus und am Ende präsentierst du dich als Unschuldslamm. Was bist du nur für ein scheinheiliger Vogel! Du hast doch überall erzählt, die Tochter von Lotti sei nur gestorben, weil sie immer im Nachtclub in Hennstätt heimlich auf den Tischen getanzt hat. Das wäre die Strafe des Herrn. Das wäre die Strafe für ihre Sünden!«

Michael Schneider reichte es. Neutrale Zone hin oder her. Hier war eine klare Linie überschritten! Hier wurde einfach etwas behauptet. Hier wurde eine schamlose Lüge ausgesprochen.

Wenn er eins nicht abkonnte, dann waren es Lügen!

Michael wurde bestimmender: »Wer verbreitet denn so einen Kappes? Das höre ich ja zum ersten Mal. So etwas würde ich niemals von mir geben!«

»Du hast es gesagt! Genauso hast du es gesagt! Du Heuchler!«

»Das habe ich nicht gesagt! Niemals!«

»Doch hast du! Soll ich sie holen?« Die aufgebrachte Person rannte zur Tür und griff hastig zum Türgriff.

»Wen willst du holen?«

»Die Lotti, die Lotti! Soll ich sie holen?«

»Ja, von mir aus holst du sie! Ich habe den Schwachsinn nicht von mir gegeben!«

Caro kam zu Tür herein. Michael wurde wieder etwas gelassener. »Na, jetzt bin ich mal gespannt.« Matthias fragte direkt. »Kannst du uns mal die SMS zeigen?«

»Welche SMS?«, fragte sie noch leicht außer Atem.

»In der Michael schreibt, dass er Sonntag wieder im Haus ist:«

»Ach so! Nein, die hat jemand anders geschrieben.«

Michael Schneider grinste leicht vor sich hin und schüttelte den Kopf dabei. Die Mutter saß wieder an ihrem Platz. Ihre Tochter Rena kam durch die Terrassentür herein. Caro musste etwas Platz machen.

Michael schaute zu Caro auf. »Und wer hat diese SMS geschrieben?«

»Einer aus der Firma«, kam ihr zart, kaum hörbar über die Lippen.

»Läuft!«

Mit nur wenigen Sätzen schaffte es Rena, die Schärfe aus dem Gespräch zu nehmen. Sie sah die beiden Briefe auf dem Tisch, äußerste sich aber nicht dazu. Bruder Matthias verlor kein Wort über die Anschuldigungen seiner Schwester gegenüber der Nachforschungen nach der Verfasserin des »Werbebriefes«, wie das außergewöhnliche Schriftstück fortan genannt wurde.

Die Mutter der drei Kinder fand nun klare Worte. Sie nahm nun Caro in die Pflicht. Die Mutter war die erste im Drama, welche nun Antworten auf die Taten der letzten Monate und Jahre verlangte. Sie fragte freundlich ihre Schwiegertochter, warum sie denn doch wieder ausgezogen sei, obwohl sie bei der gemeinsamen Aussprache klar gezeigt habe, dass es noch lange nicht vorbei sei. Doch Caro entgegnete nur, monoton, wie auswendiggelernt:

»Ich empfinde nichts mehr für Michael.« Michael schaute zu ihr. Er rührte sich nicht.

»Aber zu Matthias hast du mal gesagt. »Da muss ich Michael recht geben: Eine Frau mit zwei Kindern verlässt man nicht!« Mutter Schneider zeigte sich als starke, aufrichtige Frau. Caro lief rot an und ihr stiegen Tränen in die Augen. Michael sprach zu seiner Frau. »Caro, was ist los mit dir?«

»Ach, ich weiß es doch auch nicht!«

Da saßen sie, die Schneiders. Keiner konnte in dem Moment etwas sagen. In Michaels Augen war Hoffnung zu erkennen. Caro schaute nach unten und ließ sich die langen Haare ins Gesicht fallen.

Es war still.

»Du hast mich nachts nicht weinen gehört!«, fing Caro leise an.
  »Caro, da habe ich geschlafen.«
»Wenn ich schlafe, kann ich auch keinen Weinen hören«, gab die Mutter hinzu. Die Worte ihrer Schwiegermutter schienen

sie wieder an die einstudierten Wortgebilde zu erinnern. »Ja, du hast mir ja auch nie mit den Kindern geholfen.«

Das ließ Christel Schneider, welche gegenüber Bertha Schmidt immer nachgegeben hatte, immer den unteren Weg gewählt hatte, nicht auf sich sitzen! Über Jahre hatte sie den Wunsch, den Bertha regelmäßig befahl, akzeptiert:

»Das sind unsere Enkelkinder! Du hast schon zwei!«

»Unsere« Enkelkinder waren Jan und Alex. Die zwei andern, welche Christel Schneider noch zusätzlich hatte, waren die zwei Kinder von Matthias und Kerstin, Katharina und Dennis. Christel Schneider wusste um das schreckliche Drama um Daniel. Sie hatte stets Mitgefühl für Bertha empfunden, wenn diese über das Sterben ihres Sohnes im Alter von nur wenigen Monaten erzählte. Dies war über 25 Jahre her. Bertha Schmidt hatte drei Töchter. Mit Jan und Alex hatte sie wieder zwei männliche Mitglieder in ihrer Familie. So waren alle glücklich gewesen – über Jahre.

Frau Schneider erzählte weiter: » ... Caro, ich habe dir immer Hilfe angeboten. Aber wenn du nichts sagst, kann ich dir nicht helfen. Der Alex hat als kleines Kind immer viel zu lange geschlafen. Das hatte ich Michael und dir auch mal gesagt. Aber du hast dir nichts davon angenommen.«

    »Und bei der Kommunion?«

    »Du hattest doch schon 10 Tage vorher alles fertig. Ich habe doch einen Kuchen gebacken. Das finde ich nicht fair von dir Caro, was du uns alles an den Kopf wirfst.«

Michael brachte sich ein: »Caro, warum kannst du mir nicht mehr sagen: *Michael, mir geht es nicht gut?*«

Wieder lag eine vertrauensvolle Ruhe und Hoffnung in der Küche, in der Küche, wo die ganz alte Frau Schneider wohnte, wo sich Frau Schneider jung und alt gegenübersaßen.

Michael stand auf. Er stand einfach auf und ging. Mit einem *schicken Abend noch!* verließ er nüchtern sein Elternhaus.

Am Abend drauf ging er erneut zu seiner Mutter. Sie saß an ihrem Platz am Fenster, genau wie den Abend zuvor. Michael setzte sich dazu. »Na, das war ja ein Auftritt von Matthias!«

»Ich weiß auch nicht, was in den gefahren ist. Ihr habt euch aber auch Klamotten an den Kopf geworfen!«

»Ihr? Ich habe ihm überhaupt nichts an den Kopf geworfen! Ich habe nur seine unverschämten Behauptungen entschärft. Warum wollte er denn Holters Lotti holen?«
»Ich weiß nicht, was den geritten hat.«

»Na ja, egal! Es muss einfach mal Ruhe in die Angelegenheit. Wie der Kotten schon sagte: *Ihre Frau muss erstmal merken, was mache ich hier eigentlich?*«

»Das wird nichts mehr!«

Kapitel 7 Wiederaufbau

Frau Himmelreich hatte Caro Schneider klar gemacht, dass ihr
Ehemann Michael ein Recht auf die Kinder hat. Der geschundene
Ehemann hatte eine Woche vor den Herbstferien die kompetente,
bezaubernde Dame angerufen und auf die Besuchsverbote oder
Besuchsverhinderungen zum Vater aufmerksam gemacht.

Caro rief Michael drei Tage nach dem Donnerwetter in der
geschichtsträchtigen Schneiderküche an. Sie war wie
ausgewechselt. Sie fragte, wie es Michael gehe und plante mit ihm
die Ferientage. Das Wochenende sollten die beiden Jungs noch bei
ihr sein, zum Runterkommen. Michael bestand darauf, die Kinder
Sonntagnachmittag zu bekommen. Auch dies gelang ihm ohne
große Diskussionen. Michael schöpfte Hoffnung im Verhalten von
Caro.

   Dann war es so weit: Sonntags um 17 Uhr drückte Michael
den Türöffner im Zwischenlager und die Jungs kamen mit ihren
Rucksäcken klimpernd und rappelnd die Treppen hochgelaufen.
Alle freuten sich. Caro kam als Letzte hoch. Sie übergab an der
Tür einen Wäschekorb mit Anziehsachen für die Jungs. Man griff
den Korb so, dass sich ihre Hände nicht berührten. Auch Caro war
bester Laune. Während die Jungs auf der blauen Couch
herumtobten, nutzte Michael die Gelegenheit. Nachdem man
freundlich und in vertrauter Atmosphäre noch ein paar Dinge
absteckte, fragte Michael: »Caro, was habe ich dir eigentlich
getan?« Caro schaute auf den Türkranz mit den blauweißen
Segelschiffen, der noch von Rena an der Tür hing. Sie fand keine

Worte. »Wir wollten uns so ein schönes Leben machen. Ich möchte gern wissen, warum du mich verlassen hast.«

»*Du hast mich verletzt*«, kam zaghaft aus ihr heraus.

»Das habe ich schon von anderen gehört, dass ich das gemacht haben soll. Dann sag mir doch, wann oder wie ich dich verletzt habe.«

»Ach komm, lass mich. Ich habe jetzt auch keine Zeit. Macht euch erstmal eine schöne Woche. Ich rufe dich zwischendurch mal an.«

Sie ging wieder die Stufen runter. Michael ging in die Wohnung. Gute Laune machte sich breit. Die beiden Jungs und der Vater packten die Anziehsachen weg. Das französische Bett wurde frisch mit der Winterdecke bezogen und Pappi Michael kochte den Kindern eine Südtiroler Nudelsuppe.

Der kleine Alex musste den Tag drauf in den Kindergarten. Mit ein bisschen gutem Zureden ging er dann ins Bad. Er drömelte etwas rum, tat sich mit dem Zähneputzen etwas schwer, lag dann aber endlich im Bett.

Michael setzte sich auf die Bettkante und streichelte über sein weiches Köpfchen. »Jetzt schlaf schön, mein kleiner Igel. Morgen bauen wir uns eine ganz schöne Hütte.«

»Mit einem richtigen Dach?«

»Na klar! Mit einem richtigen Dach, richtigen Fenstern und einer Tür. Und jetzt schlaf schön.«

Jan und sein Vater machten es sich auf der blauen Couch gemütlich. Sie schauen gemeinsam fern. Der kleine Röhrenfernseher in der hellen Buchenschrankwand gab ein spärliches Bild ab. Der große Flachbildschirm im eigenen Haus, im Elternhaus von Jan erzeugte eine weitaus bessere Bildqualität. Aber die zwei sahen recht zufrieden aus, lagen dicht nebeneinander und schauten einen amerikanischen Spielfilm.

Dann kam Alex. »Papa ich kann nicht schlafen.«

»Leg dich wieder ins Bett und denk an etwas Schönes.«

Der Kleine ging wieder. Nach zehn Minuten kam er erneut: »Wann kommt der Jan denn?«, begann er weinerlich und heulte dann los. »Papa, ich kann gar nicht einschlafen.«

Der Papa stand auf, nahm sein Söhnchen auf den Arm und drückte ihn ganz feste an sich. Dann gingen sie rüber in das Schlafzimmer. Michael holte zweimal aus. Dann warf er den Kleinen im hohen Bogen in die dicke, aufgeplusterte weiche Winterbettdecke. »Ab in die Karre!«

Michael sprang hinterher. Mit seinen Fingern kribbelte er seinen Sohn am ganzen Körper, das gefiel Alex. Er lachte. Im nächsten Moment legte er sich auf die Seite, schaute auf die kahle Wand und verzog keine Miene mehr. Michael legte sich hinter ihn. Drückte ihn wieder ganz fest an seinen Körper. »Hey Kleiner, was ist denn los? Bist du traurig?«

»Ja, bin ich.«

»Warum bist du denn traurig?«

»Papa, bin ich bald tot?«

Eine kurze Zeit fiel kein Wort. Michael liefen die Tränen über die Backe.

»Wieso denkst du das?«, fragte der Vater.

»Wie ist das denn, wenn man tot ist? Schläft man dann?«

»Das weiß ich auch nicht so genau. So ähnlich wird es wohl sein.«

»Schläft man dann die ganze Zeit?«, hakte der Kleine direkt nach.

»Vielleicht! Vielleicht ist man aber auch in einem anderen Körper oder man ist in einer anderen Welt.«

»Wirklich?«

»Auf jeden Fall brauchst du keine Angst haben, dass du stirbst. Der Papa und der liebe Gott passen immer gut auf dich auf.«

Michaels Tränen liefen in das strubbelige Haar seines Sohns. Der Hinterkopf war getränkt von seiner Augenflüssigkeit. Der Kleine bemerkte dies nicht.

Da lagen die zwei und trauerten vor sich hin. Sie waren sich nah, spürten ihre Wärme. Nach einer Weile kam Jan angetippelt und kuschelte sich ohne Worte an die andere Seite des Vaters. Dieser legte sich auf den Rücken und nahm seine beiden Jungs in die Arme. Alle drei Menschenseelen waren noch stark verwundet.

Die Jungen schliefen schnell ein. Michael stand auf, ging kurz ins Bad und machte sich für das Bett fertig. Als er wieder in das Schlafzimmer kam, war die Lage im Bett unverändert. Sie schliefen tief und fest. Der Vater hatte etwas Mühe, die große Bettdecke unter dem ruhenden Alex hinwegzuziehen. Auch Jans Beine lagen hier drauf. Dann nahm er die große Bettdecke, legte sich wieder in die Mitte und deckte alle drei Schneiders behutsam zu. Am Nachmittag wurden bereits Dita, Jans Kuschelhase, und Kroko, Alex Kuschelkrokodil, hinter die Kissen gesteckt. Diese schob Michael jeweils jedem Sohn unter die Decke an die Seite.

Da lag er auf Rücken, der Michael Schneider, mit einem überladenen Kopf.

»Warum ist der Papa auf einmal so klein?«
»Am liebsten wäre ich tot!«
»Der Papa soll nicht gehen!«
»Papa weinst du jetzt?«
»Papa, bin ich bald tot?«
...

Wie viele verzweifelten Sätze hatte er nun schon von seinen Kindern gehört? Wie viele Sätze hatte er nicht gehört?

Michael lag da und weinte bittere Tränen.

So sehr ihn auch die Erlebnisse in Südtirol, vor allem in der neutralen Zone geprägt hatten, diese Vatergefühle wurden nicht neutralisiert. Das würde Mutter Natur nicht zulassen!

Alles andere wäre unnatürlich!

Diese Traurigkeit, diese Trauer mussten raus.

Michael hatte es nicht gemerkt. Mutter Natur hat all ihre Menschenkinder gern. Sie hatte diese drei Menschenkinder ins Bett gelegt. Michael schlief zum ersten Mal wieder in einem Bett, nicht mehr auf seinem schmalen, harten Feldbett.

Am anderen Morgen war nichts mehr zu spüren von dem melancholischen Abend. Zwei, drei Anläufe waren nötig, um den kleinen Alex aus dem Bett zu bekommen. »Aufstehen, Kleiner!«

Jan stand auf. Alex blieb noch liegen. Jan war voller Vorfreude. Mit Papa eine Waldhütte bauen. Das hörte sich nach

Abenteuer und Nägel kloppen an. In der alten Trauerweide zuhause hatten sie vor Jahren ein Baumhaus aufgebaut – er und sein geliebter Vater. Das Baumhaus hatte sogar zwei Etagen. Wochenlang wurde gekloppt, gesägt und immer mal wieder ein Teilchen, eine frische Waffel oder Plätzchen gegessen oder etwas getrunken. So stellte er sich die kommenden Tage wieder vor.

»Komm! Aufstehen, mein kleiner Igel!« Michael beugte sich vor das Bett und schob seine Hände unter die Decke. Er kribbelte Alex am ganzen Körper. »Komm! Raus aus deinem schönen kuscheligen Blätterhaufen.«

Die drei fuhren am Kindergarten vorbei und luden Alex ab. Recht zufrieden ging er in die Einrichtung. Michael und Jan warteten im Auto, bis die Eingangstür hinter Alex zufiel. Die zwei fuhren nach Neukirchen zur Firma Schmidt und Meyer. Sie fuhren direkt hinter das Firmengebäude ganz ans Ende vom Lagerplatz, wo direkt hinter dem Zaun der Wald anfing. Hier lagerten unzählige Paletten in verschiedensten Größen. Michael hatte sie schon öfters zersägt. Das gut getrocknete Fichtenholz eignete sich hervorragend als Anmachholz für den offenen Kamin im schicken Eigenheim. Ab und an nahm auch mal Reiner oder Harald eine Fuhre mit nach Hause.

Mit seinem neuen Freund Hermann Meyer hatte Michael vereinbart, dass die Paletten für die Kinder sind und dass sie sich damit eine Hütte im nahegelegenen Wald bauen dürfen. Hermann war zu großzügig!

Vater und Sohn gingen ans Werk. Bretter festnageln konnte Jan. Nun ging es darum, Bretter zu lösen und Nägel rauszukloppen.

Mit einem Ziegenfuß, einer Eisenstange, die am Ende gebogen ist und mit dem mittigen Schlitz einem Ziegenfuß ähnelte, konnte man die Bretter recht einfach von den Kanthölzern entfernen. Der Papa machte es vor: Einfach mit der gekrümmten kurzen Seite unter ein Brett packen und die Stange nach hinten ziehen. »Schau! Geht ganz einfach.«

»Ich will auch, Papa!«

»Klar, hier!« Michael reichte ihm den Ziegenfuß. »Probier mal in Ruhe aus.« Er machte mit seinem rechten Arm einen schwenkenden Halbkreis über das Gelände, auf dem bestimmt 60 Paletten in allen erdenklichen Größen standen. Es waren viele dabei mit schönen breiten Brettern oder mit dicken Bohlen oder mit massiven Kanthölzern. »Hier kannst du dich erstmal austoben. Und die Stange immer ganz oben fassen. Da hast du mehr Kraft, mehr Hebelwirkung. Wenn du Durst hast, kommst du ins Büro. Was zu essen haben wir dabei. Nach dem Mittagessen kommt Alex ja auch.«

Alex im Kindergarten, Jan im Bretterparadies, Papa auf der Arbeit, die drei waren ein starkes Team!

So ging das die ganze Woche. Die Jungs waren nicht mehr zu bremsen. Zum ersten Mal seit Alex Geburtstag erkannte Michael seine Kinder wieder. Sie lachten fröhlich, sie tobten, sie werkten den ganzen Tag beziehungsweise Nachmittag. Sie stritten natürlich auch mal zwischendurch.

Das Hüttenprojekt sprach sich schnell herum. Bereits am Mittwochnachmittag fuhren Jo und Alina aus Oberhof mit zur Firma. Sie waren Alex Freunde.

Am Freitagmittag machte Michael Feierabend. Bei herrlichen, sonnigem Herbstwetter holten Jan und sein Vater Alex vom Kindergarten ab. Dieser tobte mit Jo und Stanek auf dem Spielplatz. Er sah das Auto des Vaters vorfahren und rannte direkt an den Zaun und winkte. An der Rutsche stand die Kindergartenleiterin Frau Zwirn. Sie strahlte über das ganze Gesicht und winkte Michael Schneider zu. Dieser parkte den Wagen auf dem Seitenstreifen und stieg aus. »Papa, Papa, darf der Stanik morgen auch mit zur Hütte?«

»Ja klar!«

»Michael, darf ich auch noch mal mit?«, fragte Jo.

»Aber klar darfst du, Jo!«

Alle drei Jungs hüpften und freuten sich. Frau Zwirn kam kurz an den Zaun: »Guten Tag Herr Schneider. So fröhlich habe ich Alex ja schon lange nicht mehr erlebt. Er schwärmt von der Hütte und dass er schon ganz viel gehämmert habe.«

»Ja, wir bauen hinter der Firma eine kleine Waldhütte.«

»Ach, wie schön!«

Die Jungs saßen angeschnallt im Auto. »Papa, komm schnell!«, rief Alex aus dem Wagen bei heruntergelassenen Scheiben. »Ja, komm Papa! Mit Frau Zwirn kannste auch noch reden, wenn es regnet!« Frau Zwirn lachte. Es schallte durch die ganze Straße. »Da hast du recht, Jan. Ihr möchtet jetzt mit Papa auf die Baustelle, stimmts?«, sagte Frau Zwirn.

»Ja, heute bauen wir den Boden und die Wände.«

»Na Klasse! Wie geht es dir denn Jan?«

»Gut!«

»Das freut mich! Schöne Ferien wünsche ich dir!«

»Danke, Frau Zwirn!«

Und schon sausten sie davon.

»Jetzt müssen wir aber erstmal was einholen, Jüngelkes!«

»Papa, was ist einholen?«, fragte Alex von hinten. »Einkaufen!
Jetzt kaufen wir uns schöne leckere Sachen!«

Einholen war ein Begriff aus Michael Lehrzeit als Maler. Jeden
Morgen musste er als Lehrling was einholen. Sie waren meistens
zu fünf, sechs Leuten auf der Baustelle. Der Stift, wie ein
Lehrjunge auch genannt wird, oder Jüngelken, wie Bauleiter
Schäfer sie betitelte, musste an allen Gesellen vorbeigehen und
fragen, was sie aus dem nächstliegenden Lebensmittelgeschäft
haben wollten. Der Gerndarm, wie die Altgesellen Meister Hahn
tauften, weil er immer umher ging und alle Arbeiter kontrollierte,
war dagegen, dass jeden Tag so viel Aufwand für Essen und
Trinken betrieben wurde. »Die sollen sich zuhause Brote machen!
Da ist an und für sich nix bei!« Wenn es ganz heiß war, gab er
aber auch mal eine Bestellung auf. »Bringste mir Apfelsaft mit.
Aber nicht in der Flasche!« Ihm fiel keine Beschreibung für die
Verpackung ein: »Apfelsaft in der Milchtüte!«

Den ganzen Nachmittag wurde gehämmert. Endlich konnte man
etwas von der Hütte sehen. Die Wände entstanden. Die ersten drei
Tage waren die Kinder unter der Leitung vom Baumeister Jan
damit beschäftigt, die Bretter zu lösen und zu entnageln.
Zwischendurch murrten die kleinen fleißigen Handwerker. Aber
das war dem Vater Michael wichtig: Seine Kinder sollten
Nachhaltigkeit erlernen. Klar – man hätte schnell ein paar Bretter

im Baumarkt oder bei einem Sägewerk kaufen können. Oder noch besser: einen fertigen Hütten-Bausatz aus dem Internet bestellen.

Nein! Michael Schneider sah es nicht ein, wenn hinter der Bude die schönsten Bretter, Bohlen und Kanthölzer lagen, neues Material anzuschaffen. Einen weiteren Sinn hatten die Entnagelungs-Einheiten. Sie waren sehr gute Übung für die Feinmotorik, sie waren ein Test für Ausdauer und Geschicklichkeit. Diese wollte der Vater analysieren. Aus seiner Sicht waren beide Jungs gesund. Geschicklichkeit! Genau diese sollte dem kleinen Alex angeblich fehlen. Der Kleine zeigte jedoch ein sehr gutes Geschick, eine sehr gute Feinmotorik.

Die drei Schneiders kloppten und sägten bis neun Uhr. Michael holte Würstchen und Steaks und man grillte noch gemütlich »vor der Hütte«. Die erste Wand war gezimmert und wurde direkt senkrecht mit Streben auf dem Holzboden befestigt. Die Tür und das Fenster fehlten noch in der Wand. Durch die Bodenplatte und die erste Wand konnten sich die Burschen genau vorstellen, wie die Hütte später aussehen würde. Sie waren vollkommen aus dem Häuschen!

Im Zwischenlager fielen die Jungs in die Betten. Papa brauchte sie am Samstagmorgen nicht wecken. Kaum brodelte der Wasserkocher, schon hüpften sie aus dem Bett und kamen in die Küche gerannt. »Papa, wann machen wir weiter?« Dieser amüsierte sich über seine eifrigen Arbeiter. »Ich hole grad noch Brötchen. Dann frühstücken wir schön und dann geht es weiter, Männers!«

Aus der ruhigen ersten Mahlzeit des Tages wurde nichts. Um kurz nach neun schellten Stanek und Jo an der Tür. So schnell hatte Michael Alex sich noch nie anziehen gesehen! In bester Laune fuhr man zu fünft nach Neukirchen auf die Baustelle. Michael setzte die Jungs am Firmengebäude ab. Dann fuhr er selbst als »Meister« der Baustelle einholen. Mittags wollte Jan mal allein grillen. Michael besorgte Jägermett und Buttertoast. So grillten sie früher oft zuhause. Das Mett einen halben Zentimeter auf die Toasts streichen und dann auf den Grill legen.

Für die Kaffeezeit gab es Teilchen. Für abends war noch ein Special angesetzt.

Als Michael zurück zur Baustelle kam, staunte er nicht schlecht. Alle Jungs waren im Einsatz. Jan, der ein sehr gutes räumliches Vorstellungsvermögen besaß, übernahm die Bauleitung von Vater. Die Hauptwand war ja schon am Vortag erstellt. Für Jan war klar, dass die Rückwand genauso aussehen musste. Bei der ersten Wand wurden auf vier Kanthölzern die langen Bretter draufgenagelt. An einer Seite lagen sie bündig an. Dann brauchte man da nicht sägen. Die andere Seite sowie die beiden Dachschrägen schnitt der Vater mit der Handkreissäge. Auch die Fensteröffnungen wurden mit dieser eingeschnitten.

Packi kam auch kurz vorbei. Das eifrige Kloppen hatte seine Neugierde geweckt. »Sind das alles deine?«

»Nein, nur die beiden Blonden«

»Wollt auch schon meinen! Hab ich was verpasst?«

Packi kam immer samstags. Er packte die Kleinaufträge mit der Packmaschine ein, welche per Paketdienst versandt wurden. Das machte er schon über 20 Jahre – daher der Name.

»Papa, wir wollen heute unbedingt noch das Dach fertig haben!«, sagte Jan.

»Das schafft ihr, Männers! Und heute Abend ist Richtfest!«

Die beiden Erwachsenen gingen wieder rüber zu der Fertigungshalle. Die Jungs werkten fröhlich vor sich hin. Michael ging in den Bürotrakt und arbeitete noch ein paar Angebote aus. Ludwig war nun schon acht Tage im Urlaub. Man merkte dann doch, dass der Seniorchef noch produktiv eingesetzt werden konnte. Seine Tochter Marion arbeitete samstags nicht. Sie war Gesellschafterin, aber nicht in der Geschäftsführung. Dies war nach wie vor für Michael der Grund seiner familiären Schieflage. Es war weit und breit kein Grund zu finden, warum Caro ihren Mann mit zwei Kindern über Mittag kurz vor dem Geburtstag des jüngsten Sohnes verlassen musste. Caros drei Gründe waren noch nicht ausgesprochen. Für Michael werden es alles sein, aber keine Gründe – vielleicht Abgründe einer generationsübergreifenden Interaktionsproblematik.

Gegen zwölf kamen die Jungs durch die Ausstellung getrabt. Michael staunte, wie kinderlieb Hermann Meyer auf einmal war. Die Jungs hatten Narrenfreiheit bei dem alten Bollerkopp. Er schaute ihnen hinterher, wenn sie wild durch die Fertigungshalle rannten. Ab und an guckte er sich sogar die Hütte von Nahem an.

Die kleinen Handwerker standen vor Michaels Tisch. Jan als Gruppenleiter fragte: »Papa, dürfen wir eine Limo?«

»Ja, dürft ihr!« Schon wollten sie in die Cafeteria rasen. »Stopp, stopp!«, rief Michael sie zurück, »ihr müsst doch noch

Geld mitnehmen. Hier habt ihr fünf Euro. Damit kommt ihr hin.«
Schon sausten sie los. »Und Jan?!«

»Ja Papa?«, fragte er aus der Ausstellung.

»Du kannst den Grill schon mal anmachen.«

»Ja, mache ich.«

»Die Kohlen und das Feuerzeug liegen auf der alten
Formatkreissäge direkt neben der Tür.«

»Ok!«

Es war ein Bild für die Götter: Michael ging nach einer guten
halben Stunde zu der Kinderbaustelle. Jo und Stanek kloppten die
erste Dachplatte zusammen. Jan saß auf selbstgebauten
Holzhocker hinter dem Grill, auf dem die Mettbrötchen gemütlich
vor sich hin brutzelten. Alex schaute zuckersüß mit seinem
strubbeligen Haar und einem mit Schokolade verzierten Mund aus
dem aufgeklappten Papiercontainer. Die Herbstferien 2014 waren
voller Abenteuer.

Das Arbeitstrüppchen und Michael aßen in der warmen
Altweibersonne ausgiebig zu Mittag. Danach zog er sich um. Im
Kofferraum hatte er seine Arbeitshose und Schnürstiefel mit
Stahlkappen. Und dann ging es Schlag auf Schlag, Hand in Hand.

Die Sonne senkte sich hinter dem Firmengebäude. Das
Hüttenprojekt war ein voller Erfolg. Stolz standen die kleinen
Bauleute vor der Hütte und Michael machte ein paar nette
Erinnerungsfotos. So weit wollte man kommen: Das Dach sollte
drauf sein bis zum Wochenende. Nun konnte es regnen. Die Jungs
hatten nun ein Dach über dem Kopf und konnten bei nasser

Witterung hinter der Firma spielen und werken, wenn der Vati im Büro arbeiten musste.

Der Bauarbeitertrupp räumte auf. »So Kinder und jetzt fahren wir noch nach Güglingen.«

»Was machen wir da, Papa?«, fragte Alex neugierig. Da ist ein ganz großes Hallenbad mit einer langen Wasserrutsche und das Wasser ist total warm!«

Es dämmerte bereits. Die anderen Jungs schauten skeptisch. Auch Jan war noch nicht so ganz von des Vaters Idee überzeugt. Der Hintergedanke des Vaters war, dass man mit einem gemeinsamen Bad in einer überdimensionierten Wanne mit einem Schlag alle Mitglieder des Zwischenlagers sauber bekommen würde.

»Ich meine, die hätten bis zehn Uhr auf. Aber ich bin mir nicht sicher. Wir waren schon ewig nicht mehr da. Eine knappe Stunde fährt man bis dahin.«

»So lange darf ich nicht draußenbleiben«, brachte Jo leise heraus.

»Ich muss auch um sieben Uhr zuhause sein«, ergänzte Stanek.

Michael fuhr die Freunde seiner Söhne nach Hause. Die Mütter bedankten sich für die Tagesobhut. Er machte Zwischenstopp im Zwischenlager, packte schnell eine Schwimmtasche für alle drei und steuerte anschließend eiligst nach Güglingen. Immer mal wieder wurde das Radio mit der Soundbox bis zu Anschlag aufgedreht.

Auf der langen Geraden zum Schwimmbad sank die gute Laune. In der großen Eishalle an der linken Straßenseite waren bereits alle Lichter erloschen. Oder war sie im Sommer gar nicht in Betrieb? Aus der Vorhalle des Schwimmbades hinter den Haselnussbüschen auf der anderen Seite schien ein gedimmtes Licht. Michael erinnerte sich an seine Wanderung vor vielen Jahren. Da kam er auch in freudiger Erwartung hier an und das Bad wurde umgebaut. Es war noch Altweibersommer. Einige Freibäder im Oberstaufenwald waren noch geöffnet.

Langsam steuerte Michael den modernen Firmenwagen auf eines der vielen freien Parkboxen in der ersten Reihe. Michael holte die Tasche aus dem Kofferraum. Wortlos gingen sie Richtung Eingang. Die Jungs sagten nichts. Sie wussten, wenn ihr Vater nichts sagte, dann war er schlecht gelaunt. Eine Stufe höher ist seine Verfassung, wenn er fluchend vor sich hinmurmelt. Die höchste Stufe der Aggression war bei ihm, wenn er ganz laut sprach. Dann rollte er ein wenig das r und die Worte schossen nur so aus ihm heraus. So wie auf Alex Geburtstag in Münchhausen! In den Sommermonaten war das sehr oft vorgekommen. Seit den Tagen in Südtirol, seit seinem Aufenthalt in der neutralen Zone gab es kein Gebrüll und keine Wörterschüsse mehr. Seit der seelischen Turbo-Reha war er wie ausgewechselt.

»Ah! Da sind aber noch Leute im Foyer.« Die Jungs kicherten. »Papa, wo sind die Leute?«, fragte Alex verschmitzt. »Im Foyer! Das sagte meine Oma immer. Die gebrauchte immer gern französische Wörter. Das war nach dem Zweiten Weltkrieg mega in. Foyer kann man zu einer Vorhalle sagen.«

Sie gingen in die Vorhalle. Noch etwas unsicher schaute Michael auf die große weiße Preistafel, auf welcher die Angebote und Preise gesteckt waren.

92

»Bis 23 Uhr! Wie cool! Dann nehmen wir eineinhalbstunden.« Jan und Alex kannten bisher noch kein Freizeithallenbad. Sie kannte das schöne Wellenfreibad von Neukirchen mit den zwei Sprungtürmen und der riesigen Liegewiese. Und sie kannten das noble kleine Freibad aus dem letzten Sommerurlaub in Oberstdorf.

Die drei zogen sich in einer der geräumigen Umkleide die Badehosen an. »Papa, hier ist es richtig schön warm!«

»Wir sind hier im Lagunenbad. Da ist es immer so schön warm. Hier gibt es auch Salzwasser. Da geht ihr nicht unter.«

»Papa, ich kann ja schon schwimmen!«, fügte Jan sich ein.

In dem Hauptbecken waren vielleicht noch zehn Leute. Wie ein Teenager tippelte Michael schnell zu den flachen Stufen, ging bis zu den Oberschenkeln in das Wasser und sprang kopfüber hinein. »Wow! Das ist ja warm wie in der Badewanne.« Jan und Alex kamen hinzu. Der kleine Alex klammerte sich auf Papas Rücken. Die Männerfamilie Schneider erkundete das Becken mit seinen vielen Buchten und Wasserspielen. Dann alberten sie unbeschwert in der Mitte des Beckens herum. Immer wieder kletterten die Jungs auf ihren Vater. Michael packte sie an der Hüfte und warf sie ins Wasser. Der federleichte Alex flog am weitesten. Dann erfanden sie eine weiter Fun-Übung. Pappi Michael stellte sich auf und führte die Hände wie bei Räuberleiter zusammen. Jan stieg mit einem Fuß hinein, hielt sich an Papas Schulter fest und drückte sich mit dem Fuß nach hinten ab. Rückwärts platschte er ins Wasser. »Papa, ich will auch!« Doch Jan war schneller. Mit der gleichen Bewegung schaffte er es, sich noch weiter ins Wasser zu stoßen. Alex klammerte wieder an Michaels Rücken. »Papa jetzt ich! Jetzt bin ich dran!«

Von dem kleinen Söhnchen passten nun beide Füße in die tragenden Hände. Mit Leichtigkeit konnte der Vater seinen Sohn hochdrücken. Mit ausgestreckten Armen stand Alex hoch oben auf Papas Handflächen. Michael versuchte nun, den Kleinen so lange oben zu lassen, wie es möglich war. Wie ein Teller-Jongleur schaute er konzentriert nach oben. Mit einem riesen Platscher fiel der Kleine ins Wasser. Die drei hatten ihren Spaß. Ein Seniorenpärchen auf den Liegen, zwei Jugendliche am Beckenrand und der Herr auf einer Brücke schauten dem Treiben amüsiert zu.

Michael ging ein paar Schritte durch das Wasser und führte Alex wie eine Flasche Wein auf einem Tablett.

»Oh, ich muss ja noch eine Flasche Wein auf Zimmer 24 bringen ...« Platsch, flog der Kleine im hohen Bogen ins Wasser.

Die Zeit war um. Ausgepowert und gut gelaunt gingen sie duschen, sich umziehen und fuhren wieder ins Zwischenlager, natürlich nicht ohne Zwischenstopp bei einem Schnellrestaurant.

Alle drei fielen wie die Steine ins Bett und schliefen bis weit in den Sonntagmorgen.

Michael stand zuerst auf, stylte sich und fuhr zum Bäcker. Wie so oft bei Schneiders wurde gemütlich und ausgiebig gefrühstückt.

Der Vater wusste: Die Ferien bei Papa waren zu Ende. Nun hieß es wieder Abschied nehmen. Seinem Blick war anzusehen, dass er da gar nicht daran denken wollte. Seine Jungs schlemmerten unbeschwert. Der vertriebene Ehemann hatte besonders durch den Kurzurlaub im Sommer in Rothenburg ob der Tauber gelernt. Einmal: Wie schnell man sich wieder an seine kleinen Lieben gewöhnt. Aber auch:

Wie weh es tut, wenn man sich wieder trennen muss!

Das neu Gelernte war, dass er den Abschied sehr langzog, indem dieser früh eingeleitet wurde. Er genoss förmlich das wieder Wegreißen seiner Kinder. Es war ein Wegreißen, kein Wegreisen. So milderte er die Trauer, die nach jedem Abschied von seinen Kindern unaufhaltsam folgte. Wie schnell ein Mensch lernen kann - in Extremsituationen. Wie schnell man sich doch anpasst. Gleichzeitig war ihm wichtig, den Kindern Stärke mitzugeben auf ihren vaterlosen Wegen.

»So, jetzt ist die Papabatterie erstmal wieder voll, oder?«
      »Aber die ist morgen Abend wieder leer, Papa!«
      »Papa, was ist eine Papabatterie?«
      »Eine Papabatterie ist eine Powermaschine. Damit bist du ganz stark und ganz lange fröhlich!«
      »Und wenn die wieder leer ist?«
      »Dann kommt ihr wieder zu mir und dann machen wir die wieder voll!«
      »Oh ja!«
      »Oh ja! Wir möchten viel öfters zu dir!«
      »Ich spreche noch einmal mit der Mama. Dann machen wir einen festen Plan. Jedes zweite Wochenende und die Hälfte der Ferien seid ihr auf jeden Fall bei mir.«

Kapitel 8 Ruf an!

Es war so weit: Nachdem die drei noch eine Tasse Kakao getrunken hatten, hieß es Abschied nehmen von den schönsten Tagen des dunklen, grauen Jahres mit dem wunderschönen Jahrhundert-Sommer. Noch einmal die Jungs feste drücken, noch einmal deren Wärme spüren, noch einmal die vertrauten Gerüche tief in sich aufnehmen. Michael in der Hocke, umarmten sich die drei. »Seit stark, meine Kleinen. Der Papa ist immer bei euch. Auch wenn ihr ihn nicht seht.« Noch einmal den beiden über die Köpfchen gestreichelt und schon tippelten seine Söhne davon mit dem Wäschekorb zwischen sich, in dem die Anziehsachen der verstrichenen Woche lagen.

Michael lehnte in der Tür der Wohnung seiner Schwester und schaute seinen Kindern hinterher. Er lächelte kurz und genoss jeden Schritt mit Tränen in den Augen. Mit neutraler Miene ging er zurück in sein Quartier. Er nahm einen tiefen Schluck aus der Sprudelflasche bei geöffneter Kühlschranktür, legte sich auf die blaue Couch seiner Schwester, öffnete den Laptop und erstellte eine Tabelle. Michael Schneider war ein Tüftler, ein Kalkulator, ein nüchterner Berechner, ein kleiner Schelm. Immer mehr brachte er sein Familienschiff mitten in der Jahrhundert-Sturmflut in eine stabile Lage, auf einen neuen Kurs. Ein Plan für den Ernstfall wurde aufgestellt. Durch das jahrelange Experimentieren mit den Arbeitsminuten für die Herstellung einer Holzdiele war Michael zu einem Kalkulationsspezialist geworden. Keine Firma hatte die Arbeitszeiten so präzise in dem Technikprogramm hinterlegt wie Schmidt und Meyer. Von der höchsten Ebene hatte Michael hierfür Lob und Anerkennung bekommen. Der Prokurist des

Weltmarktführers Senko hatte ihn in den höchsten Tönen mit mehrmaligem festen Händedruck gelobt. Senko war der Systemgeber für das mittelständische Unternehmen Schmidt und Meyer. Seine damaligen Chefs ließen die Senko-Führungsetage hinter seinem Rücken anreisen. Diese klopften Michael mit einem breiten Siegerlächeln auf eben dieses Körperteil. Die Chefs der kleinen Bretter-Klitsche Schmidt und Meyer steckten sich die seltene Senko-Feder selbst an die Hüte.

Was man mit Holzbohlen und Klötzchen machen kann, sollte mit dem eigenen »Produkt« Söhne und Bauklötzchen wohl auch möglich sein. Michael skizzierte in einer Berechnungstabelle die Zeiten auf, welche er mit seinen Kindern in der Familie gemeinsam mit seiner Frau verbracht hatte. Im Selbstgespräch staunte er nicht schlecht, wie viele Minuten sein Prográmmchen »Zeiten des Vaters«, kurz ZDV unter dem schmalen Doppelstrich ausspuckte. Wenn sich ein Vater jeden Abend, jeden halben Samstag und jeden Sonntag mit seinen Kindern beschäftigt, kommt eine schöne Gesamtsumme zu Stande. Trotz der starken Einbindung in das Unternehmen seiner Schwiegereltern hatte Michael sehr viel Zeit mit den Kindern verbracht. Sein Selbstwertgefühl, das Ergebnis dieser Eigenreflexion, war an seinen Gesichtszügen abzulesen. Als die Verantwortung in der Firma zunahm, hatte er nicht die Zeiten seiner Kinder gestrichen. Nein! Er hatte die Zeiten mit seinen Freunden, die Zeiten des Ehrenamtes reduziert. Er war Familienvater. Die wilden Zeiten, welche er durch seine Frau, welche ihn mit 25 Jahren an den Alkohol führte, als »Spätberufener« ausgiebig genossen hatte, waren längst vorbei. Die meisten seiner Freunde hatten ebenfalls

Frau und Kinder. Für ihn war es, wie es sein Vater immer zu sagen pflegte:

»Der Zahn der Zeit.«

Familie war für ihn das Leben, das Wichtigste!

»Lasst euch bloß nicht scheiden!«, so seine Schwiegermutter!

Und nun zogen die letzten Rauchschwaden aus dem Trümmerfeld seiner Familie.

Nun hieß es aufräumen, aufbauen – wiederaufbauen, was zerstört wurde.

Ein wichtiges Bindemittel in der neuen Mauer hieß ZDV.

Michaels Freizeit war sehr überschaubar. Eigentlich bestand sein Leben nur aus arbeiten und schlafen. Diesem grauen, tristen Plan wurden nun bunte, fröhliche Lebensinseln zugefügt. Jedes zweite Wochenende und die Hälfte der Ferien wurden in seinem Jahreskalender frühlingsgrün eingefärbt. Doch das Gleitkonto ZDV unten rechts zeigte noch ein nicht unerhebliches Plus auf. In einer anderen Spalte waren die Wochenarbeitsstunden des Geschäftsführers der Firma Schmidt und Meyer aufgeführt: 70 Stunden pro Woche seit August 2014. Zu Zeiten vor dem 01.02.2014 waren dies maximal 60 Stunden gewesen. Der Kalkulator Michael senkte die Arbeitszeit und erhöhte den ZDV-Wert. Indem er jeden Mittwoch drei Stunden und jeden zweiten Freitag drei Stunden, wenn die Kinder nicht bei ihm sein würden mit frühlingsgrünem Hintergrund in die Tabelle eintrug, entstand ein wunderbarer Weg, über den man in neuer Konstellation, aber mit altem Verbindungsmodell durch das Jahr schreiten konnte. Das Konto ZDV zeigte ein leichtes Plus auf. Aber das war Michael egal. Wenn er den Ansatz so umgesetzt bekam, wollte er zufrieden sein. Dies war eine starre Berechnung. In der Realität wäre dieser Plan eine grobe Richtung. Michael war wichtig, dass unterm Strich die Stunden einigermaßen passten. Er und sein Plan waren flexibel.

Michael sprang auf. »Das ist ein Plan!«, schnürte sich die Wanderschuhe um und besuchte seinen alten Freund in der wilden, unberührten Natur, »seinen Berg« - den Stoltenberg, welcher ihm schon so oft in der Not geholfen hatte. Er machte einen ausgedehnten Spaziergang.

Es war bereits dunkel, als er wieder am Zwischenlager ankam. Michael putzte sich die Zähne und legte sich ins Bett. Seine Jungs fehlten ihm. Traurig schaute er in die Leere. Wann würde er sie wiedersehen? Alex hatte sein Kroko vergessen, sein großes quietschgrünes Krokodil. Michael nahm es fest in den Arm. Die Erinnerungen der letzten Tage stimmten ihn für ein paar Minuten fröhlich. Dann wurden diese von der schrecklichen Vergangenheit der letzten Monate überrollt. Nur schwer konnte er einschlafen. Immer wieder flossen ihm Tränen aus den Augen.

Seine Kinder hatten ihn ins Bett gebracht. Unbewusst legte er sich in das Bett seiner Schwester. Er schlief nicht mehr in der Besenkammer.

Am Montagmorgen stand er früh auf. Fast schon routiniert ging er zur Küchenzeile, setzte Kaffee auf und legte sich auf dem Gartenstuhl das Blutdruckmessgerät um das Armgelenk. Hundertachtzig zu Hundertzehn! Wie schon seit Wochen viel zu hoch. In den Sommerferien hatte der erste Wert nicht selten über 200 gelegen. Sein Zahnarzt diagnostizierte damals: »Herr Schneider, Ihr Zahnfleisch bildet sich zurück. Wir müssen das im Auge behalten. Nicht dass sich die Zähne lösen!«

Wie gewohnt ging er in das Bad, welches sich in der Mitte der Wohnung befand. Seine Finger stellten das Tablet an und Fürstenfeld sang wie jeden Morgen:

»i will wieder hoam.«,

live in der Olympiahalle in München. Wie jeden Morgen kam Michael Schneider aus dem Gleichgewicht. Kurz bevor »der Herr Professor« von S. T. S die Menge am Ende des Livekonzertes in der Halle mit seiner Quetsche zum Brodeln brachte, versuchte Michael im Stehen, seine Socken über die Fußspitzen zu ziehen. Jedes Mal kippte er zur Seite oder musste sich schnell mit der linken Hand an der Duschkabinenwand abstützen.

Michael Schneider war ein Wrack. Körperlich war er seit Monaten in Top-Form. Gestählte Oberarme, ein nett geformtes Sixpack und stramme Waden zeigten einen trainierten, gesunden Body. Sein »Inneres«, seine Seele, war hingegen ein einziges Wrack.

Seine Lebenslust lag im Koma. Geräuschlos führte ihn die noble Firmenkarosse zur Arbeitsstelle. Wie automatisiert stempelte er ab und fuhr den Rechner hoch. Er stellte die Kaffeemaschine an, zog sich einen Kaffee und trottete seiner Arbeit nach. Wie sehr hatte er diese mal geliebt. Wie sehr war er aufgegangen in seiner Lebensaufgabe, dieses Unternehmen in die zweite Generation zu führen. Die dritte Generation hing zwischen Papa und Mama. Um acht Uhr rief Frau Himmelreich vom Jugendamt an. »Guten Morgen Herr Schneider, Sie hatten mir freundlicherweise Ihren Vorschlag für einen Besuchsplan als Kalender gemailt. Hatte Sie diesen mit Ihrer Frau besprochen?«

»Nein, das habe ich noch nicht. Ich möchte meine Kinder öfters sehen und die mich auch. Das haben die beiden selbst schon oft gesagt.«

»Ah, ok – wie waren denn die Herbstferien mit den Jungs?«

»Wir haben in den Ferien eine wundschöne Zeit verbracht. Wir haben aus Palettenbrettern eine Hütte gebaut. Die möchten wir im Wald hinter der Firma aufstellen. Dann können die Jungs da schön spielen, wenn sie mit in der Firma sind.«

»Oh! Sehr schön! Das wird den Jungs wohl gefallen haben.« Sie machte eine kurze Pause. »Mein Vorschlag wäre, auf Basis Ihres Plans eine Elternvereinbarung zu verfassen. Dann hätte der Plan eine stabile Grundlage. Ich vereinbare einen Termin mit Ihrer Frau und wir treffen uns gemeinsam hier im Rathaus.«

»Das können wir gerne so machen.«

»Wann passt es Ihnen am besten?«

»Ich bin da flexibel. Ich kann mir zwischendurch Zeit nehmen.«

»Sehr schön! Dann bestätige ich Ihnen den Termin per Mail.«

Michaels Laune stieg sprunghaft an. Er ging erneut in die Cafeteria und zog sich einen weiteren Kaffee. Als er die Tasse auf seinem Schreibtisch abstellte, kam ihm in dem beschwingten Seelenzustand eine Idee. Die zwei Lebensvarianten, die Ehe zu retten oder ein friedliches Leben auf Abstand im gegenseitigen Einvernehmen, musste er jemandem Mitteilen. Seinen Eltern und seiner Schwester hatte er es schon mündlich mitgeteilt: »Ich möchte meine Kinder von der Zeit her gesehen genauso oft sehen wie zu Zeiten des Familienlebens.«

Es gab da noch wen, die ihm immer zur Seite gestanden hatte. Die ihn als Kind gestützt hatte. Sie hatte ihn gehalten, wenn es zuhause Probleme gab. Sie war eine verlässliche Stütze im turbulenten Erwachsenwerden. Alle seine Freundinnen hatten sie kennengelernt. Als Caro das erste Mal ihr Haus betrat, sagte sie: »Auf Stelzen kam sie herein!« Das hatte sie aber erst später zu Michael gesagt, während sie mit ihm wie so oft stundenlang am Telefon plauderte. Als moderne Frau war sie begeistert gewesen, wie Caro im Catwalk auf hohen Schuhen auf sie zukommen war. Einmal im Jahr fuhr er, seitdem er einmal mit seiner Oma in Görlitz war, zu seiner Tante Josi, die in einer modernen Penthousewohnung mit ihrem Mann Thomas lebte. Von der Terrasse aus hatte man einen wunderbaren Blick auf die Altstadt.

Mit großer Mühe hatte Michael Josi und Thomas neutralisiert. Das war neu! Wenige Monate zuvor waren Josi und Thomas noch zu Besuch bei Familie Michael und Caro Schneider gewesen. Man hatte unbeschwert im Garten bei Kaffee und

Kuchen gelacht. Man hatte gemütlich und feierlich die Erstkommunion von Jan gefeiert. Josi war erleichtert gewesen. Über Jahre war ihr sportlicher Körper von eitrigen Ekzemen übersät. Josi hatte sich öfters bei Michael für seine Unterstützung bedankt. Sein letzter Brief an sie gab ihr Kraft in den schwersten Stunden der Krankheit. Das war Michaels Denken: Viele Jahre hatte Tante Josi ihn unterstützt und geholfen. Endlich konnte auch er ihr mal helfen. Für ihn war es ein Geben und Nehmen. Wenn Josi, Thomas und seine Eltern alt sind, würde er für sie da sein. Das war für ihn der Generationenvertrag in der Familie. Michael Schneider würde auch Bertha und Ludwig Schmidt unterstützen, wenn sie alt sind. Noch bestand die Möglichkeit. Noch gab es Wege zurück. Aber Bertha wurde nicht alt! Wurde Josi älter?

Auswendig wählte er die Nummer. Ein wenig mulmig war ihm schon. Er ließ lange schellen. Es nahm keiner ab. Michael fand schnell die Nummer von Josys Arbeitsstelle, der Sparkasse Görlitz. Er wählte die Zentrale an und ließ sich mit der Leitung der EDV-Abteilung verbinden.

»*Schneider.*« Josi hatte ihren Mädchennamen behalten.

»*Guten Morgen Josi, hier ist Michael, hast du zwei Minuten?*«

»*Die nehme ich mir!*«

Wäre doch der Strom ausgefallen. Wäre doch die Verbindung unterbrochen worden. Hätte Josi doch noch einmal einen Allergieschock bekommen!

Warum sagten Matthias oder Josi nicht: »Mensch! Das tut mir so unendlich leid für dich. Wenn du Hilfe brauchst, melde dich! Ich bin für dich da. Wir sind Familie. Wir halten zusammen.« Schwester Rena sagte es!

Helfen in der Familie ist gut. Neutral bleiben ist ok. Aber die eigene Familie zerstören, geht gar nicht!

Michael brachte sein Familienschiff auf Kurs und dennoch katapultierte eine kirchturmhohe Welle seinen Kopf gegen die harten Eichenbohlen in der Kapitänskammer.

Er fragte sie freundlich und war sich sicher, dass wie seit Jahrzehnten ein tiefgründiges und wertvolles Gespräch zustande käme:

»*Was ist los bei uns?*«

»Das fragst du doch!«, schrie Josi Schneider durch den Hörer. »Das fragst ausgerechnet du? Komm mal wieder runter von deinem hohen Ross. Markierst hier das feine Menneken und unsere ganze Familie wird zerstört. Du musst mal ganz gewaltig auf die Schnauze fallen. Matthias muss alles ausbaden! Der tut mir richtig leid. Was bildest du dir eigentlich ein? Du hast doch dafür gesorgt, dass ich deinen Vater nicht anrufen durfte. Matthias hat versucht zu retten, was zu retten ist ...«
        Gelassen hörte Michael zu. Die Freisprechanlage war eingeschaltet. Aus dem Lautsprecher schallten Josis harte Worte. Michael schüttelte immer mal wieder mit dem Kopf. Nach dem

dritten Satz wurde ihm alles klar. Er nahm ein Blatt aus seiner Auftragseingangsschale und legte eine Bestellung für einen Speisesaalboden an. In aller Ruhe pflegte er die Eckdaten ein.

Die Anschuldigungen waren exakt die Gleichen wie in der Hassrede von Michaels Bruder, nur schärfer formuliert, gehässiger ausgedrückt.

»... Diese Ehe ist gescheitert!

Du hast uns allen was vorgespielt. Miemst hier den braven, netten Ehemann, der über allen steht! Was war denn damals mit der Holters Lotti? Wie kann man nur so von oben herab über andere Leute urteilen? Du bildest dir ein, du wärst was besseres!«

»Josi, von wem habt ihr den Blödsinn? Ich habe niemals gesagt, dass der Tod der Tochter die Strafe für das freizügige Leben von Lotti ist! Das ist doch vollkommen an den Haaren herbeigezogen.«

»Du warst doch bei denen im Wintergarten und hast dich entschuldigt!«, brüllte sie in den Hörer. »Das hast du mir doch selbst in allen Einzelheiten erzählt.«

»Wie? Was? Josi! Das war doch in einem ganz anderen Zusammenhang! Hier werden sich ja die Tatsachen so zusammengestrickt, wie man sie gerade haben möchte! Was hat das überhaupt mit meiner Ehe zu tun?«

Für einen Moment war Stille. »Matthias muss das wieder ausbaden. Der tut mir sowas von leid!«

Michael, immer noch im Ruhemodus: »Josi! Merkt ihr denn gar nicht, was hier gespielt wird? Bertha hat mich auf Alex‘

Geburtstag auf das Äußerste provoziert. Auf einem Kindergeburtstag! Vor den Augen der Kinder stand sie vor mir: *Schlag mich doch, schlag mich doch!*«

»*Nein, das stimmt nicht!*«

»*Und ob das stimmt!*«

»*Nein, du hast gesagt: Ich schlag dir gleich in deine dreckige Fresse!*«

»Woher hast du denn diesen Quatsch?«

»Das hast du gesagt! Komm runter von deinem hohen Ross!«

Michael machte eine kurze Pause. Dann sprach er mit ruhigen Worten:»Josi, als ich dir von den freizügigen Tänzen von Lotti erzählt habe, da hast du doch gesagt, ich sei der einzige Mensch in Oberhof, der die Wahrheit sagen würde.«

»Ja, das habe ich auch!«

»Ich sage auch jetzt die Wahrheit. Die reinste Wahrheit! Bertha stand vor mir und sagte: *Schlag mich doch, schlag mich doch!* Mit dem Zeigefinger hat sie dann an ihr Kinn gezeigt und gesagt: *Hier hin sollst du mich schlagen! Los, nun mach schon!*

Das ist die Wahrheit!

Ich schlag dir gleich in deine dreckige Fresse, ist eine unverschämte Lüge! Jetzt fangen die auch noch das Lügen an.

Die?! Die sagen immer die Wahrheit!«,

sagte Josi bestimmend.

106

In diesem Schwarz-Weiß-Drama stand man entweder auf der weißen oder der schwarzen Seite. Ein dazwischen, eine Grauzone gab es nicht. Hier war jeder Annäherungsversuch zwecklos.

»Josi! Unsere Beziehung liegt erstmal auf Eis!

Tschüss Josi!«
»Tschö Michael!«

Michael legte den Hörer in die Schale und fertigte die Bestellung zu Ende. Dann nahm er sein Diktiergerät und simulierte das Gespräch als Nacherzählung auf Band für die Beweislage.

Zu dieser Stunde zeigten die Lehren der neutralen Zone deutlich ihre Wirkung: Michael blieb nüchtern. Das Gespräch hatte ihn nicht berührt. Im Gegenteil: Für ihn war es ein klarer Beweis, dass Bertha ihr Unwesen aus dem Untergrund trieb.

Am Tag darauf saßen Caro, Frau Himmelreich und Michael in der modernen Amtsstube im Dachgeschoss des Jugendamtes der Stadt Neukirchen. Caro zeigte sich sehr kompromissbereit. Sie ging auf Michaels Wünsche ein. Es wurde die erste Elternvereinbarung beschlossen:
Die Kinder Jan und Alex sind jedes zweite Wochenende sowie in der Hälfte der Ferien beim Kindsvater. Weiterhin besuchen sie den Vater jeden Mittwochnachmittag und jeden Freitag vor dem Wochenende, wenn sie bei der Kindsmutter sind, zu je drei Stunden.

Michael war begeistert. Die Kinder konnten aufatmen. Das Leben machte wieder Spaß. Diese schönen Nachrichten gab er beim gemeinsamen Mittagessen an seine Eltern weiter. »Soll mich nicht wundern, wenn es nicht so funktioniert. Die hecken doch bestimmt schon wieder was aus.«

»Mutter, diese Vereinbarung ist nun mit dem Jugendamt festgelegt. Ihr seht sie auch wieder kommen.«

»Die aufgedonnerte Tingelqueen hinter den sieben Bergen geht über Leichen!«, bollerte sein Vater dazwischen, der wieder zuhause war und sich gut von seinem Schlaganfall erholt hatte. »Die ist doch gar nicht da. Die ist doch mit ihrem Lullu auf Kreuzfahrt.«

»Kreuzfahrt! Kreuzfahrt! Ans Kreuz schlagen sollte man die Alte!«

»Josef! Du sollst doch nicht immer so über die reden!«

»Das mache ich aber! Dieses Intrigenweib hat schon genug Unheil angerichtet! Und die Scheinheilige in Görlitz können sie daneben hängen und mit dem Waschlappen-Lullu können die denen den Schweiß von der Stirn wischen.«

Michael lachte. Sein Vater Josef grinste. Seine Mutter Maria schüttelte erst den Kopf, musste dann aber auch lachen.

»Kerstin war gestern bei uns. Die sagte, Caro hätte zu ihr gesagt: *Hoffentlich findet er auf der Stammtischfahrt eine Neue.*«

Kapitel 9   Heut' Nacht will ich tanzen!

Im Morgengrauen kam sein Freund Le-Ed, eigentlich Leo-Eduard, mit einem Reisetrolli und einer Soundbox zum Zwischenlager. Aus der Box donnerten Paukenschläge zu »Auf der Heide blüht ein kleines Blümelen.« Michael amüsierte sich, als er aus der Haupteingangstür kam. »Was hast du da denn für eine geile Mucke?«

»Da wo wir hinfahren, wächst die Heide! Und ab 11 Uhr wird die Heide wackeln!«. Le-Ed hatte die Fahrt gebucht. Das Ziel war geheim. Selbst zu späterer Stunde hatte man am Stammtisch beim Voss keine Informationen aus dem Organisator herauskitzeln können. Michael war ganz im Ungewissen. Er saß seit Mai nicht mehr an Stammtisch.

Gastwirt Voss chauffierte die sieben Oberstaufenwälder mit seinem Shuttlebus zum Bahnhof. Beim Einsteigen in den Wagen sagte Markus: »Hab kaum geschlafen, die Kurze hat die ganze Nacht geschrien!«

»Dann muss du dir eine Mietwohnung nehmen!«

Alle Männer fingen laut an zu lachen. Michael war auf dem Wege der Besserung. Er konnte wieder über sich selbst scherzen.

Die geheime Reise endete in Winterberg. Drei Tage war Party angesagt. Wie jedes Jahr wurden die Taschen auf das Zimmer gestellt und man suchte sich ein nettes Plätzchen zum Biertrinken.

Am frühen Abend sah man die sieben Oberstaufenwälder im übergroßen Partyzelt auf dem Marktplatz. Jeder hatte eine pinke

Sonnenbrille auf, die man am Eintritt geschenkt bekam. Sie waren nun zwölf Stunden auf den Beinen, die sie aber nicht mehr so ganz unter Kontrolle hatten. Drei Stunden später waren sie nur noch zu dritt. Die anderen zog es in das Quartier. Kollege Stefan hatte einen Mitbewerber als Landwirt gefunden, mit dem er sich an der langen Theke austauschte. Kollege Chris und Michael Schneider vergnügten sich auf der Tanzfläche. Nach einer Weile zog Chris mit einem Mädel davon Richtung Cocktail-Bar. Der DJ fand die richtigen Songs, um die Partygemeinde in Stimmung zu bringen. Ausgelassen wurde getanzt und geflirtet. Für Michael waren die Damen zu jung. Oder doch nicht? Warum nicht mit einer 20-jährigen eine neue Familie gründen? Michael steckte sich die Brille ins Haar und zappelte mit dem jungen Gemüse. Durch die vielen Partyeinsätze mit seiner ehemaligen Freundin, Traum- und Ehefrau Caro Schneider, geborene Schmidt, konnte er sich professionell zu den verschiedenen Takten der Songs bewegen. Dies verschaffte ihm Aufmerksamkeit, bei den Mädels, aber auch bei den jungen Herren, welchen die passenden Hüftschwünge nicht gelingen wollten, wenn sie sich denn überhaupt bewegten. Einige der jungen Typen schauten immer mal wieder zu Michael rüber. Schauten sie sich die individuellen Schritte ab? Wenn Michael in Fahrt war, konnte er gut abdancen. Eine Freundin sagte früher mal zu ihm: »*Du tanzt wie Michael Jackson!*«, und himmelte ihn an. In der Zeit hatte er nüchtern getanzt und nur noch Augen für Caro Schmidt.

Oder war es die Brille im Haar, welche die Blicke auf sich zog? Auf der Tanzfläche waren nur sehr wenige Menschen, die so eine kitschige, aber für diesen Abend bei den Lichteffekten coole

Sonnenbrille vor den Augen, am Shirt geklemmt oder in den Haaren gesteckt hatten. Dieses »Schmuckstück« lenkte ab von dem Mut, sich einfach so zu bewegen, wonach einem gerade zu Mute ist: »Wenn ich so eine Brille hätte, könnte ich auch gut tanzen.« Ähnlich der Neidbremse: »Wenn ich einen Porsche hätte, säße neben mir auch eine heiße Blondine im Auto.«

Andererseits stieg das Begehren, endlich in den Besitz so einer Billigware aus China zu gelangen. Ein jüngerer Kerl, er war einen halben Kopf größer als Michael, nahmen sich einfach das Teil aus seinem Schopf. Ohne groß nach den Greifern zu schauen, fuhr Michaels linke Hand raus, krallte sich sein Eigentum zurück und steckte sie wieder sorgfältig auf seinen Vorderkopf.

Die berechtigte Frage kam nun auf, warum nur einige so ein Accessoire ausgehändigt bekamen. Michael dachte sich dies bestimmt auch beim Blick durch die feiernde Menge, auf der Suche nach einem Ü-Dreißig-Mädel.

Wie aus dem Nichts kam eine sehr zierliche Frau mit langen blonden Haaren aus dem Gedränge hervor. Sie war mindestens 40. Die eng aneinander stehenden Personen gaben der viel zu angetrunkenen hübschen Frau Halt. Um Michel herum war etwas mehr Platz. Sie drohte mit dem ersten Schritt in die Leere umzufallen. Michael war Feuer und Flamme und winkte ihr zu. Sie lächelte ihn an, stolperte zwei Schritte auf ihn zu, nahm sich die Brille und stecke diese in die gleiche Position in ihr Haar: »Na, wer bist du denn?« Sie schaute ihn verführerisch an, legte ihre Hände auf seine Schultern und begann frech mit ihm zu tanzen. Michael griff sie fest an der Hüfte. Sie fanden schnell einen gemeinsamen Rhythmus.

Der DJ legte einen neuen Song auf: »I love Rock'n roll« Bei der attraktiven Unbekannten war kein Halten mehr. Sie sprang Michael an, umklammerte ihn fest mit ihren Beinen. Mit ihrem Temperament gab sie nun den Takt vor, den Michael mit Freude unterstützte. Sie setze ihrem Tanzpartner die Sonnenbrille wieder auf, warf die Hände nach oben und war in bester Partylaune. Ihre langen Haare peitschte sie durch die Luft. Michael ging schwingend in die Hocke. Die Frau, die ihn mit den Beinen noch fest im Griff hatte, ließ sich langsam nach hinten fallen. Dabei rutschte das knappe weiße Shirt immer weiter nach unten. Ihr trainierter, gebräunter Bauch mit dem Bauchnabelpiercing kamen zu Vorschein. Michael griff nach dem breiten braunen Gürtel, um dieses wilde Wesen einigermaßen im Zaume zuhalten. Der große Typ, der ihm schon einmal die Sonnenbrille entwendet hatte, ergriff seine Chance. Er zog ihm die Brille von der Nase runter: »*Die brauchst du ja jetzt nicht mehr!*«

Es bildete sich ein großer Kreis um die beiden. Michael fühlte sich frei. Er genoss jede Sekunde. Sie tanzten. Mit ihrer spontanen Einlage unterhielten sie den ganzen Saal. Der Abend schien vielversprechend zu werden.

Der Song lief aus. Die wilde Rockerbraut löste sich vom fremden Körper, gab einen Kuss auf den glänzenden Hals und verschwand zielstrebig in der Menge.

Michael Schneider schloss die Augen und tanzte entspannt vor sich hin. Er ging zur Toilette. Er suchte Chris. Er holte sich in aller Ruhe einen leuchtenden Cocktail. Er tanzte noch einmal zu seiner Lieblingsmucke ab. Aber die wilde Rockerbraut ward nirgends mehr gesehen.

Am anderen Tag hatten die jungen Männer einen Heidenspaß. Es ging mit dem Planwagen über die Hochheide durch ein enges Tal auf einen gemütlichen Weihnachtsmarkt um eine kleine Kapelle. Die Herren aus dem Oberstaufenwald fühlten sich direkt heimisch und tranken mit anderen Männern aus dem kleinen Örtchen oder der Umgebung.

»Gefällt mir richtig gut, euer putziger Weihnachtsmarkt«, sagte Michael zu einem der Veranstalter. Er trug ein Button an der Brust mit dem Dorflogo.

»Adventsmarkt! Das ist kein Weihnachtsmarkt«, führte der Mann mit dem Lodenhut aus.

»Ja, ein putziger Adventsmarkt. Gefällt mir sehr! Wir haben jedes Jahr den Martinsmarkt bei uns im Ort. Der ist so ähnlich, nur nicht so urgemütlich wie bei euch hier. Da backe ich immer geräucherte Fische.«

»Geräucherte Fische?«, fragte der freundliche Herr direkt nach.

»Das ist eine Spezialität aus meiner Familie. Ein Rezept von meiner Urgroßmutter. Die Forellen werden mit einer Marinade bestrichen, in einen hauchdünnen Teig eingewickelt und dann gebacken. Mein Vater und ich haben uns einen Holzofen auf einem Anhänger gebaut.«

»Mmh, das hört sich aber lecker an. Hast du nicht Lust, das Mal bei uns hier zu machen? Der Ofen ist doch mobil.«

»Da fehlt mir die Zeit zu. Ich bin beruflich sehr eingespannt.«

Der Mann mit dem Lodenhut ließ sich nicht abwimmeln, nahm einen Bierdeckel und schrieb seine Handynummer hierauf.

Michael kamen sofort die Bilder von dem Bierdeckel in den Kopf, auf den er vor vielen Jahren seine Handynummer für seine Traumfrau drauf geschrieben hatte. Der Alkohol hielt jedoch seine Stimmung, seine gute Laune.

Der Mann mit dem Lodenhut steckte den Bierdeckel frech in Michels rückseitige Hosentasche. »Du kannst es dir ja überlegen. Und dann rufst du mich einfach an. Wir haben hier auch ein kleines Backhaus. Da wird Brot drin gebacken.« Seine ausgestreckte Hand zeigte auf das kleine Fachwerkhäuschen. »Das ist wohl das kleinste Backhaus von Deutschland. Da hinter der Vikarie steht es. Muss du dir mal angucken.«

Michael löste sich von der Theke des Bierzeltes neben der Kapelle und schlug mit leichten Haken den beschriebenen Kurs ein. Er schlenderte an einer kleinen Schmiede vorbei. Dann sah er das schnuckelige Häuschen. Ein junger Mann in Michaels Alter schob mit einem Holzschieber Teiglinge in den Ofen aus roten Ziegelsteinen. Eine Buchenhecke grenzte das Gebäude von der Straße ab. Ein anderer junger Mann blieb davor stehen und schaute dem Bäcker zu. Dieser hatte wie Michael schon leicht einen im Schuh: »Du hast ja einen Schützenhut auf.«

»Nein, das ist ein historischer Bäckerhut!«, gab der Arbeiter hinter der Hecke grinsend zurück. »Das ist ein Schützenhut. Das sehe ich sofort.«

»Nein, nein – so sahen im 18 Jahrhundert die Dorfbäcker aus.« Der Heckengast winkte kopfnickend ab. »Dann will ich morgen auch mal in der Backstube meinen Schützenhut aufsetzen.« Die beiden Männer lachten. Michael wollte sich in das Gespräch einbringen. Aber ein kleiner Junge kam durch den Garten zu dem Backhäuschen. »Papa, hast du noch Brot für uns?«

114

»Ja klar, guckt mal da auf dem Brettchen.« Die Mutter kam noch dazu. »Dann iss noch schnell eins und dann musst du in die Kirche. Wir müssen uns schon beeilen.« Sie grinste den Bäcker an. »Und wenn die fertig sind mit dem Krippenspiel, ist der Papa für euch zuständig. Die Mama geht heut feiern mit ihren Mädels.«

»Macht mal, ihr Mädels. Ich kredenze mir gleich noch ein lecker Weizen zum Feierabend und dann gehen wir rein. Ich hab noch von gestern Abend genug.« Michael lauschte noch ein wenig dem glücklichen Familiengespräch. Der Alkohol tat ihm gut. Sollte er regelmäßig dieses Getränk zu sich nehmen?

In bester Laune verabschiedete sich die hübsche Frau und ging mit dem Jungen auf den Markt. Nun stand Michael allein an der Hecke. Er schaute dem Bäcker ein wenig zu. »Wie viele Brote passen da rein?«

»25.«

»So viele?«

»Wir haben eine Backfläche von 1,5 Quadratmetern.«

»Meiner hat nur eine Grundfläche von 80 mal 100 Zentimetern.«

»Das ist doch auch schon was!«

»Ich backe einmal im Jahr Forellen.«

»Oh! Auch nicht schlecht. Wir haben schon Brote, Kuchen, Pizza oder Zwiebelkuchen gebacken. Das Beste war ein Frischling von meinem Schwiegervater. Der ist Jäger.«

»Und läuft das Geschäft heute?«

»Das läuft immer. Der Markt ist alle zwei Jahre. Wir sind immer ausverkauft.«

»Machst du mit Vorbestellungen?«

»Da ist gar nicht dran zu denken. Die Leute reißen uns die Brote aus den Händen!«

»Oh, das kenne ich!«

»Manche würden sich am liebsten vor der Hecke kloppen.«

Ein weiterer Mann kam hinzu. Auch dieser hatte schon alkoholische Getränke zu sich genommen. Er stellte sich unter das Dach vor dem Backhaus und rief laut über den Markt: »Ausverkauft! Jeder bitte nur ein Brot!«

Die beiden Herren hatten ihren Spaß.

Kapitel 10 Drei Gründe für die harte Trennung

Die Woche drauf kam Caro mittwochs zum ersten Mal in das Zwischenlager. Die Elternvereinbarung trat in Kraft und die Männer-WG wurde mit Unterwäsche, Socken und Schlafanzügen ausgestattet.

Die beiden Elternteile unterhielten sich freundlich. Michael fragte: »Magst du was trinken?«

»Nein, so lange möchte ich nicht bleiben.« Trotzdem setzte sie sich auf einen der Küchenstühle. Sie schaute einmal durch den Raum. Der massive lange schmale Steintisch, eine Sonderanfertigung für das Traumhaus, diente in der gemütlichen Wohnung als Raumteiler. Er trennte Küche vom Wohnzimmer. Caro, Ludwig und Bertha waren der Ansicht gewesen, dass es nun Michaels Tisch war, schließlich war er der Auftraggeber.

Als Traumschwiegersohn bestellt, als Horrorehemann bezahlt.

»Die Wohnung ist doch ganz ok!«, sagte Caro mit einem leicht überheblichen Lächeln.

»Caro, warum hast du dich von mir getrennt?« Michael setzte sich zu ihr.

»Du hast mich verletzt!«

»Aber das ist doch der absolute Schwachsinn! Wann habe ich dich denn verletzt? Du kannst doch nicht einfach behaupten, dass ich dich verletzt habe!«

»Doch hast du aber. Als wir mit der Handwerkskammer in Düsseldorf waren, hast du nicht unsere Koffer in den Bus getragen. Damit hast du mich verletzt!«

Michael lachte: »Das ist jetzt nicht dein Ernst!«

»Doch ist es! Die anderen Männer haben die Koffer von ihren Frauen in den Bus getragen!«

»Caro! Ich war mit Hartmut noch kurz in der Pizzeria! Wir hatten doch so einen Spaß an dem Morgen. Du hast dich doch noch so nett mit der Frau vom Bürgermeister unterhalten.«

»Ja, das habe ich. Aber trotzdem!«

Michael war erleichtert. Ihm war nicht bewusst, dass man damit eine Frau verletzen konnte.

»Caro, wenn ich dich damit verletzt habe, dann entschuldige ich mich bei dir für mein Verhalten. Das ist aber auch nun schon ein Jahr her! Warum hast du mir das denn nicht direkt gesagt?«

»Ja und auf der Hochzeit von Nico und Joline?«

Ihr Ehemann konnte ihr nicht ganz folgen: »Wie? Was war denn auf der Hochzeit?«

»Da warst du so betrunken.«

»Und damit habe ich dich verletzt?«

»Ja, hast du.«

»Caro, ich war nicht betrunkener als die anderen. Ich war nur etwas ausgeflippter. Damit kann man doch keinen verletzen!«

»Du hast aber gesungen, die anderen nicht.«

»Das war einmal. Weil die Feuerwehr uns gegenübersaß. Du hast doch selbst darüber gelacht, am Tag drauf.«

Caro sagte nichts.

»Sorry, das sind doch keine Gründe, sich zu trennen. Dann müssten sich ja alle Eheleute trennen.«

118

Seine Ehefrau schwieg weiter. »Na ja, ein bisschen erleichtert bin ich ja schon. Aus meiner Sicht ist sowieso deine Mutter diejenige, die hier den Terror organisiert.«

»Ach Quatsch!« Sie überlegte kurz, wie eine Grundschülerin, welche unter der Decke nach den Versen des Gedichtes suchte. »Dass ich damals in Tüddern während meiner Ausbildung traurig war, das war nicht wegen dir. Ich fand es einfach nicht schön da.«

Sie schaute verlegen aus dem Fenster und streifte sich durch das lange blonde Haar.

»Es funktioniert einfach nicht, wir kommen aus zu unterschiedlichen Familien!«

Michael verschärfte seinen Blick und schaute seiner Frau tief in die Augen. Dann zog er die Augenbrauen hoch, spitzte dein Mund und nickte leicht.

Michael stand auf.

Caro stand auf.

An der Tür zum Treppenhaus sagte sie noch: »Ach ja und mit dem Bierglas, mit dem Alten immer. Damit hast du mich auch verletzt.«

Caro Schneider ging die Treppe runter. Michael schaute ihr ein paar Schritte nach. Er musste vor sich hin grinsen. Die Haupteingangstür schlug zu.

Der Alte, der Tiefbauunternehmer, der immer sehr hilfsbereit war, von dem sich Michael auch öfters Werkzeug und Maschinen auslieh, hatte die Angewohnheit, die Schaumkrone vom Bierglas am Rand ein Stück mit dem Daumen wegzuwischen. Michael und seine Freunde ahmten diese Geste vor ihren Augen immer nach. Sie fand das immer »ekelig«. Das war vor 10 Jahren! Damit hatte er sie verletzt.

Mit einem nicht getragenen Koffer vor einem Jahr, mit einem Feuerwehrlied vor fünf Jahren und Schaumwegwischen vor 10 Jahren hat der Ehemann Michael Schneider seine Ehefrau verletzt.

Nicht die Belanglosigkeit dieser Taten, sondern die Zeitspannen sind für die folgenden Jahre von enormer Bedeutung!

Michael ging pfeifend zurück in die Küche. Die Worte seiner Frau berührten ihn nicht. Der Satz, dass man aus verschieden Familien komme, setzte allerdings sein Denken in Gang.

Zu der Jahrtausendwende hatte man sich so gefreut. Beide Familien kamen aus dem Oberstaufenwald. Bei beiden wohnte die Großmutter in Erdgeschoss. In der Kindheit hatten beide Probleme mit der Mutter gehabt.

Es waren typisch deutsche, typisch europäische Familien. Beide wünschten sich zwei Kinder. Caros Eltern waren froh, ihre schnell gewachsene Firma nicht verkaufen zu müssen. Man bekam zwei Kinder, welche eines Tages auf der Realschule sein sollten und nachmittags »schleutern« - nach draußen gehen – Fußball spielen, ins Schwimmbad oder in den Wald gehen.

Seit ein paar Monaten gingen Jan und Alex nicht mehr in den Wald oder ins Schwimmbad. Sie gingen nicht mehr zu Freunden. Sie gingen zu Therapeutinnen und Therapeuten – fast jeden Tag! Woche für Woche!

Kapitel 11   Die letzten wilden Wasserfälle

An dem Abend legte Michael sich auf die blaue Couch seiner Schwester und knipste den kleinen Röhrenfernseher in der hellen Schrankwand an. Nach der Tagesschau blieb er beim Spielfilm »Harry nervt« hängen. Harry war zurück von seinen Abenteuern. Er hatte seine Familie im Stich gelassen. Seine Frau und eine seiner Töchter wollten nichts mehr mit ihm zu tun haben. Die andere Tochter und seine Schwiegermutter versuchten die Ehe, die Familie zu kitten. Harry brachte ein enormes Chaos in das Leben seiner engsten Mitmenschen. Seine Frau reicht die Scheidung ein.

Michael ließ sich berieseln, erinnerte sich zwischendurch, wie er früher solche Filme nach drei Sekunden abgeschaltet hatte. Eine Trennung, eine Familie im Stich lassen hätte es niemals für ihn gegeben. Michael hatte sich immer stark für seine Frau und für seine Kinder gemacht. Nun lag er da und ließ sich besudeln.

Am Ende der Geschichte zeigte Harry in einer Klinik eine Diavortag seiner Abenteuer, viele Bilder wilder Tiere. Plötzlich wurden Bilder seiner Familie gezeigt. Harry erzählte von dieser und berichtete, wie er sich oft verlaufen und dann an seine Liebsten gedacht hatte. Seine Frau kam nach vorne, den Scheidungsantrag hatte sie einen Tag zuvor zerrissen, und sagte:

»Komm nach Hause, Harry!«

Nun lag er da, der Michael Schneider und weinte bittere Tränen. Seine Wangen waren durchnässt. Er weinte und weinte. Der Fernseher lief. Er lief die ganze Nacht. Michael blieb einfach liegen.

Die fröhliche Stammtischfahrt, der wilde Tanz mit der Blonden –
in der Gesellschaft sah er nichts von seiner Familie. Aber in
seinem Herzen waren Caro, Jan und Alex tief verwurzelt.

»Das ist ein Weinen, welches den stärksten Mann zerreißt!«

Michael war dem Schicksal in die Falle getappt. Im Zwischenlager
hatte er bisher nur vier Mal fern geschaut. Er schaute sich bewusst
Kriegsfilme an. Es war die Blütezeit der Nachverfilmung von
grausamen Geschichten aus dem Zweiten Weltkrieg. Er schaute
sie nicht, weil Bertha Schmidt ihm den Krieg erklärt hatte,
sondern weil er spätestens am Ende des Filmes in seinem
gemütlichen Zwischenlager vor sich hinsprechen konnte:

»Euch geht es ja noch schlechter als mir!«

Mit der Zwischenlösung, der Elternvereinbarung, war er sehr
zufrieden. Die Kinder verbrachten ausreichend Zeit mit ihm. Die
restliche Tageszeit arbeitete er, werktags- sowie sonn- und
feiertags. So ließ sich der Zustand einigermaßen aushalten, wurde
er latent immer mehr abgemildert.

Es ging auf Weihnachten zu. Michael wollte gar nicht daran
denken! Bis Weihnachten sollte dieser aufgeblasene Wahnsinn
längst beendet sein. Er machte sich gerade in der Firma daran, die
Jahresumsätze der Kunden mit zwei Mausklicks in die Liste der
Weihnachtsbesuche einzulesen. Der erste Versuch sah

vielversprechend aus. Seine neu erstellte Liste führe die Umsätze sortiert auf, oben standen die besten zehn Kunden. Die Tradition von Ludwig, sich bei den besten Stammkunden am Ende des Jahres mit einem kleinen Geschenk zu bedanken, wollte er unbedingt fortführen. Im vergangenen Jahr hatte der werdende Geschäftsführer die Kundentouren übernommen. Mit vielen war er nun per du, die ersten Freundschaften und Geschäftsbeziehungen entstanden.

Caro rief an: »... Wie machen wird das denn mit Weihnachten? Die Kinder sind ja in der ersten Ferienwoche bei mir.«

»Sagt wer?«

»So haben wir das doch vereinbart.«

»Wir haben vereinbart, dass die Kinder die Hälfte der Ferien bei mir verbringen. Aber wir haben nicht besprochen, um welche Hälfte es sich handelt.«

»Auf jeden Fall ist das jetzt so.«

»Was ist so?«

»Na, dass die Kinder bei mir sind. Wenn du möchtest, kannst du ja Heiligabend zum Essen kommen.«

»Caro merkst du es noch? Du schmeißt mich per Gericht aus unserem gemeinsamen Haus raus, was ich mit Liebe für uns aufgebaut habe und nun soll ich als Gast zum Essen kommen?«

»Ja! Warum denn nicht?«

»Wenn du die Kinder ins Bett bringst, muss ich das Haus wieder verlassen, mich wieder penetrant an das Urteil halten, oder wie? Auf einmal darf ich doch ins Haus? Weißt du, was ich mir diesbezüglich von meiner Tante und meinem Bruder anhören durfte?

Hast du dich eigentlich noch nie gefragt, wie ich mich bei diesen ganzen Aktionen fühle?«

Caro antwortete nicht. Ihre vertraute Atmung war zu hören.

»Caro, so geht das nicht!«

Michael legte auf und wählte die Nummer von Frau Himmelreich.

»Stadt Neukirchen, Himmelreich.«

»Guten Morgen Frau Himmelreich, hier spricht Michael Schneider.« Bevor die Sachbearbeiterin nach dem Befinden fragen konnte, wurde Herr Schneider direkt: »Ich habe gerade mit meiner Frau gesprochen. Die beansprucht die Kinder für alle drei Feiertage zu Weihnachten für sich.«

»Die rechtliche Grundlage besagt ...«

»Die rechtliche Grundlage ist mir im Moment unwichtig. Ehrlich gesagt weiß ich noch gar nicht, wie ich die Feiertage überleben soll. Von mir aus kann meine Frau die Kinder in der ersten Ferienwoche haben. Mit der einen Bedingung: Nächstes Jahr machen wir es umgekehrt. Dann sind die Kinder alle drei Tage bei mir. Bitte ergänzen Sie das in der Elternvereinbarung.«

»Wenn das Ihre Frau so mitträgt.«

»Das ist nicht meine Frau! Wenn die Frau dieses Jahr alle Weihnachtstage beansprucht, dann werde ich das gleiche jawohl im Jahr drauf machen können.«

»Da haben Sie auch wieder Recht. Das würde jedes Familiengericht mittragen.«

»Da möchte ich gar nicht hin. Ich meine, sowas sollte man immer ohne Gericht lösen.«

»Die Einstellung finde ich gut. Okay Herr Schneider, ich nehme die Regelung der Weihnachtstage mit auf in die Elternvereinbarung.«

»Vielen Dank!«

Die vorweihnachtlichen Besuche waren mit viel Trauer und Grübelei verbunden. Wie sollte Michael Schneider bloß die Weihnachtstage überleben?

Immer wieder kamen ihm die schönen Stunden der Adventszeit bei Kerzenschein, Plätzchen und Kakao mit Caro und den Jungs vor Augen. Keine Fahrt verlief ohne Trauer oder Schmerz.

Unzählige Tränen sind verflossen. Diese Tränen werden »eingefroren« für die Zukunft, für die Enkel, für die Urenkel der Familie Schneider, stellvertretend für alle Familien, in denen ähnliche Unmenschlichkeiten vollzogen wurden.

Ende November fuhr der Geschäftsführer der Firma Schmidt und Meyer früh im dichten Morgennebel los. Der Wagen war beladen mit Prospekten, Weinflaschen und Oberstaufenwälder Knochenschinken. Ausnahmsweise fuhr Michael mit dem Wagen von Hermann. Dieser hatte noch ein flache Palette Fußbodendielen auf das Dach gegurtet. »Die sind für den Leistenfeld in Koblenz. Dann braucht unser LKW nicht erst noch extra dahin fahren. Der Dachgepäckträger hat sich schon bezahlt gemacht.«

»Herrmann, der heißt Wüstenfeld.« Michael grinste. Hermann: »Du hast gestern gesagt, dass der Leistenfeld heißt.«

»Ja, ich habe mich vertan. Ich hatte Leistenfeld gesagt, weil der immer nur Leisten bestellt.« Hermann lachte. »Ach so! Wie heißt der?«

»Wüstenfeld.«

»Ja, das ist mir auch so ein Wustenfuchs!«

Der vollbeladene Firmenwagen überquerte in Koblenz den Rhein. Es war noch dunkel. Er sah ihn nur schwach im Augenwinkel, welcher sich zügig mit Tränenflüssigkeit füllte: Der alte Kaiser Wilhelm saß still auf seinem Ross am deutschen Eck. Genauso still wie damals auf der Hochzeit von Robin Meyer, Caros Cousin, der mittlere Sohn vom ältesten Bruder ihrer Mutter. Es war ein schöner Abend auf der Festung Ehrenbreitstein gewesen. Caro und Michael hatten Spaß. Bertha entschuldigte sich bei Michael für ihren unrühmlichen Satz: »Was meinst du, wie schnell wir dich wieder los sind mein Freund!«

War Michael Schneider nur eine Marionette? Die man sich als Lückenbüßer für ein paar Jahre ausgeliehen hatte?

Die Trauer im Firmenwagen galt nicht den Bertha-Intrigen. Sie galten seiner Frau. Der große Kaiser, der gute alte Vater Rhein, das Verkehrsschild »Festung Ehrenbreitstein«, ja selbst das Ticken des Blinkers, als er in die Zielstraße zur Firma Wüstenfeld einfuhr, erinnerte ihn an seine Frau. Er öffnete den Kofferraum und sah das schöne Hotel des letzten Sommerurlaubes. Wie sollte dieser Tag bloß enden?

Gemeinsam mit Herrn Wüstenfeld lud er die Holzdielen vom Dach. »Die sind für den Bertgen an der Mosel. Die drängeln jedes Jahr. Erst können sie sich nett entscheiden dann hoppla, hopp. Ihr kennt das ja bestimmt!«

»Ja, das ist wohl in allen Handwerksbetrieben so. Die Kommunen bestellen auch Ende des Jahres noch auf den letzten Drücker.«

»Das ist bei uns nicht anders. Mal eben noch schnell die Kass' leer mache, damit das Budget nicht gekürzt wird.«

Michael atmete einmal tief durch. Der geschäftliche Smalltalk brachte ihn auf andere Gedanken.

Man sprach noch über die Umsatzzahlen, über die größten Aufträge, Zukunftsaussichten und über die schlechtzahlenden Kunden. Dann machte sich Michael auf den Weg zum nächsten Kunden. Er setzte sich in Hermanns Firmenwagen und tippte die nächste Kundenadresse in das Navigationssystem ein. Bei seinem eigenen Wagen brauchte er nur zu sagen: »Navigieren zu Holz Quandt!«

Er fuhr ein Stück am Rhein entlang. Dichte Nebelschwaden zogen durch das Tal. Es wurde langsam hell. Die Menschen fuhren zur Arbeit. Sobald Michael allein war, begann er nachzudenken, fiel er in einen unvorstellbaren Trauerzustand. Wie machen es denn die anderen Männer? Wie machen es die vielen Paare? Die trennen sich einfach und nehmen den nächsten Partner. »Wir sind im 21. Jahrhundert! Da sieht man das nicht mehr so eng!« Da wird man egoistisch. Da denkt man an sich selbst.

Michael Schneider sah das anders. Seine Großmutter, seine Eltern, sein Schwiegervater und seine Schwiegermutter hatten ihm andere Werte vermittelt. Seine Großmutter lebte nicht mehr. Seine

Eltern waren genauso hilflos wie er, seine Schwiegereltern nicht mehr wiederzuerkennen.

»Bis dass der Tod euch scheidet.«
»Lasst euch bloß nicht scheiden!«

Der Tod war näher als die Scheidung.

Das ging dem jungen Ehemann nicht aus dem Kopf. Immer wieder ertappte er sich selbst dabei, wie er viel zu riskant andere Autos vor sich überholte. Nicht nur an diesem Morgen, an dem er sich den Tod wünschte. Spielte er mit dem Tod? Oder lag es einfach an der drückenden Novemberstimmung?

Michael war an dem Punkt angekommen, an dem sein Freund Klaus mal gewesen war. Dieser war auf Seefahrt gewesen und hatte eine zweitägige Sturmzeit überleben müssen. Trocken und unbeeindruckt hatte der Kapitän zu ihm gesagt: Es gibt zwei Arten von Seekrankheit:

Die Angst zu sterben und die Angst nicht zu sterben!

An dem Punkt war Michael in der Gewitternacht hoch oben in den Südtiroler Bergen gewesen, wo er die Nacht mutterseelenallein im Zelt verbracht hatte. Da hatte er auch Angst gehabt, nicht zu sterben.

War es so nicht auch bei der Tochter von Lotti Holter gewesen? Stefanie war die einzige Tochter von Lotti. Lotti hatte noch drei

Schwestern. Diese hatten keine Kinder. Die Familie Holter besaß eine Bäckerei. Seit drei Generationen wurde der Betrieb von einer Frau geführt.

Stefanie, die einzige mögliche Nachfolgerin verunglückte mit ihrem Motorrad. Hatte sie auch mit dem Tod gespielt? Fuhr auch sie bewusst riskanter? Hatte sie den Druck, der auf ihr lastete, nicht mehr ausgehalten?

Ein Sonnenstrahl blinzelte Michael durch die Scheibe der Beifahrertür an. Welch eine Stimmung! Er sprach vor sich hin: »So habe ich es mal gesagt: *Für die Stefanie könnte der Tod auch eine Erlösung gewesen sein.* Als Verstorbene wäre sie immer in guter Erinnerung geblieben. Und man hätte immer gesagt: *Wenn unserer Stefanie noch leben würde! Die hätte was daraus gemacht.*«

Ein kleines Lächeln kam in sein Gesicht.

Dann setzte er wieder die ernste, traurige, leblose Miene auf. Und was haben diese Gutmenschen daraus gemacht?: »Du hast gesagt, sie sei gestorben, weil Lotti heimlich im Nachtlokal auf den Tischen tanzte!«

Michaels Augen wurden größer. Er ging in die Eisen und hielt rechts an. Zwei Autos hinter ihm hupten.

»Du warst doch bei denen im Wintergarten und hast dich entschuldigt!«

Dann sprach er wieder zu sich: »Aber Stefanie kam doch an dem Abend in den Wintergarten! Sie hat doch noch gesagt: »Hey Michael, ganz seltener Besuch!«

»Wie sollte ich mich denn für ihren Tod entschuldigen, wenn sie mit mir gesprochen hat?«

Michael wusste zwar noch nicht, was ihm bei Holz Quandt widerfahren würde, aber diese Unverschämtheit musste er sich auf sein Diktiergerät sprechen:

»Heute Morgen habe ich eine Lüge aufgedeckt. Die Behauptung, die ich aufgestellt haben soll, Stefanie Holter sei gestorben, weil ihre Mutter auf Tischen freizügig tanzte, stimmt in keiner Weise. Zum einen habe ich mich damals im Holter Wintergarten niemals entschuldigt. Lotti hatte mich gebeten, zu ihr zu kommen, weil wir den Abend zuvor beim Voss waren. Ich selbst hatte mal mitbekommen, wie Lottis Mann auf der Bank vor seinem Elternhaus sagte: *Der kleine Schneider müsste jeden Tag was vor die Schnauze haben!*

An dem Abend beim Voss habe ich ihm erzählt, dass es gewisse Geschichten über seine Frau gäbe. Dies war meine Retourkutsche. Viele Leute aus dem Dorf, unter anderem der Exfreund von Stefanie, haben mir damals gesagt: *Endlich sagte es denen Mal einer ...!*«

Michael kam in Fahrt. Wie ein Kommentator eines Fußballspieles plappert er aufgeregt in sein Diktiergerät.

»... endlich spricht mal einer die Wahrheit klar aus. Selbst Josy hatte am Telefon zu Thomas gesagt: *Der Michael ist der Einzige in Oberhof, der noch die Wahrheit sagt ...!*«

Michael war außer sich vor Freude, dass er so eine fette Lüge gefunden hatte! Er schrie einmal auf, kam leicht ins Stottern. »...

ja! Und jetzt, und jetzt meine Damen und Herren kommt das Beste ...!« Er kreischte auf! »Stefanie lebte noch zu der Zeit! Wie sollte ich mich den für eine Aussage über eine Tote entschuldigen, wenn die noch lebte?«

Er speicherte die Sprachnachricht und fuhr zügig weiter durch das Rheintal. Nach ein paar Kilometer nahm er das Handy erneut und sprach die nächste Memo hinein: »Was ich vor Jahren – man betone: vor Jahren! - gesagt habe: Dass Stefanie Hölter unter einem enormen Druck stand, weil sie als Einzige die Bäckerei übernehmen sollte. Besonders die Großeltern drückten sie in diese Richtung. Der Tod durch den Motorradunfall war für sie vielleicht eine Erlösung. Ihr wurde der Druck genommen. Und die Alten können sagen: Wenn unsere Stefanie noch leben würde, dann ... So habe ich es gesagt! Und nicht anders. Und genau in der Situation war ich nun auch öfters: Man lebt, fährt riskanter, wenn man nicht mehr leben will!«

Abgespeichert und weiter fuhr der Michael Schneider. Ein drittes Mal griff er zum Smartphone. »Ach ja! Dieses Ding unbedingt öfters benutzen für Gedanken- und Beweisaufnahmen.« Der fesche Geschäftsführer auf Weihnachtsreise erkannte die Fähigkeit des Gerätes, mit dem man einst nur telefonieren konnte, als externes Gedächtnis. Wer hätte das gedacht, dass ein Diktiergerät, dass Ludwigs Lieblingsspielzeug so in Mode kommen würde. Koblenz hinter sich gelassen, erinnerte er sich, wie sein Onkel Thomas ihm vor Jahren ein Diktiergerät zu Weihnachten geschenkt hatte. Es war genauso ein Teil, wie Ludwig es hatte. Ein Aufnahmegerät mit einer Minikassette. Schon in Kindertagen hatte Michael kleine Geschichten verfasst, die zum Nachdenken anregten. Sein Onkel aus Görlitz erkannte das Talent des Schreibens in dem kleinen Neffen. Die Malerausbildung, die Meisterschule und schließlich die umfangreiche Leistung im schwiegerelterlichen Betrieb hatten diese Begabung verstümmelt.

Das hohe, imposante Gebäude der Firma Holz Quandt war von weitem sichtbar. Michael war nun schon zum dritten Mal dort in der Funktion als Geschäftsführer.

Die Sonne schaffte sich den Weg durch den sich auflösenden Nebel. Nichts ahnend betrat Michael das Gebäude. Im Eingangsbereich stand ein Banner. »Alles für Ihr Traumhaus!« Michael wurde kreidebleich. Laut losheulen hätte er können. Am liebsten wäre er wieder raus gegangen und hätte sich an der nächstbesten Ecke gründlich ausgeheult.

Auf dem Banner war ein Traumhaus abgebildet mit einer langen Glasfassade. Caro hatte sich ein Traumhaus gewünscht. Michael hatte ihr eins gebaut. »Du hast uns eine Villa gebaut!«

Der kleine Jan rannte auf Socken über den neuen Holzboden von der Küche bis hinten in Papas Büro ...

All die schönen Erinnerungen kamen mit einem Schub zum Vorschein. Nicht einen Schritt vor oder zurück konnte er sich bewegen. Er stand vor dem Banner und hätte laut losheulen können!

»Ah! Guten Morgen Herr Schneider, da sind Sie ja schon.« Herr Kleine schaute ebenfalls auf das Banner. Der freundliche Herr war Geschäftsführer und Gesellschafter der Firma Quandt.

»Möchten Sie ein Traumhaus bauen?«, fragte er Michael lächelnd.

»Nein, wir haben schon ein Traumhaus.«

Der geschundene Ehemann sprach von »wir«. Sprach von einem Traumhaus, in dem er nicht mehr wohnte. Ganz unten in dem überdimensionalen Aschehaufen glimmerte noch der letzte Funke Hoffnung.

»Ich zeige Ihnen gleich mal unsere Ausstellung.« Herr Kleine ging vorweg zum Beratungstisch in der Ausstellung. »Möchten Sie eine Tasse Kaffee?«

»Gern! Kaffee geht immer.«

»Kommt sofort!«

Michael saß da in dem orangenen Sessel und blickte in den großen Saal der Ausstellung. Die zweite Etage in der Mitte war über eine Wendeltreppe erreichbar. Die Raffstores an dem Musterfenster, der Designer-Edelstahl-Wasserhahn, der in der Morgensonne blinkte ...

Michael musste wegschauen. »Das werde ich hier nicht überleben!«, sprach er leise vor sich hin.

Herr Kleine kam mit zwei Kaffeetassen zurück, die auf ihren Untertellerchen klimpernd vor sich hin wackelten. Darauf lagen rote Löffelchen, genau die gleichen, die Caro letztes Jahr gekauft hatte. Egal wo er hinschaute, überall kam Caro zum Vorschein.

Sollte Michael nach einem Schnaps fragen? Sollte er schreiend rauslaufen?

Der junge Geschäftsführer in Jeans, braunen Lederschuhen, hellblauem Hemd und dunkelblauem Sakko blieb sitzen. Hart wie er war, ließ er auch diese Horrorminuten über sich ergehen.

Er blieb eine geschlagene Stunde. Über 30 Minuten präsentierte Herr Kleine sein Sortiment in der Ausstellung. Michael wurde immer wortarmer. Er nickte ab und an und formte ein möglichst ehrlich wirkendes Grinsen in sein Gesicht. Mit Zeigefinger und Daumen rieb er sich die Augenränder am Nasenansatz. Gegen Ende des Rundganges nahm er ein Taschentuch und putzte sich die Nase.

Gefasst und diszipliniert ging Michael zum Wagen, der vor der Ausstellung stand. Mit zitternden Händen öffnete er die Tür. Herr Kleine winkte noch einmal durch das Schaufenster. Michael erwiderte freundlich die Abschiedsgeste, setzte den Wagen zurück und fuhr vom Hof.

Im Rückspiegel erblickte er im Augenwinkel das weiße Hemd von Herrn Kleine hinter der großen Schaufensterscheibe. Nach ein paar hundert Metern führte die Straße an Wiesen und lockeren Baumgruppen vorbei. Nach der ersten Kurve brachte er den Wagen in der nächsten Feldeinfahrt abrupt zum Stehen.

Seine Arme fielen über das Lenkrad, sein Oberkörper fiel nach vorne. Laut schrie er vor sich hin:

»Ich kann nicht mehr!«

Und er fiel in einen abgöttischen Heulanfall. Er weinte, schluchzte, jammerte und schrie vor sich hin.

Nach fünf Minuten war alles vorbei. Wie grausam es war. Nüchtern sprach er: »Aber es tat gut, es rauszulassen!«

Die schmalen Strahlen der schwachen Novembersonne schienen durch die Windschutzscheibe. Michael aktivierte die Wasserdüsen der Scheibenwischanlage. Der Wassertank war leer. Michael dachte: *Da hätte ich die Tränenflüssigkeit reinlaufen lassen können. Dann wäre der Tank jetzt wieder voll.* Er musste vor sich hin grinsen. Dann zog eine ernste Miene auf. »Wir kommen aus zwei unterschiedlichen Familien!«

Michael holte einmal tief Luft. »Kein Glas Wasser werde ich mit dieser Frau mehr trinken, selbst im Obdachlosenheim nicht mehr!«

Dann war wieder alles gut. Michael fuhr die anderen Kunden an, bedankte sich für die gute Zusammenarbeit, der ein oder andere gab ihm noch einen Auftrag mit.

Bei den meisten Kunden kam jeden Besuch das ungehobelte Verhalten von Herrn Hermann Meyer zur Sprache. Dauerbrenner war hier: Die Techniker sagen einen Termin zu. Herr Meyer ruft einen Tag vor dem Termin an: »Können wir die Auslieferung noch einen Tag schieben?«

Viele Kunden fragten nach Ludwig. Dieser hatte einen guten Ruf bei der Kundschaft. Jede und jeder wusste, dass Michael sein Schwiegersohn und Nachfolger war. Von den familiären Problemen hatten die wenigsten etwas mitbekommen. Nur der Handelsvertreter Jürgen sagte zu Michael beim gemeinsamen Besuch seiner Top-Kunden:

»Das hat sich der Ludwig auch alles anders vorgestellt!«

Kapitel 12   Ein neuer Job

Nach vielen Monaten harter Arbeit machte Michael einen
Donnerstagnachmittag um 16 Uhr Schluss. Es war wieder so ein
Tag, wie er sie schon mehrmals erlebt hatte. Irgendetwas in ihm
brodelte. Irgendetwas summte in ihm herum. Seine Gedanken
standen nicht still. Es war so ähnlich wie hoch oben in den
Südtiroler Bergen: Eine Flut von Gedanken strömte in seinen
Kopf. Da hielt ihn nichts mehr in seinem schicken Büro oder auf
der blauen Couch seiner Schwester. Dann musste er sich die
Wanderschuhe schnüren und ab in den Wald. Wie so oft ging er
auch dieses Mal wieder hoch zum Stoltenberg. Die erste
Verschnaufpause war immer oben auf dem höchsten Weg des
Schlossberges über seinem geliebten Oberhof. Hier stand seit
einigen Jahren eine Schaukelbank, eine Art
Outdoor-Hollywood-Schaukel. In seiner Kindheit war in der Nähe
eine rote Bank gewesen, die ein paar Meter über dem Weg im
Wald stand. Über einen kleinen Pfad konnte man diese erreichen.
Hier hatte er oft mit seiner Oma gesessen, als sie noch rüstig
gewesen war. Diesen kleinen Pfad war er mit seinen Freunden mit
den neuen Dreigang-Fahrrädern von der Kommunion
runtergefahren. Die Jungs hatten sich über vier Kilometer
Downhill – das Wort gab es Mitte der Achtziger noch nicht im
Oberstaufenwald – ohne einmal in die Pedale zu treten ins Dorf
rollen lassen. Das war ein Spaß gewesen. Auf dieser Bank hatte er
mit seinen Freundinnen gesessen, auch mit Caro Schmidt. Auf
dieser Bank hatte er seine Gedanken gesammelt für ein Gedicht
oder eine kleine lustige Geschichte. Hier hatte er Ideen für ein
Drehbuch gesammelt, welches er mit der Schreibmaschine, die er

von Onkel Thomas aus Görlitz geschenkt bekam, schrieb. Er hatte über 80 Seiten geschafft. Es ging um die Entführung des Sohnes des Klassenlehrers, damit dieser bessere Noten erteilen sollte. An diesem Ort hatte er die Idee bekommen, ein Buch zu schreiben über eine Welt ohne Liebe.

Die Bank stand im Wald auf der Höhe, damit man über die rasch wachsenden Fichten schauen konnte. Oberhof war ein Touristenort. Der Verkehrsverein sprach mit dem Waldbauer. Dieser schlug den noch nicht haureifen Baumbestand um. Seitdem verlor die erhöhte Bank ihren Wert. Eine barrierefreie Sitzgelegenheit mit einem herrlichen Blick auf Oberhof, auf den Möchsteinberg und auf den langgezogenen Staufenkamm wurde aufgestellt. Drei Jahre später zimmerten die Rentner des schmucken Örtchens die Schaukelbank. Hier weilte er kurz.

Michael schlenderte durch die Waldwege. Es war ein typischer Novembertag, grau in grau mit dichtem Nieselregen. Keine Menschenseele war unterwegs. Die Gedanken ums Buch hatten ihn eine ganze Weile beschäftigt. Er hatte sich damals einfach hingesetzt und angefangen zu schreiben. Auf dem Küchenstuhl, auf dem seine Kinder, seine Frau und seine Großmutter frühstückten, schrieb er die ersten Seiten auf einem karierten Block mit seinem Lieblingsfüller, den er von Tante Josi aus Görlitz geschenkt bekam. Der noch sehr junge Michael Schneider wollte ein Buch schreiben. Wer oder was trieb ihn dazu an? In Deutsch war er unterer Durchschnitt. Alle Aufsätze und Nacherzählungen waren Note ausreichend. Außer die Beschreibung seiner Praktikumstätigkeit als Maler. Die war gut+.

Die hatte sogar der Deutschlehrer vorgelesen. Darin ging es um eine handwerkliche Abfolge.

In den ersten Zeilen seines ersten Manuskriptes las man, wie ein kleiner Junge mit seinen Eltern durch die Dörfer fährt. Die Zäume oder Mauern um die Grundstücke waren mindestens zwei Meter hoch. Keiner traute mehr dem anderen. Man half sich nicht mehr gegenseitig. Keine sprach mehr mit der anderen auf dem Gehweg. Restaurants und Cafés waren schon lange geschlossen. Die Kirchen waren als erstes mit dicken Bohlen verriegelt worden.

Yvonne, seine erste feste Freundin, las er im coolen Doppelbett in seiner bescheidenen Wohnung im Elternhaus vor. Yvonne fand die Idee, ein Buch zu schreiben und den Schreibstil von ihrem Freund gar nicht schlecht. Sie war auf dem Gymnasium. »Aber ob du mit der Story Leute begeistern kannst?« Sie war skeptisch gewesen.

Der Novembernebel drückte auf Micheals Gemüt und ließ die neu entflammte Idee wieder erlöschen. Seine kleinen Gedichte um die Oberstaufener Bergwelt oder seine kleinen Sketche für die Theater-AG in der Schule kamen gut an. Diese waren eher systematisch aufgebaut. Eine Geschichte, ein Roman traute er sich nicht zu.

Doch sein Denken ließ nicht locker! Noch weit vor Yvonne hatte er als kleiner Junge und als Teenager abends im Bett die Fantasie gehabt, dass er als Vater eines Tages auf dem Schützenfest den Vogel schießen und mit einem 190er Mercedes seine Kinder suchen würde. Immer mal wieder träumte er von dieser Vision. Die Geschichte variierte immer ein wenig. Aber die Bausteine Schützenfest, Kinder weg, 190er Mercedes fehlten nie!

Krieg das eine Vorausschau? War das eine Vorbereitung auf genau das, was in der Zeit geschah? Sollte es noch schlimmer werden?

Sollte er die Kinder verlieren?

Oder sponn er sich einfach etwas zurecht?

Michael Schneider blieb stehen, mitten im Wald, mitten im dichten Novembernebel. Er blieb einfach da stehen.

Es war totenstill!

Nicht das leiseste Geräusch war zuhören. Er blieb stehen und lauschte der absoluten Stille. Es war die gleiche Stille wie vor Wochen in der neutralen Zone in Südtirol.

»Komm her Rudolf! Zeig dich!«

Rief er in den schweigenden Wald. Im dichten Südtiroler Nebel war plötzlich Rudolf aufgetaucht, ein geheimnisvoller, charismatischer Typ, welcher sehr weise zu Michael gesprochen hatte. Der ihm eine unvorstellbare Kraft gab. Aber im finsteren Oberstaufenwald war es totenstill. Noch nicht mal ein Flugzeug flog über die Gegend.

Unten im Seitenteil schreckte ein Reh auf und lief davon. »Du hast doch die Pfanne heiß!«, quasselte er leise vor sich hin und grinste.

Der Wind frischte auf. Michael zog den Reißverschluss am Hals etwas höher und vergrub seine Hände tief in den Jackentaschen. Der erste Schnee fiel. Ihm wurde kalt. Was die Kinder jetzt wohl machen? Er vermisste seine beiden Jungs und tauchte erneut ab in den Tiefengrund:

Jeder Vater liebt seine Kinder!

Wenn man seine Kinder liebt, wie soll man denn dann eine Frau nicht mehr lieben, aus denen die Kinder zur Hälfte bestehen?

Wie in der neutralen Zone konnte Michael in dieser schlichten weißen neutralen Umgebung tief in sich hineinschauen.

Sein Vater gab ihm den Rat: »*Schreib alles auf!*«

Woher kam der Hass?

»*Meine Mutter hasst dich!*«

»Du hast die Koffer nicht getragen.«

»Du hast ein Feuerwehrlied gesungen.«

»Du hast den Alten nachgemacht.«

Diese banalen Aussagen konnten aus seiner Sicht nicht die Gründe für die Zerstörung seiner Ehe, seiner Familie sein!

Ohne sich zu fragen, warum er sich seit zwei Tagen mit dem Schreiben und seiner Familienreflexion beschäftigte, fiel er
am 28.11.2014
um 7 Uhr 48
in den Räumlichkeiten der Firma Schmidt und Meyer

den Entschluss,

ein Buch zu schreiben.

Genau in der Minute kennzeichnete er einen Auftrag mit dem Firmen- und seinem Sachbearbeiter-Stempel.

Es würde kein Roman, auch kein Drehbuch. Michael nahm sich vor, ein Fachbuch mit dem Schwerpunkt Psychologie in der Familie zu schreiben. Mit seinen eigenen Dokumentationen und der Gabe, einen Zusammenhang in Zahlen auszudrücken, wollte er das Leben berechnen, ins Verhältnis setzen.

»Intrigen sichtbar machen – Mobbing beweisen«, schrieb er sich noch vor dem Einschlafen auf den Block neben dem Bett seiner Schwester.

An dem Morgen war kein Halten mehr. Er sprang auf, lief eilenden Schrittes in die Cafeteria und holte sich eine Flasche Mineralwasser. Auf dem Weg zurück blickten seine Augen an den

Büros der Mitarbeiter vorbei. Seine Hände schlossen die Glastür des Vorzimmers und die Zwischentür zum eigentlichen Büro. Noch einmal horchte er, prüfte, ob Glasscheiben in den Türen vibrierten, und holte sein Handy raus: »Um exakt sieben Uhr achtundvierzig bekam ich die geniale Idee, ein Buch zu schreiben. Gestern Abend auf dem Weg zum Stoltenberg gingen mir einige Kindheitserinnerungen durch den Kopf, besonders diese Träume mit dem Schützenfest und dem 190er Mercedes. War die Aufforderung meines Vaters *schreib alles auf!* der Auslöser dieses Vorhabens?«

Erneut griff er zum Handy. »Eine wichtige Regel: Es wird kein Hassbuch werden. Es wird den Hass von Bertha analysieren. Wen hasst diese Frau? Mich? Männer? Das Leben?«

Michael Schneider hat diese Frau zu keiner Zeit gehasst. In der neutralen Zone wurde seine neutrale Haltung ihr gegenüber noch einmal unterstrichen. Wie viel Gegenhass diese Frau mit ihren Handlungen bei anderen Menschen erzeugt hat, dürfte auch ein spannendes Kapitel werden.

Michael Schneider hatte noch Hoffnung, dass sich das ganze Drama wieder abmildert.

Michael Schneider hätte in 2014 kein Glas Wasser im Obdachlosenheim mit dieser Frau getrunken. Für ihn bestand große Hoffnung, dass man auf Alexanders Kommunion wieder vereint an einer großen Tafel sitzen würde. Sollte sich die Familie wiederfinden, würde er mit größter Freude sein Manuskript im nächsten Jahr auf Weihnachten im offenen Kamin im Traumhaus verbrennen, alle Taten gegen ihn verzeihen und die ganze Geschichte für sich behalten.

Durchhalten war angesagt. Der Partner, der noch Liebe in sich trägt, muss diese eine Zeit allein tragen.

Eine dritte Sprachmemo entstand: »Den alten Geist bewahren. Die Werte des letzten Jahrtausends stärken.«

Der Optimist Michael fuhr ins Wochenende. Um 17 Uhr schellte es an der Tür zum Zwischenlager. Die Jungs kamen hereingestürmt: »Papa wir gehen noch auf den Spielplatz.« Und schon rannten sie fröhlich die Treppe herunter. An der Haupteingangstür überrannten sie fast ihre Mutter, welche mit einem Korb Wäsche das Haus betrat.

Michael stand noch an der Tür, wartete einen Moment und nahm die Klamotten der Kinder in Empfang. Er schaute seine Frau an. »Möchtest du noch reinkommen?«

»Nein.«

»Was ist nur los mit dir?«

»Es geht mir schon viel besser. Das Haus habe ich unordentlich gelassen, weil du mich nicht bei Alex' Therapien unterstützt hattest.«

»Caro, das stimmt doch nicht. Ich habe dich unterstützt. Weiß du noch, wo wir im Frühjahr in Hennstett waren? Du hast dich so gefreut! Außerdem ist der Junge nicht krank. Das wurde dieses Jahr zweimal bestätigt.«

»Ach komm, lass mich.«

Sie ging die Stufen wieder hinab. Michael ging in die Wohnung seiner Schwester. Er kam einfach nicht mehr an seine Frau heran.

Kapitel 13   Besinnliche Weinnachzeit

Die Zeit des Abschiednehmens schien unaufhaltsam! Abschied nehmen von lieben Menschen. Wie lange? Für immer? Es gab noch Hoffnung. Es war die Zeit des Wartens, des Abwartens.

Der letzte große Weinanfall fiel in diese Zeit. Nahm Michael die Trauer seiner Kinder auf sich? Weinte er für sie die Tränen, damit Jan, damit Alex Kind sein konnten? Die Kinder waren nicht mehr traurig. Jan sprach nicht mehr im Traum, der kleine Alex nicht mehr vom Tod. Alle drei Schneiders waren noch zuversichtlich. Sie waren zwischengelagert.

»Das wird wieder.«

»Wir lassen die Mama mal in Ruhe«, kam von Jan oder seinem Vater immer mal wieder. Mehr nicht! Ansonsten frühstückte man gemütlich, kochte gemeinsam, baute an der Hütte weiter, schaute gemeinsam fern oder unternahm Ausflüge. Der kleine Alex hielt sich in seiner Kinderwelt auf. Im Spiel vertieft kam ab und an ein: »*Papa, warum willst du nicht Knatta heißen*?« Oder ein schlichter Ausruf: *Papuleytschen*!«

Am zweiten Adventssonntag saß Michael abends auf der blauen Couch. Auf dem Tisch stand ein runder Adventskranz aus Tannenzweigen mit roten Kerzen. Zwei Kerzen warfen ein gemütliches Licht in den Raum. Michael schaute sich die Wohnung an. Gechillt saß er da und ließ die Flammen auf sich wirken.

Später schaute er »Und alle haben geschwiegen« mit Senta Berger. Zwei Heimkinder sehen sich nach zwanzig Jahren wieder.

Michael stellte sich vor, wie seine Frau und er sich in 20 Jahren gegenüberstehen würden.

Dass man sich fünf Schritte weiter auseinander stand unterstützte Ludwigs Aussage am anderen Morgen in der Firma. Es war kalt.

»Das wird nichts mehr.« Michael reagierte nicht auf seine Aussage. Seine Mutter hatte die gleichen Worte gesagt. Dreimal war er auf Ludwig zu gegangen und hatte ihn gebeten, mit seiner Frau Bertha oder mit Caro zu sprechen. Jedes Mal kam er wie ein treudoofer Musterschüler am nächsten Tag in sein Büro gedackelt, winselte und stotterte irgendwelche Worte aus sich heraus, welche Michael niemals von diesem Mann erwartet hatte.

»Was soll denn mit dem Haus passieren?«, fragte Ludwig.

»Mit dem Haus? Ludwig, so weit bin ich noch nicht! Das mit dem Haus ist doch geregelt, habt ihr doch vor Gericht durchgeboxt!«
        »Ja aber das Haus ist zu groß für die Kinder und die Caro.«
Kreidebleich schlich er sich davon.

Mit dicken Tränen in den Augen ging Michael seiner Arbeit nach.

»Werde die Leute verachten, die ich einst achten und pflegen wollte.«

Nebenbei erfuhr er über Marion, dass seine Frau, die Kinder, Ludwig und Bertha über Weihnachten gemeinsam in den

Skiurlaub fahren würden. Micheal wusste immer noch nicht, wo und wie er die Feiertage verbringen würde.

Am vierten Adventssonntag saß er in der Pfarrkirche von Schüttkirchen. Traditionell war Schützenmesse. Michael gehörte dem Vorstand der Schützengesellschaft an.

Pfarrer Brandt zündete mit einem langen Stab die Kerzen am hängenden Adventskranz an. Die Gemeinde sang passend hierzu die vier Strophen. Wieder musste Michael mit den Tränen kämpfen. Er saß zwei Reihen weiter hinten, wo er auf Jans Kommunion neben seiner Schwiegermutter gestanden hatte. Was hatten die Damen für einen Aufwand betrieben, weil der Junge das Sakrament der ersten heiligen Kommunion empfing. Josi aus Görlitz war extra angereist. Michaels Mutter hatte an der Andacht nicht teilnehmen können. Darüber war Josi empört gewesen! »Das ist doch wohl selbstverständlich, dass man als Großmutter an der Andacht teilnimmt. *Da legen die Schmidts großen Wert drauf!*«

Was war von diesem heiligen Ritual noch übrig? Nur ein paar Tage nach diesem ultraheiligen Hochfest hatten die drei heiligen Damen die Familie von Jan und Alex zerstört.

Michaels Eltern waren typische Oberstaufenwälder. Sie waren Traditionen verbunden und hatten ihre drei Kinder heimatverbunden, offen und loyal erzogen. Matthias, Michael und Rena wurden an die christlichen Bräuche herangeführt, gemeinsam mit den anderen Familien des Ortes. Michaels Eltern gingen regelmäßig in die Kirche.

147

Josy hatte nur Fitnessstudio und Waschbrettbauch im Kopf. Bertha meinte, man müsse nicht regelmäßig in die Kirche gehen. »*Da oben steht keiner mit der Strichliste!*«

Pfarrer Brandt hatte keine Antwort auf diese verhexten, femininen Wechseltänze zwischen Monstranz und golden Kalb. Aber er hatte eine Antwort für Michael. Der beliebte Pfarrer hatte schon viele Antworten gegeben. In der Schützenmesse vor der alten Pfarrkirche brachte er so manchen U-Boot-Christen zum Nachdenken, zur Umkehr. Das musste man erstmal schaffen! Pfarrer Brandt war weltoffen, modern und dem Glauben sehr verbunden. Er hatte vor Jahren in große Fußstapfen treten müssen. Der alte Pfarrer Heinrich war der wohl beliebteste Pfarrer Deutschlands gewesen. Seine Messen dauerten maximal eine halbe Stunde. Die Fest-Hochämter dauerten länger, waren sehr feierlich. Weihnachten mussten alle Kinder mit Papa Josef in die große Pfarrkirche von Schüttkirchen. Hier lehrte Pfarrer Heinrich dem kleinen Michael den Vergleich von Gott und der Sonne. »... vielleicht ist die Sonne ja sogar der liebe Gott!«

Dieser Geistliche hatte Michael zur ersten heiligen Kommunion geführt. Er lebte zu der Zeit in der Gemeinde. Michael hatte viele gute Erinnerungen an diesen Gottesmann, der auch immer mal ein Scherzchen auf Lager hatte, wie sein Nachfolger Brandt, der hoch oben auf der Kanzel stand und spannende Worte über den Vater von Jesus fand:

»Was war das für ein Mann, dieser Josef? Er war ein Handwerker. Er war Zimmermann. Bei uns in Schüttkirchen und in den umliegenden Dörfern leben ja auch einige. Dieser Josef war ein

Mann mit Format, wie man ihn heutzutage nur noch selten findet. Er hat zu seiner Verlobten gestanden, obwohl sie schwanger war. Ein uneheliches Kind! In der damaligen Zeit eine übergroße Last. Keiner schaute so eine Frau an. Aber Josef blieb bei ihr. Er verließ sie nicht. Er ließ die Leute reden.

Auch als dieses besondere Kind geboren wurde, blieb er bei seiner Frau, beschützte die beiden und war dem heranwachsende Jesus ein guter Vater ...«

Dieser Josef mit Format gefiel Michael! Seine Ehe schon fast unter der Erde, machte sich dieser unverbesserliche Optimist wieder größte Hoffnungen.

Das Weihnachtsfest stand vor der Tür, auch vor der Tür des Zwischenlagers. Dieses kleine Kindelein in der Krippe vergaß keinen! Alle Jahre wieder kam es zu allen Menschen, egal, in welcher Stadt sie weilten. So ein Pech es auch für Michael war. Es kam auch im Krisenjahr 2014. Jahr für Jahr hatte der Familienmensch zuhause unter dem großen Weihnachtsbaum die Kinderstube von diesem Christkind mit seinen Söhnen aufgebaut.

Michael nahm Abschied von seiner Mutter. Er erzählte ihr, dass er eine Unterkunft für sich allein gefunden habe. Er erzählte ihr aber nicht, wo und was es für eine war. »Macht euch keine Sorgen. Die schlimmste Zeit habe ich hinter mir. Mir geht es gut!«

»Und wenn du nur Heiligabend zu uns kommst? Rena und Heiner kommen auch.«

»Nein, das kann ich nicht. Da bin ich wie Vater. Heiligabend ist man zuhause.«

»Ja, aber da ist ja keiner.«

»Schlimm genug! Ich fahre morgen früh los. In der Firma habe ich alles erledigt. Bis Drei Könige ist die geschlossen. Ich werde am 30. Dezember wieder kommen. Dann sind die Jungs auch wieder da. Wir feiern dann Weihnachten auf Sylvester. So wie es früher war, wenn Josi kam.«

»Hör mir bloß auf von Tante Josi!«

»Ist ja schon gut. Wir können ja am Dreißigsten hier zu euch kommen, zum Kaffee. Dann können die Jungs die Geschenke auspacken.«

»Ja, das können wir so machen. Und wir können dich nicht überreden, doch zu bleiben?«

»Nein.«

»Das muss du für dich wissen. Wenn du meinst, das sei das Beste für dich, dann mach das so.«

Kapitel 14   Stille Nacht

Michael Schneider war ein Frühaufsteher. Wenn er auf die
Autobahn musste, fuhr er am liebsten so früh wie möglich los.
»Dann kann man den Wagen mal ausfahren«, war sein Motto.
Kundenbesuche, Aufmaße oder auch die Fahrt in den Urlaub
starteten weit vor Sonnenaufgang.

Am 24. Dezember ging die Sonne erfahrungsgemäß erst sehr
spät auf. Wenn die Bahn frei sein sollte, würde Michael noch im
Dunkeln am Ziel sein.

Ohne Wecker wurde er jeden Morgen um 5:30 Uhr wach. Es
sein denn es war Schützenfest oder Martinsmarkt. Als er mit Caro
und seinen Freunden durch die Partyhallen zog, schlief er auch
mal länger.

Das Radio ging um 5:45 Uhr an. Den Wecker hatte er schon
ausgeschaltet, beim zweiten Alarm die Weckzeit verlängert. Um
sieben Uhr läuteten die Glocken der Oberhofer Kirche. Michael
Schneider rührte sich nicht. Hatte er in der Nacht heimlich eine
Flasche Jägermeister vernascht? War er krank?

Gegen halb acht kam er in die Küche geschlichen, kochte
sich mit dem weißen Porzellanfilter einen guten Kaffee und aß
zwei Scheiben Graubrot. Seine Laune war neutral, er war weder
gut noch schlecht gelaunt. Anschließend packte er in aller Ruhe
seine Reisetasche und stellte diese an die Eingangstür. Im Bad
spielte zum unzähligsten Mal »I will wieder hoam«. Michael stylte
und rasierte sich. Der Wasserkocher brodelte das Wasser für die
zweite Tasse Kaffee zusammen. Michael Schneider setzte sich,
nahm einen Ordner und sortierte einige Blätter mit Notizen nach

Datum geordnet zu einem neuen Stapel. In aller Ruhe trank er den Kaffee aus und schaute aus dem Fenster mit dem ähnlichen Ausblick wie aus seinem langen Panoramafenster zuhause. Sein geliebtes Oberhof lag noch tief im Winterschlaf. Seine Jungs würden schon in Österreich sein. Eine schöne Zeit hatte er ihnen gewünscht, keinen schönen Urlaub, kein »Frohe Weihnachten«. Das Fest der Männerfamilie würde ein paar Tage nach dem Fest der Familie stattfinden. Michael Schneider wünschte ihnen aber auch keine doofe Zeit mit der blöden Oma. Er verfluchte seine Schwiegermutter nicht wie sein Vater, »... dieses zu Satan gewordene Teufelsweib!« Neutral bleiben! Haben ihm die Südtiroler Berge gelehrt.

Er ging, packte die Papiere, steckte sie in seine Laptop-Tasche, hing sich diese diagonal über den Körper, griff die Tasche an der Tür und weg war er. Wie einfach das war! Tür zu und weg! So eine Mietwohnung hatte auch ihre Vorteile.

Er fuhr nach Neukirchen ins Gewerbegebiet. Der Wagen wurde an der SB-Tankstelle für die ansässigen Firmen mit Diesel gefüllt. Dann zischte der flotte Firmenwagen zur Firma Schmidt und Meyer. Michael nahm die Laptop-Tasche mit rein. Er packte seinen Laptop aus und schloss diesen an den Zentraldrucker. Die zirka 60 ausgedruckten Seiten wurden eingepackt. Der Geschäftsführer schaute einmal durch die Büros und durch die Fertigungshalle und weg war er.

Schnell war er auf der Autobahn. Der Wagen konnte über eine lange Strecke ausgefahren werden. Mit beiden Händen am Lenkrad wurde alles aus dem Sportwagen herausgeholt. Michael flog in Richtung Süden.

Mit großer Aufmerksamkeit nahm er den sehr langen Sonnenaufgang wahr. Über eine geschlagene Stunde leuchtete die Sonne in den schönsten Farben durch die lockere Wolkendecke. Michael war fasziniert. Alle paar Minuten machte er ein Foto mit dem Handy.

Als die Sonne durch war, bog er von der Autobahn ab. Gelassen rollte der Firmenwagen dem Ziel entgegen. Mit Schreiben wollte sich der geschundene Ehemann ablenken, unbemerkt das Familienhochfest hinter sich bringen. Vor zwei Wochen hatte er nach einer passenden Unterkunft gegoogelt. Es war nicht leicht, über Heiligabend und den ersten Feiertag etwas zu bekommen. Michael Schneider suchte ein Bett, einen Stuhl, einen Tisch. In keiner Suchmaschine konnte man diese drei Wunschkriterien eingeben. Aus Spaß hackten seine Finger »Ein Bett über Weihnachten« in den PC. Überraschend fand Michael direkt eine passende Unterkunft, eine ungewöhnliche, aber für sein Vorhaben bestens geeignet: ein Kloster in Bayern.

Sein Wagen rollte gemütlich auf den Parkplatz vor den Klostermauern. Michael hing sich wieder die Laptop-Tasche um und betrat das stattliche Anwesen. Er würde nicht direkt im Kloster wohnen, sondern im Gästehaus am Rande der imposanten Anlage. Er gelangte in einen Hof mit zahlreichen Toren, Türen und Klappen. Dann ging er durch ein weiteres Tor durch ein gemütliches Gässchen. Nach ein paar Metern kam er am Empfangsbüro an. Er ging durch die alte Eichentür und stand vor einer niedlichen Empfangstheke. Die gesamte Klosteranlage war in einem sehr ordentlichen Zustand. Michaels Malerherz schlug schneller. Die alten Gemäuer waren mit historischen Farben gestrichen, die Ecken mit massiven Bruchsteinen gemauert. Das fiel seinem geschulten Auge direkt unten am Parkplatz bei dem ersten Tor auf. Aber auch die Handwerkskunst in Stein und Holz imponierte ihm. Der Anmelderaum war mit kleinen Steinen im Fischgrätenmuster gelegt – höchste handwerkliche Bautradition: ein Jahrhunderte alter Dielenboden.

Es kam niemand. Es war Heiligabend, 14 Uhr. Michael schaute sich um, schaute durch das weiße Holzsprossenfenster in die Gasse. Keiner war zu sehen. »Ham die Päterkes schon Feierabend?«, scherzte der Weihnachtsflüchtling leise vor sich hin und zuckte direkt auf. Eine Ordensschwester kam aus dem Hinterzimmer.

»Ah, Gries Gott, sie sind der Herr Schneider, gell. Dann ist die Gästeliste nun für das Hochfest vollständig. Sie sind doch der Herr Schneider?«

»Ja, der bin ich.«

»Wenn's sich dann grad do eintragen könnten, des wer fein. Und? Wie war die Reise?«

»War ganz angenehm, die Bahn war fast menschenleer.«

»Ah, des ist fein. Herr Schneider! Möchten sie heute Abend an unserer Christus-Vesper teilnehmen?« Michael kam ins Schwitzen. Er wollte sein Buch anfangen zu schreiben. Er wusste aber auch nicht, was eine Vesper war und fragte diplomatisch: »Wie lange dauert die denn?«

Die Nonne lachte fröhlich. »Na, so lange Sie Hunger haben! Die Vesper dürfen sich's auf keinen Fall entgehen lassen!«

»Dann tragen Sie mich bitte mit ein.«

»So ist recht! Frühstück gibt's bei uns ab sieben Uhr. Ihr Zimmer befindet sich gonsch do hinten am Weschttor. Sie gehen ganz einfach die Gasse wieder zurück, bleiben in der Richtung gehen durch das Tor und dann sehn's des scho'.«

»Haben Sie vielen Dank für die freundliche Aufnahme. Ach, sagen Sie, wo kann man sich hier in der Nähe zurückziehen, um ein wenig nachzudenken?«

»Na, da gehns freilich in unsere Klosterkirchen. Dort ist es besonders still außerhalb der Betstunden und heiligen Messen. Am besten gehen sie morgens in der Früh oder spät abends dort neu. Die isch rund um die Uhr geöffnet. Unsere Außentore sind von 22 bis sechs Uhr verschlossen. Das hält der Messner scho' genau. Aber sie haben ja einen Schlüssel.« Sie wollte wieder in das Hinterzimmer, kam aber noch einmal zurück: »Ah, Herr Schneider, über die Feschtage soll's mild bleiben. Setzen sie sich doch unten an den Ludwig-Donau-Main-Kanal.«

Michael schluckte. »Ah! Danke für die netten Tipps.«

»Gern geschehen! Ich wünsche ihnen schöne Weihnachtstage bei uns.«

»Danke, gleichfalls!«

Auf dem Weg zum Gästehaus faselt Michael wieder vor sich hin: »Na, ob ich den jetzt brauche, einen Kanal, der Ludwig heißt.«

Der Mann, der durch die Klostergasse lief, sah schlecht aus. Sein Blick war traurig. Er war kreidebleich. Wie ein alter Mann ging er durch das Westtor.

Das Gästehaus war deutlich jüngeren Baujahres. Ein typischer Bau aus den späten 70igern mit einem Renovierungsakt der 90iger etwas aufgehübscht und wie die gesamte Anlage in einem sehr gepflegten Zustand.

Michael öffnete die Haupteingangstür und ging ein paar Schritte weiter oben durch eine weitere Glastür. Auf dem Schlüsselbund war die Nummer 12 zu lesen. Die erste Tür im langen Flur war die Nummer 10. Die Nummer war rechts neben der Tür in roter Schrift auf die Wand gemalt. In Augenhöhe stand auf dem Türblatt »Mechthild«. Auf der Tür Nummer elf stand ...

Sein Telefon in der Hose bimmelte. »Ja?« Der Empfang war schlecht. Michael rannte nach draußen. »Hallo, ... hallo!«

Seine Mutter war dran: »Michael, kann man sich nicht mal eben melden, wenn man angekommen ist?«

»Mutter, ich bin gerade erst angekommen. Ich hätte mich gleich gemeldet.«

»Michael, für uns ist das auch alles nicht so einfach!«

»Ja, ich weiß. Aber macht euch keine Sorgen. Ich bin gut angekommen, hier ist schönes Wetter und die Leute sind auch sehr nett hier.«

»Wo bist du denn? In Berching in Bayern, in einem schlichten Gästehaus.«

»Schön! Dann wünsche ich dir schöne Weihnachten und komm heile wieder!«

»Ja, wünsche ich euch auch. Nächstes Jahr wird alles besser!«

Michael ging wieder in den Flur. Das Namenschild an der Tür elf war abgerissen. Jemand hatte es entfernt. An der Tür zwölf war eins dran. In hochpolierten Messingbuchstaben stand an Michaels Tür:

B E R T H A

Michael Schneider stand vor der Tür und schüttelte den Kopf: »Das glaub ich jetzt nicht!«

Der Kanal heißt Ludwig und sein Zimmer Bertha. Das konnte doch alles kein Zufall sein. War es Schicksal? Oder war das alles geplant?

Die putzige Geschichte musste sofort in einer Sprachnachricht festgehalten werden. Das Zimmer war ausgestattet, wie bestellt: ein Einzelbett, ein Tisch, ein Stuhl, ach ja und noch ein Schrank. Ein schlichtes Bad gehörte auch noch dazu.

Michael drehte den in die Jahre gekommenen Heizkörper hoch. Dann war kein Halten mehr. Er setzte sich an den Tisch, klappte den Laptop auf, fuhr ihn hoch, öffnete eine Blanko-Word-Datei und fing an zu schreiben. Im Kloster, in der Wiege der Buchstaben, wollte er mit seinem Buch beginnen. Michael schrieb einfach drauf los. Es gab kein Konzept, kein Exposé, keinen Plan.

Aber es gab eine Grundidee: Im ersten Teil sollte man seine eigene Biografie als Fallbeispiel sachlich und detailliert lesen. Im zweiten Teil würden die einzelnen Taten bewertet. Wie das geschehen sollte, war noch vollkommen unklar.

Er schob den Laptop zur Seite. Auf dem digitalen Blatt standen viereinhalb Zeilen. Michael zog einen Schreibblock aus der schwarzen Umhängetasche sowie einen hellblauen Fineliner. Damit konnte er am besten schreiben. Die Zeilen aus dem flachen Computer wurden auf das Blatt übertragen. Michael konnte sehr schnell mit der Hand schreiben. Aber nur er war in der Lage, die windschnittigen Zeichen als Buchstaben zu entziffern. Er schrieb den Text ab. Ihm vielen noch zwei Sätze ein. Dann stand er auf und ging runter zum Kanal.

Für Dezember war es zu warm. Die Sonne schien. Lockere Wolken zogen umher. Still und leise floss das Wasser in seinem künstlichen Bett. An einer Erlengruppe vergnügte sich ein Entenpärchen im milden Sonnenlicht.

Es war menschenleer am Ludwig-Donau-Main-Kanal. Alle waren zuhause und bereiteten das Fest vor. Selbst die Nonnen würden wohl fröhlich und summend den Baum schmücken sowie die Gans mit Öl bestreichen. Sollte er auch alles hinter sich lassen?

Michael war kreidebleich. Sein Gesicht war eingefallen, seine Zähne gelb vom vielen Kaffee, seine Haare waren angeklatscht und fettig. Er machte ein Selfie mit der imposanten Klosteranlage im Hintergrund. Sein linker Mundwinkel hob sich drei, vier Millimeter. Er erschrak selbst vor seinem Porträt.

Da wollte er flüchten vor seiner grausamen Gegenwart und wen traf er als erstes: Bertha und Ludwig. Der Mund fügte sich wieder der niedergeschlagenen Grübelvisage. Lust- und kraftlos schritten seine Füße entlang an der Wasserstraße.

Er blieb stehen und betrachtete die flachen, streng geordneten Wellen.

»Lebenserklärungen sind komplexer als Steuererklärungen.«

Seine Augen suchten in dem trüben Wasser nach Antworten. Tausend Fragen flogen durch seinen Kopf. Ein Buch schreiben. Sich hinsetzen und einfach seine Gedanken zu Papier bringen. Das

158

war einfacher gedacht als geschrieben. Wo fängt man? Was ist der erste Gedanke? Wo war in diesem gottverdammten Sumpf der Eingang, der Anfang? Eines hatten die stinkende Matsche, in der er bis zu den Augenbrauen drin stand, und diese Wasserstraße gemeinsam: Sie waren künstlich, von Menschenhand geschaffen.

Er stand an der Kante des Ludwig-Donau-Main-Kanals. Einfach reinspringen und nicht mehr atmen? Er beugte sich nach vorne. Er entdeckte Fische im Wasser, das von oben betrachtet klar und sauber an seinen Schuhen vorbeifloss. Lebensmüde wie er war, ging er noch einen Schritt weiter vor. Die Schuhspitzen ragten schon über die Uferkante. Sein Oberkörper beugte sich über das lebensspendende Nass. Seine rechte Hand zog das Handy aus der Hosentasche. Noch ein Selfie vorm Abtauchen?

Am Rande dieser lebensgefährlichen und lebensnotwendigen Flüssigkeit sprach er in sein Handy: »Eine Lebenserklärung ist komplizierter als eine Steuererklärung. Eben fielen mir die Worte von Friedrich Merz ein. Am Anfang des neuen Jahrtausends sagte er, dass Steuergesetz müsse vereinfacht werden. Eine Steuererklärung müsse auf einen Bierdeckel passen.

Eine Lebenserklärung muss auf einen ...«

Er fand nicht die richtigen Worte. Die orange Sonne versank hinter dem Laubwald, ähnlich wie zu Hause in Oberhof. Ein leichter Wind zog auf. In der langen Fensterfront des Klosters waren nur wenige Fenster beleuchtet.

Dafür, dass in wenigen Stunden das Kind geboren wird, für welches sie ihr Gelöbnis haben abgelegt und ein mächtiges Kloster haben angelegt, war die stattliche Anlage recht schlicht bis gar nicht geschmückt. Kein Weihnachtsbaum, keine einzige Lichterkette hübschte das historische Gemäuer auf.

Weihnachten! Wie sehr er das Fest liebte. Mit seiner Familie Weihnachten feiern. Das war eines er Highlights im Jahr.

Nun schlich er in der Dämmerung umher, irrte durch die Klosterfelder, stieg hinauf ins Gästehaus und ging in seine schlichte Kammer. Was für ein armer Kerl er doch war. Allein die beängstigende Stille im kahlen, sterilen Raum hätte manch einen zur Verzweiflung getrieben. Michael saß auf seinem Stuhl und schrieb weiter an seinem Manuskript. Nach drei Sätzen legte er den Stift wieder hin und schaute aus dem Fenster in die stille, dunkle Nacht. Keine Straße, keine Häuser, keine Laterne war zu sehen.

Er legte sich auf das Bett und starrte die kahle, weiße Zimmerdecke an. In einer Stunde war die Vesper. Daran wollte er gar nicht erinnert werden. »Warum hast du da nur zugesagt? Da wird gleich stundenlang vor dem Essen gebetet. Bei denen muss man doch immer so gute Manieren haben. Und die fragen so viel. Wo man her kommt. Was man macht. Warum man auf Reise ist ...«

Michael lag auf dem Bett, kreidebleich, die Hände gefaltet auf der Brust. Was hatte er sich hier nur angetan. Gleich würde er an einem langen Tisch gemeinsam mit Nonnen essen. Er fantasierte vor sich hin: »Man wird dich ermahnen, wenn du nicht das Tischtuch auf deinen Oberschenkeln liegen hast. Man wird dich ausfragen, tief in dein Gewissen reden. »Warum haben Sie gesündigt? Warum haben Sie Ehebruch begangen? Sie müssen an der Ehe festhalten ...«

Die ganze Heilige Nacht wird er sich rechtfertigen, wird er seine missliche Lage begründen müssen und doch kein Verständnis für seine Mühen bekommen.

Er stand auf, streifte zweimal mit den Händen durch sein Haar, zog die Winterjacke über und ging zum Hauptgebäude.

Der Wind hatte nachgelassen. Es herrschte eine andächtige Stille im Ludwig-Donau-Main-Kanal-Tal. Michael ging über den Hof mit den vielen alten Stallungen, in denen einst das Vieh des Klosters weilte. In denen Ochs und Esel in der Weihnacht eine besondere Gabe Futter bekamen. Mensch und Tier waren so nah beieinander, waren sich vertraut, waren wie Freunde.

Seine Füße schritten durch das gemütliche Gässchen zum Speisesaal. Die Rezeption war nicht besetzt. Durch den Gang seitlich an der Empfangstheke vorbei war ein leises Stimmengewirr zu hören. Michael folgte diesem und betrat den Saal. An einem langen Tisch saßen zwei Familien mit vier Teenagern. Hinten in der Ecke speiste ein älterer Mann. Rechts an der Wand unterhielt sich ein Ehepaar im besten Alter. Daneben war ein Tisch mit einem Gedeck und einem Schildchen: »Herr Schneider, eine Person«.

Keiner der Gäste schaute Michael an, »was will der denn hier?« »Warum kommt der erst jetzt?« Das Flair des Saales erinnerte eher an eine Jugendherberge als an eine Klosterstube. Die Tischgruppen waren aus hellem Holz. Der Raum wirkte modern und schlicht. Von dem Christkind war keine Spur. Nur der runde Adventskranz mit vier roten brennenden Kerzen erinnerte an das Kindelein in der Krippe.

Einsam und verlassen speiste Michael Schneider fern von seiner Heimat, weit entfernt von seinen Kindern im schlichten

Klostersaale. Eine der Mütter vom langen Tisch schaute den traurig wirkenden Oberstaufenwälder an. »Der sitzt da – so ganz allein. Soll ich ihn fragen, ob er sich zu uns setzen möchte?« Der leere Blick dieses ausgelaugten Mannes zeigte ihr aber wohl, dass er allein sein wollte.

Die Weihnachtsglocken fingen zu läuten an. Die ersten Gäste standen auf. Michael nahm sein letztes Brot, biss zweimal rein und steckte sich das letzte Stückchen noch in den Mund. Eiligen Schrittes verließ er vor den andern den Speisesaal. In der Klostergasse herrschte ein reges Treiben. Viele Menschen kamen ihm entgegen. Der Innenhof war voll mit Autos. Durch das Tor konnte man erkennen, dass sich der Parkplatz vor der Mauer zügig füllte. Menschen! Kinder, Vater und Mutter! Michaels Schritte wurden immer schneller. Endlich war er wieder in seiner bescheidenen Kammer. Die vielen Glocken waren immer noch zu hören. Ein wahres Festtagsgeläut.

Michael war nicht zum Feiern zu Mute. Die Umgebung, die spärliche Beleuchtung im Klostergemäuer, die milden Temperaturen ließen ihn nicht viel über das beliebte Familienfest nachdenken. Er setzte sich an den Tisch. Er blickte mit finsterer Miene nach draußen in die Dunkelheit. Seine Gedanken konnte er nicht zu Papier bringen. Seine Hände wollten einfach nicht schreiben. Der einsame Vater zweier Kinder legte sich wieder auf das Bett und starrte die Decke an. Dann fiel er in einen tiefen Schlaf.

Das Schwenken der schweren Kirchenglocken holte ihn aus seinen Träumen zurück. Oder war dies alles nur ein Traum? Er versuchte, wieder zu schlafen. Doch das Geläut weckte ihn immer mehr. Es waren diesmal noch mehr Glocken im Einsatz.

»Hier hast du dir auch einen Murks ausgedacht!«, fluchte er vor sich hin und stand wieder auf. Es war halb elf. Das Schreiben gelang ihm weiterhin nicht.

Michael zog sich an und ging an die frische Luft, ging direkt durch das Westtor in weltliche Natur. Wohin sollte er gehen? Seine Augen gewöhnten sich an die Dunkelheit und erkannten einen schmalen Pfad, der in den Wald hinter dem Kloster führte. Ohne Ortskenntnisse betrat Michael den Wald.

Die kahlen Bäume standen stumm in der stillen Nacht. Michael reihte sich dazu. Gemeinsam mit ihnen schaute und lauschte er in diese besondere Nacht. Abertausende Sterne funkelten aus dem hohen Himmelszelt. Auf der Höhe stand eine Bank. Der einsame Michael setzte sich und bestaunte die größte Lichterkette, welche er je gesehen hatte. Sein Blick zog nach Süden. Seine Augen suchten durch die Tannen der gegenüberliegenden Talseite vom Ludwig-Donau-Main-Kanal die weit entferntesten Sterne. Diese würden seine Kinder im fernen Österreich auch sehen. Sie liegen in ihren Betten, schauen aus dem Fenster und bestaunen ohne es zu wissen gemeinsam mit ihrem Papa den wundervollen Weihnachtshimmel der Heiligen Nacht. Michael atmete einmal tief durch und strahlte in die Dunkelheit.

Die Glocken fingen erneut an zu läuten. Es war kurz vor 23 Uhr. Wieder klang das komplette Geläut durch das breite Ludwig-Donau-Main-Kanal-Tal. Seine Füße standen still. Seine Ohren lauschten den stimmungsvollen Klängen. Dieses Mal klangen sie anders. Es hörte sich an, als wenn in einer Glocke, oder vielleicht auch in zwei Glocken der Klöppel hängen geblieben wäre. Als wenn dieser immer am inneren Rand der Glocke vorbeischaben würde. Es war ein dumpfer, gleichmäßiger Ton, welcher einen stimmigen Hintergrund erzeugte, in den sich die anderen Glocken harmonisch einfügten.

Zufrieden setzte er seine Weihnachtswanderung fort. Der Weg endete am Nordtor der Klosteranlage.

»Nun wird es aber Zeit!« Michael erschrak! Ein alter Mann in einem langen schwarzen Mantel zog die Tür hinter ihm zu und verriegelte diese mit einem Festtagsschlüsselklimpern.

»Die Kirche ist immer geöffnet«, hatte die freundliche Nonne zu Beginn des Aufenthaltes gesagt. Der Gast aus dem Oberstaufenwald hatte die verzierte Klinke bereits in der Hand. Dann war ihm die Sache nicht ganz geheuer. Er wollte umkehren. Ihm war unheimlich. Mitten in der Nacht in einer Kirche, das war selbst ihm mulmig zumute. Eine Umkehr war aber nicht mehr möglich.

»Nach Ihnen, junger Mann.« Der große Mann mit dem langen schwarzen Mantel stand wie eine unüberwindbare Mauer hinter ihm. Links und rechts bauten sich die mächtigen Portalsteine auf. Sein Körper stand in einem dunklen Halbkreis. Nur die übergroße Holztür mit ihren uralten schmiedeeisernen Beschlägen bot ihm eine Flucht. Seine Hand drückte die schwere Eichentür auf. Ein Meer von Kerzen strahlte ihm entgegen. »Was wollen die denn alle hier?« Die Kirche war bis auf den letzten Platz gefüllt. Vor jedem Besucher stand eine Kerze. Am Altar standen zwei riesige Weihnachtsbäume mit unzähligen Lichtern. Michael stand da im Kirchenschiff. Er stand da und staunte, wie einst sein Sohn im Sommer in der Kirche in Rothenburg. Überall funkelte und strahlte es, als habe sich der Sternenhimmel auf die Erde gesenkt.

Michael Schneider ging ein paar Schritte. Weit vorne standen Schilder: »Reserviert für unsere Kommunionkinder«, »Reserviert für Eltern und Großeltern«.

Michael Schneider war zuletzt am vierten Advent in einer Messe gewesen, davor auf Jans Kommunion. Nun war Weihnachten. An Weihnachten waren Caro und Michael Schneider immer mit Jan und Alex in die Kirche gegangen.

In diesem uralten Gotteshaus war es kalt. Ein leichter Wind zog umher. Die Luft war feucht.

Ohne sich umzuschauen, rückten drei Männer auf der rechten Seite auf, um Michael einen Platz anzubieten. Mit einem nickenden Lächeln setzte er sich zu ihnen. Die Sitzbänke waren beheizt. Wenn man in den Reihen saß, war man von einer warmen Lufthülle umgeben.

Die leichte Unruhe, die leisen Gespräche verstummten. Ein Mann lachte kurz auf. Dann war absolute Ruhe im Kirchensaal.

Ein Frauenchor begann zu singen. Michael Schneider saß da. Es war ein feierlicher Gesang, der über mehrere Strophen ging. Der Refrain gefiel Michael: »... rette meine Seele ...«

Anschließend erklang ein lateinisches Lied aus tiefen Männerstimmen. Danach sangen wieder Frauen, wohl die Nonnen des Klosters, ein langes Gebet.

Die Orgel donnerte los. Das Geburtstagskind zog ein. Reihenweise standen die Menschen auf, sobald sie mit dem Träger des jahrtausendealten Geburtstagskindes auf gleicher Höhe waren.

Das Licht zog mit den vielen Leuten in festlicher Kleidung ein, welche den vorderen Teil der Kirche füllten.

Aus den Orgelpfeifen erklangen stimmungsvolle Töne. Aus den ersten zarten Melodien entstanden meisterliche Werke. Die Königin der Instrumente verstummte kurz und die ganze Gemeinde sang: »Stille Nacht, Heilige Nacht, alles schläft, einsam wacht ... schlaf in himmlischer Ruh ... tönt es laut von fern und nah ... da uns schlägt die rettende Stund ...«

Eine Frau las vor: »Am Anfang war das Licht und das Licht war bei Gott und Gott war das Licht ...«

Die Frauenstimmen sangen ein hebräisches Lied.

Ein Mann trug vor: »... *Wenn sie euch nun überantworten werden, so sorget nicht, wie oder was ihr reden sollt; denn es soll euch zu der Stunde gegeben werden, was ihr reden sollt ...*«

Michael kniete in der Bank. Es war eine besondere Stille unter dem Volk. Eine Glocke viele Meter über ihm schlug einmal.

Nach geschlagenen zwei Stunden verließ er mit der Menschenschar die warme Kirche durch die Tür, welche er nicht hatte betreten wollen. Eine fröhliche Menschenschar! Man winkte und lächelte sich zu, wünschte sich gegenseitig eine gesegnete Weihnacht. Michael, mitten in der Menschenmenge ging mit diesen zurück zu ihren Fahrzeugen. Er lächelte, wie er schon lange nicht mehr gelächelt hatte. Auch er wünschte »Gesegnete Weihnacht«, wie es an dem Abend wohl in der Gegend üblich war.

Der Mann mit dem langen schwarzen Mantel stand am Gassenrand, lächelte Michael an und rief zu ihm herüber: »Gesegnete Weihnacht, junger Mann!«

Eiligen Schrittes betrat Michael seine schlichte Kammer. Er hing die Jacke an den Haken, schob seinen Schreibblock an die Seite und öffnete den Laptop. Er fuhr diesen hoch und begann zu schreiben. Er schrieb die ganze Nacht. Wie der Organist an der großen Orgel haute er in die Tasten und schrieb die ganze Nacht.

Es war die Geburt seines Buches. Am Anfang war das Wort.

»Sorge dich nicht, wie oder was du schreiben sollst – schreib!«

war ab dieser Stunde sein Motto.

Kapitel 15 Der 6. Weihnachtstag

Am 30. Dezember fuhr Michael in den frühen Morgenstunden
wieder nach Oberhof. 30 Seiten waren geschrieben. Das
Weihnachtsfest war überstanden. Michael Schneider hatte eine
besondere Heilige Nacht erlebt.

Mit dem Daumen am Lenkrad switchte er durch die
Radiosender. »... Mitternacht in Trinidad ...« »... ich wollt', ich
wär ein Jude. Mein Opa in der Hitlerbude ...«
»... das Wetter in Bay ...« »... heute Morgen ereignete sich ...« »...
Ministerpräsident ...«

Der Daumen switchte zurück, fand den Deutschrap aber nicht
mehr. Michael zückte das Handy in der Mittelkonsole und sprach
auf Band: »*Ich wollt', ich wär ein Jude. Mein Opa in der
Hitlerbude* lief gerade im Radio. Noch schöner kann man
Lebensunlust nicht in zwei Sätzen ausdrücken. Diese Sätze
unbedingt in das Buch einbauen. Mal nachforschen, von wem der
Text ist, welche Gruppe das Lied singt.«

Michael mochte keinen Deutschrap. Aber diese Zeilen ließen ihn
mal wieder über die Unlust seines Lebens gleiten. Sein Kopf
machte sich Gedanken über den Überblick, den er gewonnen
hatte: Ist es das Trümmerfeld, in dem sich so langsam der Staub
senkte oder ist es der unendliche Sumpf, in dem ein Felsen aus
dem Nebel ragte?

Dies musste eiligst auf Band aufgenommen werden. Nach
fünf Minuten wurde ein weiterer Gedanke verewigt: »*Dann werde
ich sie halt los, diese Familie, diese Armseligkeit an menschlichem
Dasein. Ihr glaubt doch wohl selber nicht, dass wir über diese*

Sache nun ein Deckchen schmeißen, so tun als wenn nichts gewesen wäre und einfach fröhlich weiter leben.«

Diese Worte sprach Michael Schneider aus Oberhof am 30. Dezember 2014. Ihm war zu der Zeit noch gar nicht bewusst, was ihm noch alles bevorstand. Gerade mal die Hälfte der Grausamkeiten waren geschehen.

Das Wunder der Heiligen Nacht hatten die Wunden der Taten seit Beginn des Verschwindens seiner Frau mitten am Tag geheilt.

Gegen Mittag rollte der Firmenwagen wieder auf den Parkplatz neben Genschers Garage direkt vorm Zwischenlager. Kaum war er in der Wohnung, schellte es. Michael öffnete die Tür und seine Jungs rannten ihm in die Arme.

»Papa! Endlich sind wir wieder bei dir!«

»Papa, wir haben dich so vermisst!«

»Ich euch doch auch, meine zwei kleinen Räuber. Kommt, lasst die Jacken an. Jetzt gehen wir in den Wald und sägen uns einen Tannenbaum.«

»Oh ja!«

»Oh ja, komm Jan, renn!«

Die drei holten sich die Bügelsäge aus Opa Josefs Holzstall. Dann gingen sie in den Fichtenwald über dem Friedhof. Nach kurzer Zeit fanden sie am Wegesrand einen kleinen Weihnachtsbaum, der aus der Saat seines Mutterbaumes vor zirka fünf Jahren entsprungen ist. Michael machte ein Foto von seinen zwei Räubern, wie sie durch den alten Hohlweg stiefelten. Der Große

zog den Baum hinter sich her. Der Kleine hatte die Säge an der
Schulter hängen.

Im warmen Zwischenlager stellten sie das eingefrorene Bäumchen
auf. Dann schmückten die drei Schneiders den Weihnachtsbaum
mit bunten Blättern, mit roten Vogelbeeren und Hagebutten, die
sie im Wald gefunden hatten. Langes, dünnes, von der Sonne
»versilbertes« Gras diente als Lametta. Eine Lichterkette wollte
man dem schmächtigen Bäumchen mit den schwachen Ästchen
nicht antun, außerdem hatte man auch keine. Alex holte seine
Krippe aus dem Kindergarten. Sie war aus Pappe. Es war eine
Sammelbox für eine Spende an die armen Kinder in der Welt,
welche sich nichtmals eine Naturweihnachtsbaum leisten konnten.
Er stellte die Krippe vor das Bäumchen, welches auf der
vordersten Ecke des Natursteintisches stand. Jan holte Teelichter
aus dem Küchenschrank und stellte sie im Kreis um das
Papphäuschen, genau zehn Stück. Michael staunte nicht schlecht,
als er um die Ecke schaute, während er den Weihnachtsbraten am
Herd zubereitete.

Nach den umfangreichen Vorbereitungen für das Fest zogen
sie sich erneut die Jacken an, nahmen die Säge wieder mit und
gingen zu den Großeltern von Jan und Alex. Oma Christel lud
zum Kaffee ein. Für den verzögerten Weihnachtsschmaus hatte sie
eine Himmelstorte gebacken. Nach der gemütlichen Kaffeerunde
durften die Jungs endlich ihre Geschenke auspacken. Michael
switchte um: Jedes Jahr bekamen die Kinder etwas für ihre
Modelleisenbahn. Im Keller entstand über die Jahre eine liebevoll
aufgebaute Landschaft mit einem netten Städtchen an der
Sperrholzplattenkante. Bei Opa Ludwig hatten sie auch eine

Modelllandschaft. Diese war deutlich größer und hatte einen riesigen Fuhrpark an Zügen.

Michael konnte dieser gemeinsamen Leidenschaft nicht mehr viel abgewinnen. Jan baute begeistert auf dem Fußboden ein Wohnmobil aus Lego auf. Alex saß am Couchtisch und bastelte schon ganz allein an seinem ersten Lego-Bausatz, einer kleinen Berghütte.

Zurück im Zwischenlager machten sich die drei einen schönen Heiligen Abend, der im Jahre 2014 bei der Männerfamilie auf den 30. Dezember fiel.

Nach der Suppe mit selbstgemachten Markklößchen und dem köstlichen Schweinebraten mit Kartoffeln und Bohnen aus Oma Christels Garten setzte man sich vor das schmucke Tannenbäumchen. Jan bekam ein Stadthaus, Alex seine erste Eisenbahn aus Lego.

Papa Michael sprang auf und ging eiligen Schrittes ins Bad. Er rannte noch einmal zur Küchenzeile und schaute über alle möglichen Ablageflächen.

»Wo liegt denn nun wieder dieses verdammte Handy?«

»Das liegt doch da auf der Couch«, sagte Jan.

»Ach ja, da liegt es ja.«

Alex fügte, wie schon des Öfteren frech ein: »Papa, warum willst du eigentlich nicht Knatta heißen?«

»Jau, jau.«

Die Jungs kicherten und tauchten wieder ab in die Legowelt.

Michael ging wieder in das Badezimmer. Er schloss die Tür vorsichtig hinter sich und sprach leise die nächste Memo in das

Handy: »Gerade eben bekam ich die Idee, ein Tagebuch zu schreiben. In diesem Tagebuch werden sämtliche Informationen eingetragen. Auch die Sprachnachrichten hier werden dort eintragen oder mit einer Nummer als Verbindung. Später dann aus den Daten ein Serien-Fallbeispiel erstellen.« Er schaute verschmitzt in den Spiegel und zwinkerte sich an. »Geile Idee! Ein Serien-Fallbeispiel ...« Er wiederholte noch einmal zusammengefasst: »... also: am 30. Dezember 2014 beschlossen, ein Tagebuch zu schreiben. Und ...« Er machte eine kleine Pause. »... und das ist die geilste Idee: Ich habe das Serien-Fallbeispiel erfunden. Mal prüfen, ob es sowas schon gibt.«

Gut gelaunt verließ er das Bad. Den Rahmen durchschritten, eilt er noch einmal in das immer sehr gut beheizte Badezimmer und zückte wieder das Handy: »Und, ähm, festhalten möchte ich auch noch: Heute bekam ich eine Flut an Ideen. Diesen Tag mal festhalten. Solche Tage gab es schon öfters. Mal prüfen, ob es hier eine Regel- beziehungsweise eine Gleichmäßigkeit gibt.«

Er eilte zu seinen Kindern in das Wohnzimmer. »Ach, das ist doch ein schönes Weihnachten hier im Zwischenlager.« Die Jungs stimmten ihm zu. Die drei Männer fühlten sich immer mehr zuhause in den liebgewonnenen Wänden des Zwischenlagers. Stundenlang bauten die Jungs. Gegen 23:30 Uhr fuhr der erste Zug ab vom Hauptbahnhof Zwischenlager zur Endstation Sofakante.

Die Kinder waren glücklich. Die Trennung von Mama und Papa schien überwunden. Mitten im Spiel sagte der kleine Alex: »Papa, ich finde es hier jetzt richtig schön.«

Jan schaute seinen Vater traurig an. »Das wird bestimmt wieder!«, rief er dem Jungen zu.

»Ich glaube auch, dass das wieder wird, Papa!«

An einem Samstagnachmittag ging Alex mit seinem Vater allein
durch den Wald. Jan war auf einem Geburtstag. Der Kleine fragte
aus dem Nichts: »Papa, wie gerne hast du Oma Bertha?« Michael
gab direkt zur Antwort: »Och, nicht so gern. Die war ja in den
letzten Monaten nicht so nett zu mir.«

»Ja, aber wie gern hast du sie denn?« Michael spreizte seinen
Daumen und Zeigefinger auseinander: »So gern!« Mit großen
Augen rief der Junge erschrocken: Was? So gerne!«

Der Papa schob die Finger etwas zusammen.

»So gerne?«, rief das aufgebrachte Kind erneut.

»Na ja ok, so gerne habe ich sie.« Zwischen den beiden
Fingern waren nur wenige Millimeter. »Wie gern hast du denn die
Oma Bertha?«

»Ich?« Der Junge drückte Zeigefinger und Daumen fest
zusammen. Mit dem anderen Daumen und Zeigefinger drückte er
sie noch fester zusammen.

»So gerne habe ich die Oma Bertha.«

Was die Kinder wohl schon alles mitbekommen hatten? Von den
Versteckspielchen der doch so lieben Omi.

Den Kindern zuliebe wäre Michael im schlimmsten Falle in der
Wohnung geblieben, Hauptsache die beiden Jungs sind in der
Nähe von Mutter und Vater in ihrem Heimatort, in ihrem
Elternhaus. Hauptsache die beiden unschuldigen Menschenkinder
wuchsen im gleichen Rahmen auf wie die Vogelkinder in den
Hecken.

Kapitel 16   Eine Nabelschnur aus Stahl

Es sollte anders kommen. Ganz anders! In den ersten Januartagen kam Ludwig in Michaels Büro: »Was ist denn nun mit dem Haus? Die Caro möchte es nicht haben.«

»Was ist nur mit euch los? Erst konnte es euch nicht schnell genug gehen, mich rauszukicken. Deine holde Gattin musste noch mit dem Gericht hinterhertreten und jetzt muss die Bude auf Teufel komm raus verkloppt werden? ...«

Bei der nächsten Kindsübergabe nach den Ferien mit den Eltern schickte Michael die Kinder vor zu ihren Großeltern und sagte zu seiner Frau: »Wir haben in den Ferien schöne Tage erlebt in der Wohnung. Dein Vater kam jetzt zum zweiten Mal zu mir wegen des Hauses. Ich habe mich hier an die Wohnung gewöhnt. Dann bleib doch erstmal mit den Kindern in unserem Haus.«

»Ich weiß nicht.«

»Wir können doch jetzt nicht einfach alles Hals über Kopf kaputtschlagen, was wir uns mit Liebe aufgebaut haben.«

»Das Haus ist mir aber zu groß. Und dann noch der riesige Garten.«

»Dann pflege ich halt den Garten.«

»Und die vielen großen Fensterscheiben?«

»Dafür können wir doch eine Firma bestellen.«

»Ich überleg's mir mal!«

Wie schnell man sich wieder an seine Lieben gewöhnt. Die eine Woche Weihnachtsferien füllte die Papabatterien wieder zu 100 % auf. Michael freute sich auf Mittwoch, freute sich auf einen schönen Nachmittag mit seinen Kindern.

Doch sie kamen nicht. Freitag bekam er sie auch nicht. Am Telefon sagte Caro zu ihm: »Du bekommst die Kinder nicht. Die Elternvereinbarung galt nur für das letzte Jahr.«

Ein paar Tage später saß man wieder in der Amtsstube von Frau Himmelreich. Diese fragte Caro: »Besteht Ihrerseits noch ein kleines Fünkchen Hoffnung, dass die Ehe noch zu retten ist?«

»Ja.«

»Vielleicht brauchen Sie einfach noch ein wenig Abstand.«

»Ich möchte aber keinen Abstand zu meinen Kindern«, brachte sich Michael ins Gespräch ein. Von Caros sanftem »ja« war in diesem Gespräch nicht viel zu spüren. Michael ging auf die Elternvereinbarung ein. Caro meinte, die Zeiten hätten sich geändert. Ungewohnt frech gab sie drei Mal während den Verhandlungen an, wenn der Vater die Kinder mehr haben wolle, müsse er einen Antrag am Familiengericht stellen. Frau Himmelreich zog sich leicht aus dem Gespräch zurück. Die Eheleute Schneider stritten um die dominierende Rolle der Bertha Schmidt. Caro versuchte, die harten Fakten der vergangenen Monate bezüglich ihrer Mutter zu beschwichtigen. Bis zum Stoß vom Treppenstein war die Sachbearbeiterin des Jugendamtes im Bilde. Ihren Blicken, ihren hochgezogenen Augenbrauen war zu entnehmen, dass sie an dem Tag erst begriffen hatte, was in der Familie abgegangen ist. Caro versuchte, mit unschuldigen Blicken und Verlegenheitslächeln die Tatsachen zu verharmlosen.

Als Michael schonungslos sachlich erwähnte, dass die liebe Schwiegermutti seinen persönlichen Brief kopierte und unters Volk gebracht hatte, fauchte die kompetente Frau Himmelreich mit rot anlaufendem Kopf dazwischen:

»Frau Schneider! Nun pfeifen Sie endlich Ihre Mutter zurück!«

Schnell schaute Caro auf den Tisch. Sie wurde ruhig. Frau Himmelreich redete auf die Eheleute ein, man solle an die Kinder denken und deren Wünsche und Bedürfnisse berücksichtigen. Die Eltern einigten sich, die Besuchszeiten wie in der Vereinbarung festgehalten bis zu den Sommerferien fortzuführen.

Auf dem Rückweg sprach Michael auf's Band: »Meine Antwort wäre »nein« gewesen, wenn man mir damals bei der Firmenzusage gesagt hätte *du musst damit rechnen, dass dabei deine Familie draufgeht!«*

Im Zwischenlager notierte er in sein Tagebuch: »Frau Himmelreich fragte heute zu Caro: *Ein Fünkchen gibt es doch noch, die Ehe zu retten.* Caro antwortete mit *Ja.* Die Frau ist gut! Die hilft. Geduld ist nun das oberste Gebot.«

Kapitel 17 Nackte Zahlen!

Worte, Argumente, Geduld und Liebe hatten nur noch wenig
Kraft. Sieben Tage später steckte ein Brief von Rechtsanwalt
Beule im Briefkasten:

Sehr geehrter Herr Schneider,

Ihre Ehefrau hat uns mit der Veräußerung der gemeinsamen Immobilie, über den Gärten 12, Neukirchen, Ortsteil Oberhof beauftragt. Ihre Ehefrau wird wohl im Sommer das Haus mit den beiden Kindern verlassen.

Das Dorfleben sagt Ihrer Frau nicht mehr zu. Sie wird wohl nach Neukirchen oder in die Großstadt ziehen.

Nach Rücksprache mit unserer Fachkanzlei für Liegenschaften und Immobilien haben wir einen Gesamtwert des Gebäudes von 520.000 Euro ermittelt. Ihre Ehefrau hält diesen Betrag für angemessen.

Um eine rechtliche Grundlage zu gewähren, müssten Sie Ihrer Frau eine Summe von 260.000 Euro überweisen.

Wir bitten um Mitteilung an einem Interesse Ihrerseits, den Anteil Ihrer Ehefrau von 50 % zu erwerben.

Sollten Sie an dem Erwerb des Hauses kein Interesse zeigen, hat Ihre Frau keine andere Wahl, als eine Zwangsversteigerung einzuleiten.

Wir bitten um Stellungnahme innerhalb von 40 Tagen.

Mit freundlichen Grüßen

Beule

Rechtsanwalt

Michael Schneider hielt das Blatt in den Händen. »Bei euch ist
doch noch nicht alles kaputt!«, hatte der Verfasser dieses
Schreibens vor wenigen Monaten gesagt, derselbe, der nun das
Traumhaus unter den Hammer stellen wollte.

Diese Schriftart, Arial 11, war die klare Handschrift von Bertha
Schmidt. Michael fühlte sich für wenige Minuten schwach und
hilflos, sprach zornig in sein Handy: »Diese abartige Hastigkeit -
noch kein halbes Jahr getrennt – aber schon das Haus der
Enkelkinder verkloppen!

Aber die Schrammen des eigenen Sohnes erst nach 30 Jahren
überpinseln!«

Der kleine Sohn Daniel, der im Kleinkindalter an einer
Virusinfektion gestorben war, hatte kurz vor seinem Tod
Schrammen in die Küchentür gekratzt. Sie waren kaum zu sehen.
Der damals noch frisch verliebte Michael hatte sie sich mal
angeschaut. Oft hatte er seiner Frau, noch öfter seiner
Schwiegermutter zugehört, wenn sie um den Bruder, um den Sohn
trauerten. Jedes Jahr zu Weihnachten war der Tod des Sohnes
Thema an der gedeckten Tafel.

Michael Schneider setzte sich an seinen Laptop und formulierte
die Antwort. Mit bösen Worten beschimpfte er den sauberen
Persil-Anwalt. In seinen Sätzen war die tiefe Enttäuschung zu
lesen. Erst den Ehemann, der freiwillig auszog, per Gericht an die

Luft setzen und sechs Monate später das Elternhaus von Jan und Alex in die Luft jagen?

Nach dem Auskotzen schaute er online auf sein Konto. Eine erfreuliche Nachricht: Mit der Dezember-Abrechnung hatte er die erste Gewinnbeteiligung ausgezahlt bekommen. Er ließ sich nach hinten in den Stuhl fallen und schaute sich die Buchungszeile mit Stolz und Freude an.

Langsam richtete sich sein Oberkörper wieder Richtung Bildschirm. Was war das? Die direkt darauffolgende Buchung: Nur wenige Stunden nach der Einzahlung der stattlichen Tantieme wies der Kontoauszug eine Buchung auf, welche seine höchste Aufmerksamkeit in Anspruch nahm. Die Eheleute hatten ein Gemeinschaftskonto. Seit Jahren brachte Michael gutes Geld mit nach Hause. Dafür hatte er gut gearbeitet. Davon konnte die Familie sehr gut leben. Nachdem die Umbauarbeiten abgeschlossen waren, wollte man sich gemeinsam eine Rücklage schaffen. Dieses »gemeinsam« gab es seit Sommer 2014 aber nicht mehr.

Die darauffolgende Buchung wies einen Abfluss von 8000 Euro auf das Konto von Caro Schneider auf. Seit der Trennung hatte Michael mit Caro vereinbart, dass alle Kosten von dem Konto weiterhin gedeckt würden. War dies eine Provokation?

Michael schöpfte ebenfalls 8000 Euro vom Gemeinschafts- auf sein Privatkonto.

Sieben Tage später flatterte ein weiterer Brief von Herrn Rechtsanwalt Beule in den Briefkasten Schneider am Wohnhaus Voss, dem Zwischenlager: Herr Schneider habe sich unberechtigterweise 8000 Euro von dem Gemeinschaftskonto abgebucht. Dies müsse wieder rückgängig gemacht werden, sonst drohe dem unfairen Ehemann ein Strafverfahren.

Michael setzte sich erneut an den Laptop und schrieb die zweite Antwort. Rechtsanwalt Pape, der ihm in der ersten Gerichtsverhandlung wegen des Rausschmisses aus dem Haus geholfen hatte, informierte er nicht.

In der Firma war es noch ruhig. Nur langsam erwachten die Kunden aus dem Winterschlaf.

In er Fertigungshalle sagte Hermann zu Michael: »Die Caro zieht nach Münchhausen. Da steckt nur unserer Bertha hinter. Schrecklich das Weib! Die ist einfach zu dominant. Und der Ludwig geht immer den untersten Weg.«

Die beiden Geschäftsführer gingen wieder in ihre Büros und trafen eine Stunde später auf dem Hinterhof wieder aufeinander, Hermann an der Laderampe, Michael am Fenster. Stefan, der erste Lehrling der Firma, war zu Besuch. Zuerst unterhielte sich Stefan und Michael über den beruflichen Werdegang des besten Lehrlings, den die Firma bisher gehabt hatte.

»... vielleicht studiere ich noch in ein paar Jahren.«

»In welche Richtung?«

»Maschinenbau oder Holzverarbeitungstechniken.«

»Klinkt interessant!«

»Studieren, studieren – da verdien'ste doch nichts«, schmetterte Hermann dazwischen.

»Später schon!«, grinste Stefan zurück.

»Du kannst ja später meinen Job haben!«

Stefan lachte. Michael traute seinen Ohren nicht. Traute er seinem Sohn Andreas den Job nicht zu?

»Ne, warum? Kannst du doch machen. Studier oder geh erstmal woanders hin und dann kannst du hier den Laden schmeißen.«

Michael schloss das Fenster und ging seiner Arbeit nach. Das sollte die beiden unter sich ausmachen.

Es war Wochenende. Fast hätte er den Brief übersehen. Das war ihm schon mal passiert. Die Briefkastenanlage im Zwischenlager war weiß, die Böden in den Fächern glatt. Da konnte man schnell einen flachen Standardbrief übersehen. Auf dem Absender stand *Ludwig und Bertha Schmidt*. Ging es Bertha wieder nicht schnell genug mit der Veräußerung des Hauses?

»Das ist unser Haus!«, hatte sie in der Verwandtschaft geprahlt, heimlich hinter dem Rücken der tatsächlichen Besitzer. »Das haben wir alles bezahlt!«, wurde jedem Gast der Familie verklickert, in einem Nebensatz, beiläufig, meist mit einem künstlichen Gekicher.

»Das Haus gehört mir«, hatte Caro erzählt, als sich die Leute in Oberhof die Mäuler blutig zerrissen, warum der Ehemann im hohen Bogen aus dem Haus geschossen wurde. Dass man mit dem Gericht nachgetreten hatte, verschwieg man. Da für Michael der Krieg noch nicht verloren war, hatte er nichts von der widermenschlichen Handlung erzählt. Für ihn war das privat. Von ihm bekam man nichts präsentiert. Zum Leid der Tratschmäuler vor Ort, weiblich wie männlich, Alt und Jung.

Lieber Michael,

Wir möchten dich bitten, das Darlehen, welches wir euch für den Umbau eueres Hauses geliehen haben, wieder zurückzubezahlen.

Die Aufstellung, die Gesamtsumme und unsere Bankverbindung stehen auf dem zweiten Blatt.

Mit freundlichem Gruß
Ludwig und Bertha Schmidt

Aus dem Versprechen: »*Ich werde dir hieraus ein Traumhaus bauen!*« und aus dem Befehl, »*... wenn die Caroline eine Rose an der Tür haben will, dann bekommt die eine Rose!*« wurde eine Alptraumrose.

Aus einem Darlehen war nach dem »Die Marion, der Andreas und du – ihr müsst die Firma weiterleiten« eine Schenkung geworden. Aus der Schenkung wurde nun wieder ein Darlehen. Ludwig sprach Michael kurz zu der Rückzahlung an: »... die Caro muss uns natürlich das Geld auch wieder zurückzahlen.«

Ein Beleg für diese Lüge folgt.

Über Michaels enorme Eigenleistung verlor man kein Wort.

Die Höhe der Zahlen war Michael erstmal egal. Fakt war: Die neureichen Schwiegereltern mussten eingestehen, dass Berthas Traumhaus zur Hälfte dem Schwiegersohn gehörte.

Am frühen Montagmorgen knallten nicht nur die Türen in der Firma Schmidt und Meyer. Die Klappe des Hauptkopierers in der Ausstellung donnerte rauf und runter. Der braune Lederschuh verpasste der unteren Verkleidung eine tiefe Beule.

»*Ich halt das nicht mehr aus hier!*«

Noch einmal donnerte die Klappe auf das zu kopierende Dokument. Das hastige Greifen nach Papier war zu hören, dann schnelle Schritte, dann das Wegrasen eines Autos.

Michael lugte um die Ecke. Das Kopiergerät stand noch. Mittlerweile gab es nur noch einen, der dieses zentrale Vervielfältigungsgerät nutzte: Ludwig Schmidt.

Er ging ein paar Schritte auf das Gerät zu.

Ein Blatt lag in der Kopieausgabe:

Schenkungsurkunde   31. März
2014
der Eheleute
Ludwig und Bertha Schmidt
Sattlerstraße 5
Neukirchen, Ortsteil Münchhausen

Wir, die Eheleute Ludwig und Bertha Schmidt, schenken unserer
Tochter Caroline Schneider den Gesamtbetrag siehe Aufstellung
Seite 2, den sie für das Wohnhaus, über den Gärten 12,
Neukirchen, Ortsteil Oberhof verwendet hat.

Für den Fall, dass diese Schenkung als Zugewinn der
Ehegemeinschaft angerechnet wird, nehmen wir Gebrauch von
unserem Widerrufsrecht zu dieser Schenkung.

Unsere Tochter Caroline muss sich diese Schenkung auf ihre Erb-
und Pflichtteilsansprüche anrechnen lassen.

Bertha Schmidt
Ludwig Schmidt

Caroline Schneider

Dass Ludwig Schmidt einer der wenigen Männer über 50 war, auf dessen Wort man sich auf keinen Fall verlassen durfte, war seit ein paar Monaten bekannt. Seinen Versprechen durfte man nicht vertrauen.

Nackte Zahlen!

31. März 2014 - war das Datum des Briefes - 31. März 2014

Schocken konnte das den Michael Schneider nicht mehr. Er hatte schon eine ganze Reihe an Beweisen, dass es Bertha Schmidt vom ersten Handschlag an nur um Macht und Geld gegangen war.

Er kannte Ludwig und Bertha Schmidt genauso gut wie seine eigenen Eltern. Bertha schrieb nie! Konnte sie überhaupt schreiben? Ludwig schrieb! Ludwig schrieb, kontrollierte, ließ liegen, verbesserte und befand sein Schriftstück für abgeschlossen. Für eine Schenkung, für die man Werte aufführen musste, für die garantiert einen Notar aufgesucht wurde, wird er zirka acht Wochen benötigt haben.

Der 31. März 2014 lag weit vor dem ersten Auszug von Caroline Schneider!

Die Eheleute Caroline und Michael Schneider hatten in der Zeit glücklich mit ihren beiden Söhnen zusammengelebt. Und wenn Bertha Schmidt gestorben wäre, würden sie heute noch glücklicher leben.

Caro und Michael hatten sich auf das Jahr 2014 gefreut. Sie hatten sich auf den Urlaub bei Caros Freundin in Holland gefreut. Sie freuten sich auf die Kommunion von Jan. Caro freute sich besonders, dass Michael ihren Weg mitging, den kleinen Alex aus seiner kleinen Krise zu holen. Man war glücklich und gesund. Man kaufte sich zwei schicke neue Wagen.

Von Koffer nicht getragen, von verbotenen Feuerwehrliedern und dem Schaum wegschieben vom Alten war nichts zu hören gewesen.

Wenige Tage später war Michaels Lieblingstante Josi mit Ehemann Thomas aus Görlitz zu Besuch gekommen. Man lebte glücklich in der Familie.

Michael kopierte die Kopie erneut und scannte sie ein, speicherte sie ab unter seinen wichtigsten Dokumenten.

Im Zwischenlager prüfte er kurz seine These: Acht Wochen vor dem 31. März war der Geburtstag der Buchhalterin Gisela. An dem Abend hatte Bertha dreimal durch den Saal gekräht: »Da hinten sitzt der neue Ludwig Schmidt. Den Alten gibt es nicht mehr.« Sie meinte damit ihre Tochter Marion, welche Michael gegenübersaß. Er blieb unerwähnt. Wenige Tage zuvor hatte man ihn zum Geschäftsführer ernannt. Berthas Befehl, »Die Marion, der Andreas und du – ihr müsst die Firma weiterleiten« wurde nicht Folge geleistet. Das Unternehmen »Ich gewinne jeden Krieg!« wurde von der Führerin aktiviert.

Michael fand seine These zu 100 % zutreffend.

Sorgfältig legte Michael den wertvollen Fund im Ordner
»Beweise« ab.

Dieses Schriftstück zeigte deutlich, dass es kein Zurück gab.
Michael ließ von einem befreundeten Makler das Haus und das
Grundstück schätzen. 2015 waren die Preise für Häuser im Keller,
besonders auf dem Land, besonders in Oberhof. Ohne die
Forderung von Rechtsanwalt Beule, also von Bertha Schmidt,
genannt zu haben, schätzte der Makler den Wert für das
komfortable Haus in ruhiger, sonniger Wohnlage deutlich
niedriger ein.

Die Kinder bekamen von den Verhandlungen nichts mit. Kurz
nachdem Hermann Michael erzählt hatte, dass Caro mit den
Kindern nach Münchhausen ziehen würde, bestätigte Jan dies
seinem Vater. Alex baute in der Zeit wieder ab im Kindergarten.
Er wurde schnell wütend und war schlecht zu motivieren. Das
legte sich aber wieder.

Bei einer kleinen Wanderung zum Möchsteinberg sagte Jan:
»Die Oma Bertha ist fast wieder genauso schlimm wie auf Alex
seinem Geburtstag.« Der kleine Alex bummelte rum. Er sollte
aufrücken. Er fing an zu laufen und fiel hin. Er saß in den Blättern
des Vorjahres und weinte leicht vor sich hin. Michael schaute sich
um, sah den kleinen, traurigen Jungen dort sitzen. Er tat ihm leid.
Was hatte dieses kleine Pflänzchen Alex schon alles mitmachen
müssen?

Jan stand neben ihm: »... und die Oma hat mir gesagt, ich
würde das Haus in Münchhausen erben. Papa, was ist erben?«

»Das ist was für Erwachsene Jan. Ihr seid jetzt erstmal Kinder.«

Am 27. Februar saßen Caro und Michael mit Ludwig in ihrem Wohnzimmer. Man verhandelte über das Haus.

Genau einen April zuvor hatten Ludwig, Caro, Michael und die ganze Familie an diesem Verhandlungstisch in der veräußernden Immobilie gesessen und Erstkommunion gefeiert.

Welch starke Nerven muss man haben, sich diesen Unmenschlichkeiten auszusetzen?

In freundlichen und weichen Worten führte Ludwig aus: »Das Haus hat den Wert, den der Beule aufgeführt hat. Der hat sich da genau erkundigt. Die Summe ist durchaus berechtigt. Und das wollen wir auch dafür haben.« Michael legt dagegen: »Wir haben das Haus damals vom Boxer gekauft. Es war in einem sehr guten Zustand. Ein paar Renovierungsarbeiten und das Haus wäre fertig gewesen. Das hätte mir auch gereicht. Ich wollte nicht so pompös umbauen. Deine Tochter wollte ein Traumhaus. Ich sehe nicht ein, dass ich jetzt diesen überhöhten Luxus zum vollen Preis bezahlen muss.«

»Dann hättest du das sagen müssen. Du hast doch die Pläne selbst entworfen«, patzte Ludwig.

»Ja, die Pläne habe ich gemacht. Ich habe Caro ein Traumhaus versprochen. Und es ist ja auch wirklich sehr schön geworden. Ich verstehe bis heute nicht, warum man so etwas in ein paar Wochen zerstört. Jahrelang haben wir hier glücklich gelebt.

Ich war für die Küche beim Möbelhäuptling – für 15.000 Euro. Das war eine schicke, hochwertige Küche. Deine Frau suchte für uns ...«

Ludwig schüttelten den Kopf. Michael unterbrach die Ausführung seines Argumentes, schweifte langsam mit großen Augen von Caro zu Ludwig.

»Bertha hat sich ja nie eingemischt! Nein!«

Und führte weiter aus: »... den exklusivsten Küchenbauer aus, von dem Caro und ich noch nie was gehört hatten. Die Küche hat 28000 Euro gekostet. »*Die muss ein Leben lang halten!*«, so deine Frau. »*Kauft euch was Gescheites!*«, hast du zu uns gesagt. Ist das Leben schon zu Ende?«

Ludwig grinste verlegen. Caro schaute ihren Mann an, als wenn sie sagen wollte: »Genau Schatz! Du hast Recht! Was machen die eigentlich mit uns?«

»Mir hätte ein einfacher Griff aus Edelstahl an der Haustür gereicht. Nein! Das Unternehmertöchterchen wollte unbedingt eine Rose aus Bronze an der Tür haben. Für den Preis der Rose kaufen sich andere Leute eine hochwertige Aluminium-Haustür!«

»Was stellst du dir denn für eine Summe vor?«

»Ich habe 4200 Stunden Eigenleistung in das Haus gesteckt. Wenn man hierfür den Stundensatz für einen Malergesellen ansetzt, ist das eine Summe von rund 160.000 Euro. Die haben wir eingespart, zuzüglich Mehrwertsteuer nicht vergessen!«, fügte er frech hinzu. Eine Anspielung auf Ludwigs cholerisches Verhalten bei der Erstellung eines Angebotes, »... immer zuzüglich Mehrwertsteuer darunterschreiben!«

»Eigenleistung wird bei sowas nicht berücksichtigt.«

»Wieso das denn nicht? Rechtlich mag das ja vielleicht sein, aber wir wollen uns doch gütig einigen.«

»Ja, das wollen wir ja auch. Wir haben unsere Summe genannt, nun nenn du deine.«

Michael hatte sich sehr klare Zahlen für den Tag ausgedacht. In mehreren Wanderungen zum Stoltenberg hatte er seine Zahlen zusammengestellt. Diese wurden im Zwischenlager auf Papier gebracht. Die Summe war deutlich unter dem geforderten Betrag. Sie war leicht unter der Summe, welche ihm der Makler vorgeschlagen hatte.

Michael warf die Zahl auf den Tisch. Ludwig schüttelte wieder den Kopf. Die Herren feilschten. Michael zog seine Zahl etwas an. Es war die Summe, die ihm sein befreundeter Makler vorgeschlagen hatte.

»Wir sollten noch klären, was im Haus bleibt und was mit nach Münchhausen genommen wird«, gab Michael an.

Caro sagte nichts. Die beiden Männer pflückten das Inventar auseinander.

»Was ist mit den Figuren von Gisbert?«

»Die nehme ich auch mit«, äußerte sich Caro überraschend. Die Figuren von Onkel Gisbert, Berthas zweitältestem Bruder, waren zwei hochwertige Skulpturen aus Ägypten. Gisbert war ein wohlhabender Junggeselle und erwarb regelmäßig wertvolle Antiquitäten. Als er vor Jahren in eine andere Wohnung gezogen war, hatte er viele seiner Schätze verschenkt. Seine Nichten und Neffen durften zu ihm kommen und sich etwas aussuchen. Caro mochte ihren Onkel nicht. Bertha hatte gesagt: »Du spinnst wohl.

Die anderen holen sich auch alle was bei dem. Da wirst du doch wohl mal einen Nachmittag hin gehen können.«

Das Verhältnis zwischen Berthas Familie und Caro war schlecht. Michael hatte zu Caro gehalten. Was man damals über sie erzählt hatte, war schlecht. Bertha und ihre Töchter hatten einen schlechten Stand in der Meyer-Familie. Mit Michael fuhr sie dann doch zu dem Onkel. Sie fand die Figuren nicht schön. Michael war von deren Ausstrahlung fasziniert. Michael war etwas überrascht, dass die Skulpturen nun mit nach Münchhausen gehen sollten.

Die Güter waren verteilt. Man einigte sich, dass der antike Schrank von Oma Klara, das übergroße Boxspringbett, der massive Eichentisch mit den acht Stühlen und der 2013 angeschaffte Rasenmähertrecker in Oberhof blieben. Alles andere ging mit nach Münchhausen.

Ludwig äußerte sich zu den Gegenständen, die vor Ort bleiben sollten. »Das sind ja auch noch Werte.

Jetzt legst du noch 10.000 Euro drauf, wenn diese Gegenstände hierbleiben.«

»Ok – abgemacht!«

Nach einer geschlagenen Stunde stand die Kaufsumme fest. Der Hauptteil der Verhandlung war abgeschlossen.

Ein Punkt war Michael noch wichtig: »Ab dem 15.06. möchte ich wieder im Haus wohnen.«

»Ja – das ist ok. Das ist kein Problem.«

»Wieso ab dem 15. 06.?«, fragte Caro.

»Mitte Juni, das ist genau halber Juni.«

»Achso!«

Der 15.06. war für Michael ein exakt berechneter Termin!

Die drei waren erleichtert, dass man sich ohne Streit geeinigt hatte. Michael hatte sich die Einigungspunkte notiert. Er las diese noch einmal vor und fragte beide Vertragspartner, ob das so verhandelt war und so im Kaufvertrag aufgenommen werden könne. Die drei waren sich einig. Dann fragte er: »Sollen wir uns die Punkte noch gegenseitig schriftlich bestätigen?«

»Nein, das brauchen wir nicht. In so einer Runde wird ja wohl noch ein Wort gelten«,

gab Ludwig zur Antwort.

Michael gab sich zufrieden. Er schaute sich einmal um in dem Haus, welches ihm zur Hälfte gehörte, das ihm in wenigen Wochen ganz gehören würden. Sein Blick war schon wieder viel entspannter mit diesen Aussichten. Die Tage des Zwischenlagers schienen gezählt.

Am anderen Morgen öffnete Michael wie fast jeden Tag in der Firma das Fenster. Die ersten Vögel fingen zu singen an. Er stand da und schaute hinaus. Ein neues Jahr, ein neues Leben – doch das alte Leben war noch da. Wenn deine Frau stirbt, ist das alte Leben zu Ende. Du bist allein oder suchst dir eine neue Partnerin.

Michaels Frau war weg. War sie für immer weg? Käme sie wieder? Seit fast einem Jahr waren sie auseinander. Wäre sie im letzten Frühjahr gestorben, hätte Michael den Schmerz schon überwunden. Das Trauerjahr würde sich dem Ende zuneigen. Die Trauer hatte Michael auch überwunden, aber diese schier nie enden wollende Hoffnung ließ nur langsam nach.

Das Arbeiten machte ihm wieder Spaß. Der Optimist gab Vollgas. Die Auftragslage war gut, das Klima in der Firma entspannt und harmonisch. Ludwig zog sich immer mehr zurück. Marion und Michael hatten sich wieder zusammengerauft und waren mit den anderen Kollegen im Büro ein klasse Team.
Marion organisierte die Tagestour der Belegschaft. Im Sommer wurde die Firma Schmidt und Meyer 25 Jahre alt.

Abends setzte sich Michael an den Küchentisch und antwortete auf die beiden Schreiben von Herrn Beule. Beim Durchlesen seiner Entwürfe, die er direkt an den Tagen geschrieben hatte, an dem die Briefe angekommen waren, lächelte er mehrmals verschmitzt. »Gut, dass ich das noch nicht verschickt habe!«
       Er löschte drei Viertel der Texte und formulierte deutlich sach- und freundlicher:

Sehr geehrter Herr Beule,

hiermit nehme ich Bezug auf Ihre beiden Schreiben. Letzte Woche
haben meine Ehefrau, mein Schwiegervater und ich eine Lösung
hinsichtlich der gemeinsamen Immobilie gefunden. Ich werde die
Hälfte meiner Frau abkaufen und spätestens am 15. Juni 2015
alleiniger Besitzer des Hauses sein.

Bezüglich der Abführung von 8000 € meinerseits vom
Gemeinschaftskonto auf mein Privatkonto lasse ich Sie wissen,
dass meine Frau sich die gleiche Summe vor mir auf ihr Konto
überwiesen hat. Sollte Ihre Mandantin den Betrag wieder
zurücküberweisen, werde ich selbstverständlich das Gleiche tun.

Mit freundlichem Gruß aus Oberhof
    Michael Schneider

Eingetütet und ab ging die Post. Michael brachte den Brief zum Briefkasten in der Dorfmitte. Immer mehr traute sich der verjagte Ehemann in seinen Heimatort zurück. Caro kam mit den Kindern an ihm vorbeigefahren. Sie schaute freundlich. Die Jungs winkten eifrig.

Durch die dunklen Wolken der Trennung drangen einige Sonnenstrahlen durch. Wie sollte er eine Frau hassen, dessen Kinder er liebte? Immer wieder mal schossen diese Gedanken durch seinen Kopf. Warum sollte er sie überhaupt hassen? Weil Bertha ihn hasste? Warum hasste Bertha ihn? Wenn die Mutter von Michael Caro hassen würde, müsste Michael dann Caro hassen und verlassen? Das ergab alles keinen Sinn!

Das Familienhaus wurde auf jeden Fall gerettet. Das war wichtig. Wer im Haus wohnte, hatte automatisch eine Art Joker im Ärmel.

Caro verballerte zu viel Energie in die falsche Richtung und musste ihre hochgesteckten Ziele einfach verwerfen.

Die nächsten Abende verbrachte Michael an seinem Laptop im Zwischenlager. Der kleine Röhrenfernseher in der hellen Schrankwand blieb aus. Mal saß er am Küchentisch, mal lag oder saß er auf der blauen Couch und tippte und tippte. Seine Handnotizen, seine Aufzeichnungen im Handy-Kalender oder Laptop und seine ersten Gedanken der ersten Sprachmemos seines Handy-Diktiergerätes trug er sorgfältig in eine Excel-Tabelle ein.

Jeder Eintrag und jede Tabellenzeile bekamen eine Nummer. Jede Tabellenzeile bekam eine schnell einzuordnende Zahl.

Samstagabend war das Werk fertig. Der Verfasser druckte es mehrmals aus und korrigierte es wieder. Das Werk bekam den Namen »Schneider Darstellung« und wurde an das Jugendamt und an die Kinderklinik in Unna per Post versandt. Er schätzte die Lage genau wie Frau Himmelreich und Frau Dr. Naujoks ein: »Pfeifen Sie endliche Ihre Mutter zurück!« »Diagnose: Interaktionsproblematik, generationsübergreifend.«

Durch den Erwerb er Familien-Immobilie bekam Michael einen unheimlichen Anschub, seine Ehe doch noch zu retten seinen Kindern zu helfen.

Die Erinnerungen an die Kennenlernzeit kam wieder hoch. Michael Schneider kämpfte um seine große Liebe. Sein größter Rivale war Bertha Schmidt, die Schwiegermutter! Mit Michael hatte sich die Tochter damals endlich von der Mutter losreißen können. Als Jan geboren wurde, hatte sich Bertha Schmidt jedoch erneut tief in die junge Familie gedrängt. Dass sie nachts nicht zwischen ihrer Caro und ihrem Traumschwiegersohn im Ehebett lag, war alles!

Michael war sich sicher, auch dieses dritte Eindringen erfolgreich zu bekämpfen.

Bereits nach vier Tagen meldete sich Frau Dr. Naujoks mit einem Antwortschreiben und bot den Eheleuten Schneider ein Gespräch an. Am Tag drauf erreichte Michael Schneider ein Brief von Rechtsanwalt Beule:

Sehr geehrter Herr Schneider,

wie mir unsere Mandantin mitteilte, haben Sie sich bezüglich der gemeinsamen Immobilie geeinigt. Unser Notariat kann den Kaufvertrag nicht begleiten, da ich Frau Schneider bereits als Mandantin habe. Wir schlagen ihnen das Notariat Pieper vor.

Hinsichtlich des zeitlichen Rahmens möchte unsere Mandantin den Umzugstermin auf den 25.06.2015 verlegen.

Weiterhin besteht unsere Mandantin darauf, den kompletten Hausrat mitzunehmen, inklusiv dem Rasenmähertraktor, dem Bockspringbett, dem Eichentisch mit den acht Stühlen und dem Schrank von Großmutter Klara, der allein schon einen Wert von 6000 € hat.

Gerne werden wir für Sie tätig und lassen über das Notariat Pieper die notwendigen Formalien für einen Kaufvertrag vorbereiten.

Mit freundlichem Gruß

Beule
Rechtsanwalt

Die Enttäuschung über Ludwig wurde noch größer. Wie sehr hatte Michael zu seinem Schwiegervater aufgeschaut und nun dieser erneute Wortbruch. Was war das nur für ein Kleinstadtgauner? Das Wort von Ludwig Schmidt war keinen Cent wert.

Michael ging in den Wald und bestaunte in aller Ruhe das Erwachen der Natur.
Mit ähnlichen Reaktionen hatte er gerechnet. Dass die wieder faule Tricks anwenden, war fast schon Normalität.

»Wo ist die Bodenständigkeit der Familie Schmidt hin?«,

hatte er im letzten Sommer Ludwigs Bruder gefragt. Dieser hatte damals fest mit der Faust auf den Tisch gehauen: »Ja! Wo ist die Bodenständigkeit hin?!«

Für Michael war klar: Es wird so gemacht, wie mit Ludwig und Caro vereinbart oder gar nicht.
     Für den Fall der Zwangsversteigerung bot sich bereits Schwager Heiner an. Wenn das Haus unter den Hammer kommt, wird es Heiner ersteigern. Michael würde es ihm dann für den gleichen Preis abkaufen. Was sollte also passieren? Die Verhandlungen waren abgeschlossen. Plan B stand.

Als Michael wieder in den vier angemieteten Wänden war schrieb er Rechtsanwalt Beule zurück:

Sehr geehrter Herr Beule,

mit großer Enttäuschung habe ich Ihr Schreiben erhalten. Ich weise auf mein letztes Scheiben hin, in dem klar drinsteht, dass sich meine Frau, mein Schwiegervater und ich geeinigt haben. Diesen Vertrag haben wir mit unseren Ehrenworten besiegelt.

Wenn die hinterhältige Lügenbaronin von Münchhausen mal wieder ihren vergifteten Senf dazu gespritzt hat, ist das ein Problem zwischen Ihnen und dieser durchgeknallten, skrupellosen Groß-Emanze.

Es kann nicht sein, dass ich mit meiner Frau, mit meinem Schwiegervater etwas vereinbare und dieses Miststück durch den stinkenden Untergrund gekrochen kommt und die Dinge komplett anders aufstellt.

DAS GEHT NICHT!

   ... nicht bei einem Eheversprechen

   ... nicht bei dem Kauf einer Küche

   ... nicht bei einem Verkaufsregeln eines Fischverkäufers

   ... nicht beim Generationenvertrag von Geschäftsführern

   ... nicht bei einer Streitschlichtung eines Ehepaares

   ... und schon gar nicht bei dem Verhandeln über eine Immobilie, welche durch ihr Zutun einen Überwert von mindestens 70.000€ bekommen hat, weil Prinzesschen Unternehmertochter jeden Wunsch erfüllt bekommen hat.

Wenn dieses frustrierte Weib mitdiskutieren möchte, dann soll sie auch gefälligst am Tag der Verhandlung zugegen sein und nicht erst ihren Waschlappen von Ehemann vorschicken, der sowieso nie sein Wort hält.

Ludwig Schmidt und meine Ehefrau haben fair und gerecht einen Vertrag ausgehandelt. Und der wird exakt so umgesetzt oder gar nicht.
Was halten sie davon, wenn ich mal meine Mutter ins Rennen schicke? Die möchte, dass der Kaufpreis um 50.000 € gesenkt wird. Wird dann stattgegeben, oder watt? Mein Vater möchte, dass die Eigenleistung angerechnet wird. Dann bekäme ich unterm Strich sogar noch was raus!

Also sagen Sie bitte diesem verbitterten Meyer-Weib, sie solle sich mal heraushalten. Die soll einfach ihre roten Schnürstiefelchen polieren und von nun an immer schweigen!

Für mich ist es im Übrigen kein Leichtes, diese große Summe für den Kauf aufzutreiben. Durch meine Eigenleistung in den Gewerken Maler-, Fliesenleger- und Maurerarbeiten haben wir 160.000 € an Gesellenlöhnen zuzüglich Mehrwertsteuer gespart.

Also: die Alte weg, den Dreck weg!

Fair miteinander umgehen!

Michael Schneider

Kapitel 18 Schneider lacht wieder

Sein Freund Zimmermannsmeister Albert hatte einen Tag zuvor zu ihm gesagt: »Das wir wieder!« Michael selbst wurde das Gefühl nicht los, dass Caro im Herbst weinend vor ihm stehen und alles wieder gut werden würde.

Schwester Rena sagte, dass Caro mit Alfred auf einer Party rumgeknutscht habe. Michael störte das wenig. Für ihn war das ein klares Zeichen: Die will dich eifersüchtig machen. Für ihn war es das glasklare Zeichen, dass sie einfach ein wenige rebellierte. Wie viel Optimismus passt in einen männlichen Körper?

Ausgerechnet im Landtag von Hessen rehabilitierte der Abgeordnete Dr. Kurt Schumacher Michael zu einem vollständigen Menschen.

Er brachte Michael Schneider das Lachen wieder.

Kurt Schumacher lud die Oberstaufenwälder Wähler ein, den Landtag in Wiesbaden zu besichtigen. Michael und einige andere aus dem Schützenverein nahmen die Einladung an.
In der Landeshauptstadt von Wiesbaden angekommen, betrat die Gruppe das Regierungsgebäude. Kurt Schumacher war ein beliebter Politiker. Wie kein anderer und keine andere setzte er sich für die Urlaubsregion Oberstaufenwald ein. Die Gruppe musste etwas in der Vorhalle warten. Dr. Schumacher stellte sich vor seine Gäste und erzählte mit spannenden Worten vom Bau des Gebäudes. Man konnte ihm gut zuhören, für einen Spaß war er

immer zu haben: »Ja liebe Freundinnen und Freunde, dann will ich euch zum Abschluss noch 'n Witz erzählen:

Da kommt eine Frau ganz aufgelöst zum Psychiater und sagt: Also, ich muss Ihnen erstmal was erzählen: Mein Mann, der hat heute Morgen beim Frühstück die komplette Kaffeetasse aufgegessen. Nur den Henkel, den hat er liegengelassen. Der Psychiater ist außer sich und sehr verwundert über das Verhalten des Mannes. Das kann ich aber nicht verstehen! Dabei schmeckt der Henkel doch am besten.«

Die ganze Menge lachte. Auch die Umherstehenden amüsierten sich. Michael lachte aus vollem Herzen. Sein langes, nicht enden wollendes Lachen verlängerte die Fröhlichkeit der Menge. Den ganzen Tag über hatte Michael ein strahlendes Lächeln im Gesicht. Endlich war er wieder ein richtiger Mensch. Schumacher erzählte den Witz noch anderen an dem Tag. Michael Schneider bekam nicht genug davon.

Da im Zwischenlager keiner auf ihn wartete, ging Michael noch mit den Herren Politikern in den Ratskeller gegenüber vom Schützenplatz. In der Stammkneipe der Partei von Kurt Schumacher zeigte man über eine Großleinwand ein wichtiges Fußballspiel. Der Landtagsabgeordnete sagte zu Michael: »Die Firmen an den Werbetafeln um das Feld kenne ich alle, aber keinen einzigen Spieler.« Die beiden lachten sich eins ins Fäustchen. »Dich würde ich ja auch gern in der Politik sehen!«

»Ich stecke aktuell in einer Familienkrise.«

»Ja, das habe ich im Bus auf der Hinfahrt mit einem Ohr mitbekommen. Da bist du ganz schön abgegangen. Familien sind und bleiben das Wichtigste für unsere Gesellschaft. Sie sind die kleinsten Parzellen unseres Volkes.« Das war was für Michael. Die Beiden standen noch lange zusammen. Man verstand sich prächtig. Kurt Schumacher zeigte nach draußen an den Laternenmasten. »*Da hängt de Kurt*!« Es waren Wahlen. Im ganzen Oberstaufenwald hing de Kurt.

Frau Schumacher kam vorgefahren. »Komm, wir gehen noch ins Helgeland.« De Kurt lachte: »Ne, für den Laden bin ich dann doch zu alt. Ich muss jetzt nachhause. Ich bin ja froh, dass ich mich so auf meine Frau verlassen kann.«

Die beiden Herren trennten sich. Michael ging leicht kurvigen Schrittes noch rüber ins Helgeland, dem Kult-und Tanzpalast, indem die Nacht zum Tag gemacht wurde. Mit seiner schwarzen sportlichen Stoffhose, den schwarzen Lackschuhen und dem bis zu den Ellenbogen hochgekrempeltem schneeweißen Slimfit-Hemd war er etwa zwei Spuren zu schick für den Laden gekleidet. Zum Flirten war dies jedoch nicht unbedingt von Nachteil.

Er bewegte sich zu den Techno- und Housesounds. Eine deutlich jüngere Frau konnte ihre Blicke nicht von der Kleidung des Herrn Schneiders lassen. Sie sprach ihn an: »Wo kommst du denn her?«

Nun war guter Rat gefragt. Seine Frau hatte mit einem früheren Verehrer geknutscht, den sie immer hatte abblitzen lassen. Also warum nicht auch mal knutschen? Wollte das Michael? Eigentlich nicht! Er wollte sich bewegen und noch mal ungestört über den Henkel vom Schumacher schmunzeln.

Aber ein Flirt sollte drin sein. Der gut gelaunte Michael suchte nun nach einer passenden Antwort. Ihm war klar, wenn er ihr erzählte, dass er in Wiesbaden mit Ü-50 Politikern den Landtag besichtigt hatte, er keine Begeisterung ernten würde. Ihm fiel nichts ein. Doch die Dame wartet auf eine Antwort. »Das ist geheim.«

»Ach komm, sag doch!«

»Nein, das ist ganz geheim.«

Nach diesem Satzwechsel tanzten die beiden eine Weile. Die zwei Jungs neben ihr hatten erstmal Pause. Michael löste einen Knopf mehr am Hemd.. Draußen vor dem Tanzlokal hing auch de Kurt!

»Du kommst bestimmt von einer Beerdigung.« Michael schaute verschmitzt und bewegte sich weiter zur Musik.

»Jetzt weiß ich es! Du warst auf einer Beerdigung.« Einer der Jungs stimmte ihr zu. Dann würde sie wohl endlich von dem fremden Typen lassen. Machte sie aber nicht. Michael schwieg. Den Besuch einer Beerdigung gefiel ihm nicht. So pralle war das auch nicht, wenn man von einer Beerdigung kam. Er wischte mit seiner Hand den Mund ab. Nicht dass dort noch eine Mandel vom Bienenstich hing. Michael geierte sich Schrott über seine Fantasie mit dem Beerdigungskuchen. Damit es nicht so auffiel, zappelte er noch etwas wilder.

»Wo war denn die Beerdigung?«

Er konnte sie nicht mehr im Dunkeln stehen lassen: »*Da wo ich war, da war es noch schöner als auf einer Beerdigung!*« Er bekam den zweiten Lachflash.

Man tanzte, man feierte die ganze Nacht.

Es war eine kurze Nacht. Heiter, wie im Rausch schwebte Michael durch den verdunkelten Ausgang. Mit Mühe blinzelte er in das Tageslicht. Die Bässe im Tanzsaal schwiegen schon seit einer Stunde.
Eine Amsel hoch oben in der Eiche über der gegenüberliegenden Bushaltestelle übernahm den Takt.

»Na, den Übergang hättet ihr aber etwas sanfter rüberbringen müssen«, rief er dem schwarzen Vogel im Baum zu und lachte sich scheckig. Die Amsel trillerte fröhlich zurück. Die kleinen Schneider-Äugelchen schauten noch einmal zu ihr hoch. »Ich hab doch nur einen kleinen Witz gemacht!«

Kein Bus, kein Taxi war zu sehen. Michael zog die lange Adenauer-Allee entlang. An der zwölften Laterne hielt er sich fest. Er sackte leicht zusammen. Seine rechte Hand umklammerte den Masten, seine Linke griff fest auf den Oberschenkel. Er schüttelte den Kopf. Der Sprinter vom Mühlenbäcker fuhr im Schritttempo an ihm vorbei. Dann hielt er vor der Filiale auf der anderen Straßenseite.

»Ich kann nicht mehr!«, schrie er in den frühen Morgen.
Der Fahrer des Sprinters schaute zu ihm rüber. Michael haute sich auf den Oberschenkel.

»Dabei schmeckt der Henkel doch am besten!«

Michael Schneider lachte aus vollem Herzen. Sein Kreischen, sein Jauchzen und Geiern schallte entlang der langen Häuserreihen.

»Ne, ne, ne!«

Und die nächste Lachwelle schalte durch die Stadt.

»Oh Gott, oh Gott! De Kurt hat mir meine Lache wiedergegeben!« Ein Freudenschrei! »Wie bei Tim Thaler!« Ein tiefgründiges Lachen folgte.

Die Lichter der schnurgerade aneinandergereihten Laternen erloschen.

»Oh! Das hat er gehört, der Spitzenkandidat.« Michael schaute am langen Kirchturm vorbei Richtung Unterstadt.

»Danke Kurt, dass du das Licht so lange angelassen hast. Dich wähle ich!«

Der Bäckerwagenfahrer schüttelte mit dem Kopf und hatte seine Freude beim Anschauen dieses Vorbeimarsches des jungen, adrett gekleideten Mannes auf der anderen Straßenseite.

Kapitel 19 Sie oder er?

Michael Schneider war wieder da! Michael Schneider war wieder Mensch! Er konnte wieder leben. Er konnte wieder lachen.

Michael Schneider hatte den zweiseitigen Brief über Bertha natürlich nicht an Rechtsanwalt Beule geschickt. Den Großteil der Worte hatte er in seinem Entwurf an den Rechtsanwalt von seinem Vater abgekupfert, als Michael ihm vom Antwortschreiben des Anwaltes Beule berichtet hatte. »Keinen Cent mehr weichst du ab! Zeig es dieser verlogenen Schlange!«, wütete sein Vater.

»Josef, hör auf, über diese Frau so zu reden«, hatte ihn die Mutter ermahnt.

»Diese Frau, diese Frau! Das ist keine Frau, das ist die hinterhältigste Schlange auf Gottes Erdboden!«

Herr Schneider Senior war geladen!

Michael antwortete Herrn Beule sachlich mit einem Dreisätzer:

Sehr geehrter Herr Beule,

Die Ergebnisse der Verhandlung von meiner Ehefrau, meinem Schwiegervater und mir im Haus der Eheleute Caroline und Michael Schneider sind Gegenstand des Kaufvertrages. Die Gesamtsumme sowie die Aufteilung des Hausrates wurden von mir notiert, den Verhandlungspartnern vorgelesen und für akzeptiert befunden.

Die notarielle Beurkundung nimmt nicht Notar Pieper, sondern das Notariat Althaus in Kassel vor.

Mit freundlichem Gruß
    Michael Schneider

Sein Gemüt von vor der Krise 2014 war wieder da. Seine direkte Art brachte ihm nicht immer Zustimmung. Besonders im 21. Jahrhundert muss man das, was man sagen möchte, anders ausdrücken. Das war Michael Schneider egal. Er behielt die Mentalität seiner Großmutter aus der Kaiserzeit:

»Ehrlich geben,
herrlich leben!«

Am nächsten Montagmorgen machte er das, was längst hätte geschehen müssen.
Das war Michael Schneider, wie man ihn kannte. Er war nicht mehr zu bremsen! Ideen, welche andere nur aussprachen oder vielleicht auch nur mal gedacht haben, setzte dieser Mann in die Realität um.
　　Eigentlich sollte diese Aktion direkt am Samstag starten. Doch ein noch viel geeigneter Tag in naher Ferne bot sich an. Er war fair und friedlich. So schnell konnte man mit ihm keinen Streit bekommen. Wer aber unbedingt Zoff haben wollte, sollte ihn bekommen.

Eines hasste er besonders:

den unfairen Kampf!

Wer ihn mit linken Spielchen herausforderte, musste damit rechnen, dass er zu den gleichen Waffen griff wie die Angreiferin oder der Angreifer. So auch in diesem Fall!

Zu viele Fragen rankten mittlerweile um das außergewöhnliche Familiendrama und blinkten immer wieder auf. Diese konnte nur eine beantworten. Diese eine präsentierte sich weiterhin als die Unschuld vom Lande.

Keiner traute sich, diesem Monstrum zu widersprechen!
Keiner wollte nach der Tat mit dem Weibe wieder sprechen!

»Wenn die nicht zu mir kommt, komm ich zu ihr!« Oder: »Wenn der Himalaya nicht nach Oberhof kommt, muss ein Oberhofer zum Himalaya kommen!«, war Michaels Motto, welches mal wieder für Gesprächs- und Diskussionsbedarf sorgte.

Ihm reichten die Bertha-Spielchen. Mit der miesen Anwaltsnummer hatte sie den Bogen deutlich überspannt!

Über Gott und die Welt hatten die beiden gesprochen. Von der ersten Sekunde an war sie für ihn eine Frau gewesen, die Respekt und Anerkennung verdient hatte.

Er war ihr Traumschwiegersohn. Er war der Mann, der ihre Tochter nehmen durfte. Er wusste alles über sie.

Was hatte die Zeit, was hatte das viele Geld aus dieser Frau gemacht?

Sie hasste ihn. Er hasste sie aber immer noch nicht, die Frau, aus der seine Kinder zu 25 Prozent bestanden.

Er kämpfte tapfer für seine Familie, welcher auch sie angehörte. Er hatte die Hoffnung, dass sie durch ein Gespräch einsehen würde, auf welchem maroden Holzweg sie sich befand.

Es war das zweitletzte Gespräch zwischen einer Frau und einem Mann, welche beide das Leben in der Familie schätzten und beide die gleiche Frau liebten.

Sie hatte einen Krieg angezettelt. Können Frauen besser Kriege führen?

Zwei Wahrheiten trafen nun aufeinander:

Äußerlich in aller Ruhe, innerlich außer sich vor Aufregung, wählte Michael Schneider die Tastenfolge, die ihn vor vielen Jahren zu seiner Traumfrau, zu der Mutter seiner Kinder geführt hatte. Wie gewohnt dauerte es nicht lange, bis die feine Dame am anderen Ende abnahm:

»Schmidt!«
  »Ab heute schlage ich zurück! Und ich trotze vor Kraft!«
Er machte eine Pause, wollte eigentlich wieder auflegen.
  »Was soll das heißen? Wer ist da?«, sagte sie schnell, mit leiser, unsicherer Stimme. Er machte noch einmal eine kurze Pause, dann:
  »Du weißt schon, wer hier ist.«
  »Was willst du denn Michael? Was willst du von mir?«
  »Ja! Ich wehre mich jetzt!«

»Wogegen? Womit?«, entgegnete sie schnell.

»Das wirst du schon seh'n!«, sagte er bestimmend und klar nach einer klitzekleinen Pause und wollte gerade auflegen.

»Und was haben wir dir getan?« Er machte eine längere Pause.

»Bist du noch da?«

»Jo, joa!«

»Ja dann geh doch mal zum Ludwig.« Ihre Worte wurden durch den Zwischenton eines hereinkommenden Anrufes gestört.

»Bitte?«

»Geh doch mal zum Ludwig.«

»Nö! Da geh ich gleich schon hin.«

»Ja und was soll jetzt passieren?«

»Ja gar nicht's! Ich werde mich jetzt wehren.« Das Gespräch wurde durch einen weiteren hereinkommenden Anruf gestört.

»Ja womit?«

»Ja - das wirst du dann schon noch sehen. Ich lass mich hier von euch nicht zum Hampelmann machen.«

»Ja, was tun wir denn?«

»Nö – du machst gar nichts. Genau das iss'es!«

»Ja, was tun wir denn?«, fragte sie schnell und kleinlaut dazwischen.

»Das kriege ich jetzt hin. Also – die Caro hätte sagen können: »Michael, das tut mir leid, das bringt nichts mehr.

Was da letztes Jahr passiert ist, das wird jetzt aufgeräumt, meine Freunde!«

»Was hab ...«

»Und wenn ich mit der Caro und dem Ludwig was vereinbare. ...«

»*Was vereinbare?*«, schob sie neugierig, schüchtern und schnell ein.

»*... im Vertrauen! Wie wir das jetzt mit dem Haus regeln und ich krieg dann so einen Brief vom Rechtsanwalt Beule ...*

»*Ja, da ...*«

»*D A S   I S T   E I N E   U N V E R S C H Ä M T H E I T !*

Ist das! Und entweder, wir regeln das so, wie wir es im Wohnzimmer besprochen haben ...«

»*Michael! Ich weiß nicht ...*«, plapperte sie dazwischen.

»*Oder!*« – Kurz Stille – »*Wie blasen die ...*«

»*Ich habe ...*«

»*... ganze Geschichte ab!*«

»*Michael, jetzt hörst du mir mal zu.*«

»*Nein! Du hast mir jetzt mal zu zuhören, mein Fräulein!*«

»*Nein! Ich habe der Caro das Haus geöffnet. Weil die nicht mehr konnte. Die war am Ende! Die war am Ende. Sie war bald kurz vor 'm Zusammenbruch. Letztes Jahr – da haben wir gehofft: Wenn sie mal auszieht, dass du wach wirst – was los ist. Dass ihr eine Therapie macht!*

Dieses alles haben wir nicht gewollt.

Wir wollten euch immer und immer nur helfen.

Und ich ganz besonders!

Ich habe alles für euch getan.«

»*Und auf dem Geburtstag vom Alex wolltest du mir auch helfen?«*

»*Michael, wir sind bei ...«*

»*Das ist Hilfe?«*

»*... deinen Eltern gewesen. Du hast dich bei mir entschuldigt. Das heißt, dass du dich ...«* – kurze Pause – »*... dass du das eingesehen hast, wie du dich hier verhalten hast. Wir sind – ich bin bei deiner Mutter gewesen. Ich habe versucht, ein Gespräch von Oma zu Oma zu führen, damit die – damit die, damit mal eingesehen wird, was los ist. Aber ihr habt alles – wir sind letzten Endes des Hauses verwiesen worden. Du hast mir an diesem Abend hundertmal gesagt. Also hundert Mal ist vielleicht übertrieben, zehn Mal: »Ich will nicht mehr mit dir an einem Tisch sitzen. Was meinst du ...«*

»*Für ein Jahr nicht mehr am Tisch sitzen!«*

»*Für ein Jahr ...«*

»*Weil du dich andauernd in unsere Gespräche, in unsere Familie einmischt ...«*

»*Ich ...«*

»*Wir haben eine Woche vorher ...«*

»*Ich habe ...«*

»*... alles geregelt und da kommst du eine Woche später und sagst: »Es geht nicht mehr.«*

»*Äh, ich ...«*

»*Leute! Ich werde es haarklein ...«*

»*Ich habe ...«*

216

»Den Fachleuten habe ich schon geschrieben!«

»Äh, ich habe es nicht gesagt, Michael, die Caro hat es gesagt, »es geht nicht mehr«. Die Caro ist eines Abends gekommen und hat hier geweint, geweint, geweint und hat gesagt: »Ich kann nicht mehr.« Wir sind aus allen Wolken gefallen. Wir haben das doch gar nicht gewusst.

Meine Güte, es war doch –

zur Kommunion hab ich doch gar nichts gewusst.

Ich hab gesagt: »Ich krieg 'n Anfall. Ich weiß nicht mehr, was los ist« Ich hab ...«

»Deine Worte, deine Scheinheiligkeit ...«

»Michael ...«

»Bertha, die werd' ich dir – werd' ich dir jetzt, äh, die, du hast ...«

»Michael ... »

»Du, du hast dich so dermaßen widersprochen im letzten Jahr ...«

»Mich ...«

»Ich hab es notiert. Ich hab es dokumentiert. Und tut mir leid Leute – äh, deine Gutmütigkeit – die nimmt dir keiner mehr ab!«

Sie murmelte dazwischen: »Meine Gutmütigkeit?«

»Ja!«, entgegnete er. »Genau so!«

»Ja, und was ist - also, das äh – meine Güte, ich hab dir doch überhaupt nie was getan.«

»Neein!«, brummte er. »Du hast mir nie was getan.«

»Ne, hab ich auch nicht.«

»Ne! Warum habt ihr nicht letztes Jahr auf dem Geburtstag mir vorher gesagt, dass ich Hausverbot habe? Was sollte diese provokante Aktion da? Das frag ich dich mal.«

»Ich habe der Caro gesagt, kommt der, fliegt der raus! Ich will das nicht mehr.«

»Warum sagt die Caro mir das nicht?«

»Das weiß ich nicht. Da habe ich nichts mit zu tun!«

»Ja! Ihr seid'se! Ihr wollt immer nur helfen. Und ihr habt auch nie etwas gemacht. Wollt immer nur das Gute?«

»Michael!«, fauchte sie. »Hör mir bitte zu!«

»Nö – ich muss dir nicht mehr zuhören.«

»Doch! Ja, dann brauchst du hier auch nicht anrufen, wenn du mir nicht ...«

»Ich wollte dir nur sagen, dass ich mich jetzt wehre. Das ich nicht mehr sage: »Ok, Caro, wir lassen das so.

Ich habe nicht ein Mal foul – ich habe nicht ein Mal falsch gespielt im letzten Jahr.

Und ich krieg nur so linke und falsche Dinger reingedrückt!

Und das hört jetzt auf. Der Alex soll krank sein ...?«

»Ja«, erwiderte sie leise, fast schüchtern.

»... Der Alex wird im Sommer als ganz normales Kind eingeschult.

Der Alex hat kein ADHS!
Der Alex ist kein Autist!
Der Alex, der bekommt keine Medikamente!
Der Alex hat im Kindergarten keine I-Kraft bekommen und in der
Schule braucht er laut Herrn Direktor Berlinen auch keine
Unterstützung. Das ist das, was ich schon seit sieben Jahren sage:

Dass der Junge gesund ist!«

Sie nuschelte dazwischen.

»... und die Caro will immer noch, dass der krank ist!

Und das Jugendamt fängt so langsam an, zu überlegen, ob nicht
vielleicht der Vater doch recht hat.«

Stille

»Also, öh«, fing sie schüchtern wieder an. *»Alex, so wie ich es,*
also wie es aus meiner Erkenntnis erkenne - äh, öh – ich hab mich

natürlich jetzt total rausgehalten – ist der Alex – ist die I-Kraft im
– wird die beantragt beim Jugendamt ...«

»Für die Schule! Jaha!«

»Für die Schule ...«

»Und beim Jugendamt werde ich sagen – ganz klar – nach
meiner Ansicht ...« Sie versuchte, dazwischen zu plärren. *»...*
brauchen wir keine I-Kraft für die Schule.«

»Tä, äh, ich habe es so verstanden, weil die, im Kindergarten
ist sie nicht genehmigt, weil ihr mittlerweile zu lange gewartet
habt und weiß ich nicht, weil es zu spät war ...«

»Ne, weil sie nicht nötig ist!«

»Nein! Die war schon nötig.«

»Ne! Der Junge hat sich super entwickelt!«

Kleine Pause

»Die Kindergärtnerin hat, äh, öh, mehrere Stunden gekriegt,
damit sie sich mehr um den Alex kümmern – kümmern kann.
Damit hat se's so ausgleichen. Und die, äh, ich habe den Brief
selber gelesen, den der Herr Berlinen geschickt hat von der
Schule. Dass das Jugendamt – ist jetzt dafür zuständig ist. Und
dass das vom Land geht. Und dass das jetzt – dass 'se Druck
machen, dass die jetzt in der Schule kommt. So sieht das nämlich
aus!«

»Was geht dich das eigentlich alles an? ...«

»Das geht uns was an.«

»... frage ich mich«!«

»Ich höre es nur! Ich halte mich komplett da raus ...«

»Jooa! Deswegen biste auch so im Thema, ne?«

»Ja eben! Ja natürlich, ich spreche ja mit der Caro. Mit dir kann se ja nicht ...«

»Ich sag dir: deine – deine falsche Art die, die ...«

»Was meinst du denn ...«

»Die zieh ich auf links. Das kannst du aber glauben!«

»Was meinst du denn, wo ich falsch gewesen bin?«

»Ja! Du machst nie was!«

»Ne, das mache ich auch nicht. Gar nichts mach ich. Was willst du mir vorwerfen? Was kannst du mir vorwerfen?«

»Ja! Freu dich schon drauf. Freu dich, Bertha, freu dich!

»Dann, also dann sei, dann, öh, überleg, was du machst, das will ich dir sagen ...!«

»Ja, genau!«

»... Überleg' dir wirklich, was du machst!«

»Ne ...«

»Du weißt ja, was aus dieser Sache, öh Sache mit der Rena geworden ist!«

Er prustete auf. » 'Ne Lachnummer ist daraus geworden!«

Die Sache mit Rena war eine Anzeige gewesen. Bertha Schmidt hatte sie über Rechtsanwalt Beule angezeigt.

Rena Schneider hatte versucht, mit einer etwas hart geschriebenen E-Mail Tante Josi in Görlitz wachzurütteln. Sie hatte versucht, die Tante zurück in ihre Familie zu holen. Mit einer Reihe von Schimpfwörtern wollte sie das verlogene, skrupellose

Handeln der Frau Bertha Schmidt unterstreichen. Josi schickte diese Mail an Marion weiter. Rena musste eine dreistellige Summe Strafe zahlen für nur fünf Bezeichnungen: aufgeblasene Tussi, Bordsteinschwalbe – wegen ihrer extrem hohen Absätze und ihrem Stiefelfetisch – Satansweib, Miststück und hohle Schweinenase.

»Michael, ich möchte jetzt das Gespräch hiermit beenden.«
»Ja, kann'ste ja auch.«
»Gut.«
»Ne!?«
»Dann geh mal zum Ludwig!«
»Wieso soll ich nach'm Ludwig gehen?«
»Ja, du hast doch gerade gesagt, dass du dahin willst.«

Bertha hatte zu Anfang des Gespräches zu Michael gesagt, er solle zum Ludwig gehen.

Michael wiederholte noch einmal, dass er sich die ganzen Angriffe gegen seine Person nicht gefallen ließe und sie aufgearbeitet würden.

»... nur nicht, dass du denkst, ich würde das alles schlucken.«
»Nein, nein – ich habe noch gar keinen Brief vom Rechtsanwalt gesehen.«
»Ohh! Bertha! Das ist immer komisch: Ich vereinbare immer was mit der Caro und drei Tage später kommt ein Brief vom Rechtsanwalt und da steht dann ganz was anderes drin.«
»Ich weiß von keiner Vereinbarung. Ich weiß von gar nichts. Der Ludwig und ihr habt euch zusammengesetzt.

Michael, du musst auch davon ausgehen: Das Schl. - die Küche hat 28000, zumindesten 25000 Euro gekostet. Das Schlafzimmer ist ein Sparvertrag von ihr gewesen, den wir angespart haben. Das will sie dir alles dalassen.

Und mit dem Haus ist ein sehr, sehr fairer Vertrag gemacht, von öh, öh, öh – ausgehandelt worden. Wir haben euch eine hohe Summe an Geld geliehen, damit es euch gut ging.

Der Ludwig hat dich zum Geschäftsführer gemacht,

damit ihr ein gutes und vernünftiges Leben habt ...«

»*Ich bin hier zum Geschäftsführer gemacht worden, weil wir es so vereinbart haben, damals! Ich sollte hier allein zum Geschäftsführer anfangen ...«*

Andauernd faselte sie dazwischen!

»*... da warst du ganz stolz drauf, hast es überall erzählt. Die Marion käme auf gar keinen Fall hier hin. Dass ich hier Geschäftsführer geworden bin, das ist öh – da haben wir drauf hingearbeitet«,* fuhr Michael fort.

»*Mmh! Ja, ja – so kann man es sehen.*

Der K. die Ma ...«

»*So kann man's seh'n! Ich bin der erste Lückenbüßer, der hier durchgehalten hat ...«* Sie verschluckte den Namen ihrer Tochter:

»*... hat hier plötzlich gesagt,*

ich will das gerne machen.

Und wir haben auch gesehen, dass sie die Fähigkeiten dazu hat.

Das ist ja auch schon lange – ööhhh dann – wie sie dann von Kanada wieder kam

und hat gesagt: »Ich will das gerne übernehmen!

Ich will jetzt BWL studieren und Familienunternehmen.«

»Dann hätte man sagen müssen ...«
    »Deshalb ...«
    »... tut mir leid, da müssen wir mal eben mit dem Michael drüber sprechen. Und das werde ich auch aufführen. Da habt ihr in meiner Familie wieder künstlich Dreck erzeugt.

Und dann hieß es auf einmal:

Die Marion kommt jetzt aber doch!«

»Ja, und was ...«
    »Das musste ich als Tatsache hinnehmen ...« Sie versuchte wieder dazwischenzugrätschen. *»... da wurd' nicht vorher rüber gesprochen – Michael, wir müssen mal überlegen. Die Marion möchte vielleicht doch dabei sein. Nein, das war 'ne Tatsache und fertig!«*
    »Äh! Michael!« Sie fand keine Worte.

224

»Ja, ja! Bertha!«

»Watt willst du denn?

Wolltest du jetzt die Firma erben?

Oder was?«

»Nö! Das haben wir ja – wir haben immer gesagt, ich werde
Geschäftsführer und die Anteile bleiben bei den Töchtern.«
    »Ja, das bist du doch geworden!«
    »Ja, genau!«
    »Ja!«
    »Ja, ganz genau!«

»Und was hat das jetzt noch mit der Firma zu tun?«

Ne, du hast doch damit angefangen - ich doch nicht!«

»Ja! Hö!? Du hast angefangen!«
    »Nö, du hast, ich ...«
    »Du hast gerade davon angefangen ...«
    »Nö!«
    »Das wär falsch gespielt worden und wir hätten niemals -
und wir hätten dir das immer zugesagt. Also ...«

»Nein, du hast mir gerade gesagt der Ludwig ...

»*Ach Mensch, Michael ...!*«, fauchte sie ihn an.

»*... hätte so viel für mich getan und der hätte mich zum Geschäftsführer gemacht. Hatte gar nichts mit dem Haus zu tun! Du hast damit angefangen!*«

»*Überhaupt nicht! Nein, du hast angefangen, Michael!*

Verdreh' mir nicht ständig das Wort im Mund!«

Zum dritten Mal ging Michael darauf ein, dass er die Verleumdungen gegen ihn aufarbeiten werde. Jede einzelne Lüge würde geradegestellt. Die Wahrheit müsse siegen.

Sie wollte das Gespräch erneut beenden, beteuerte abermals, sie habe mit all dem nichts zu tun. Sie habe sich total zurückgezogen. Michael fragte noch einmal gezielt nach.

> »Warum wurden Josi und mein Bruder mit reingezogen?«
> »Wer hat den verhexten Amrosius auf mich gehetzt?«
> »Von wem wussten die Leute die ganzen privaten Dinge?«
> »Warum hat Caro geweint, geweint, geweint?«
> »Was genau hat sie nicht mehr ausgehalten?«
> Auf alle Fragen bekam er die gleiche Antwort:

»*Das weiß ich nicht. Da habe ich nichts mit zu tun!*«

Michael versicherte ihr, dass sie nicht als arme Omi aus dieser Sache herauskommen würde. Seine Hoffnung, dass sich diese Frau noch einmal oder ihre Haltung, ihr Verhalten ändern würde, trug er an diesem Morgen zu Grabe.

Nach einer kurzen Reflexion war er zufrieden mit dem Gespräch. Eine Sache fuchste ihn jedoch enorm: Er hatte sie nicht mit der Tatsache konfrontiert, dass die Zerstörung seiner Familie exakt mit seiner Berufung zum Geschäftsführer begonnen hatte.

Aber was hätte das gebracht? Die beiden Wahrheiten von ihr und ihm waren Lichtjahre auseinander!

An diesem frühen Montagmorgen, dem 20. April 2015, am 65. Geburtstag von Bertha Schmidt, erfolgte die Wende des Krieges.

Nicht am Freitag, an dem er sein Lachen wiederbekam. Nein: An diesem Montagmorgen hieß es endlich:

»Vorwärts Kameradinnen und Kameraden! Wir müssen zurück.«

Von nun an gab Michael den Ton an. Von all dem war nach außen hin nichts sichtbar – über Jahre! Ähnlich wie im richtigen Krieg.

Das Herz dieser Frau war so kalt geworden, dass ihr unendlich großer stinkender Sumpf zu Eis erstarrte.

Kapitel 20   Die unsichtbare Sie in der Amtstracht

Am Dienstagmorgen lag ein Zettel von Marion auf Michaels Schreibtisch: »Bitte Rechtsanwalt Beule anrufen! Danke«. Mit zwei Zeigefingern und Daumen geviertelt flog das Papierchen in den Müll und Herr Schneider ging gewissenhaft seiner Tätigkeit nach.

Am Mittwochmorgen lag ein größerer Zettel auf seiner Tastatur. In ausladenden Buchstaben von Ludwig geschrieben: »Bitte dringend heute Rechtsanwalt und Notar Beule anrufen. Eilt sehr!«

Am Donnerstagmorgen telefonierte Michael mit dem Kunden Fernet aus der Eifel. Das dauerte immer etwas länger. Sekretärin Marianne kam in sein Büro gelaufen. »Guten Morgen, der Beule ist am Telefon. Der wollte dich mal sprechen. Sprichst du noch lange?« Michael nickte hastig.

Eine halbe Stunde später brachte Marianne den Kaffee. »Rufst du den Beule gleich eben zurück?«

»Ja, klar! Mache ich.«

»Beule.«

»Ja, Tag Herr Beule, hier ist Michael Schneider.«

»Tag Herr Schneider!«

»Ich sollte Sie einmal zurückrufen.«

»Ja, Herr Schneider, es geht mir um Ihr letztes Schreiben. Sagen 'se mal, halten Sie es für sinnvoll, dass wir uns noch einmal hier gegenübersetzen? Noch mal sprechen? Denn dieses Schreiben hilft uns ja auch nicht weiter, nicht so wirklich, woll?«

Es folgte eine kurze Blitzkonferenz im Kopf von Michael Schneider.

»Ne, ich hab ähm ...« Noch mal kurze Pause, »... *Sie haben das ja am Rande so ein bisschen mitbekommen, was man – welche Spielchen ich da letztes Jahr da alles mitmachen musste.*

Wenn ich mich, sei es unter Kaufleuten oder sei es unter familiären Mitgliedern, zusammensetze und vereinbare was und wir verhandeln eineinhalb Stunden und wir lassen jeder Federn und einigen uns dann aber. Und wir sagen uns gegenseitig:

»Unser Wort zählt jetzt!«

Dann sehe ich es nicht mehr ein, dass man sich dann noch mal wieder zusammensetzt und wieder nachverhandelt.«

»Worauf bezieh'n Sie das denn jetzt? Auf den Räumungstermin? Oder worauf?«

»Ja, wir haben ja – ich hatte Ihnen das ja auch, öh, in Stichpunkten – das waren drei Punkte, die wir da mehr oder weniger verhandelt hatten.«

»Auch dass Sie wieder Zugang zu dem Haus haben wollen, solange Ihre Frau da noch drin ist?«

»Ja, da war alles zusammen – die, die wir da festgehalten haben, was mit nach Münchhausen soll

»Die Summe war ja unstreitig.«

»Genau! Ja!«

»Die ist ja unstreitig. Es geht darum – einmal um den Räumungstermin – Sie sagen 15. und wir hatten glaube ich gesagt, den 25., wenn ich das richtig im Kopf habe.«

»Genau, ja!«

»Und dann hatten Sie geschrieben – Sie wollten aber jetzt schon immer wieder mal sporadisch ins Haus.«

»Ne, ne, das ist ja nicht richtig.«

Michael Schneider musste nun mit einer dritten, fremden Person telefonisch den vereinbarten Umzugstermin besprechen. Mit einem Rechtsanwalt! Wer wäre bei dem Telefonat nicht eingeknickt? Hätte Michael doch auch einen Rechtsverdreher entsendet, der den Umzugstermin zehn Tage nach vorne legen sollte.

»... Herr Schmidt meint, das wäre Ihre Wunschvorstellung gewesen. Sie hätten das, äh, aber nicht zugesagt.«

»Ne! Das stimmt nicht!«

»Nicht?! Und, äh ...«

»Das war ' ne ganz klare Zusage ...«

Es entstand eine Diskussion, wie lange der Akt eines Umzuges dauert und in welcher Zeit dieser für die Kinder ungünstig sei. Michael fand in der Eile leider nicht sein größtes Argument:

Ein Auszug aus dem Elternhaus ist das Schlimmste, was man Kindern antun kann!

Er ließ sich auf diese sinnlose Debatte ein. Caro konnte sich immer auf ihren Mann verlassen. Auf sein Wort war Verlass gewesen – die ganzen Jahre über.

Caro und Michael allein hätten sich geeinigt! Beide waren fair und gerecht.

Caro mit Papi am Händchen, Mami im Untergründchen und Michael hatten sich geeinigt. Auf Michaels Wort war Verlass – selbst wenn Putin oder der Papst anrufen würden. Er würde sich nicht umstimmen lassen, wenn er sich mit jemand geeinigt hatte. Auf Michaels Worte konnte man bauen: Der Wiedereinzug war am 15.06.2015. So hatte man es unter Eheleute festgelegt. Unter Eheleuten! Nicht nur unter Ehrenmännern, sondern unter Ehrenmänner und einer Ehrenfrau. Caro Schneider war eine. Sie war eine stolze Ehrenfrau. Sie war!

Für Michael war Ludwig Schmidt seitdem kein Mann mehr. Sein Vater bezeichnete ihn als jämmerlichen Waschlappen.

Verlogen und hinterhältig kroch Bertha Schmidt von unten in die Amtsrobe – endlich war sie ein Mann.

Man feilschte um zehn belanglose Tage. War in der Zeit ein besonderer Tag? Beide Termine lagen in der Schulzeit. Alex war noch im Kindergarten. Bei Jan stand der Schulwechsel an. Alle Klassenarbeiten waren geschrieben. Die Noten standen fest. Also, warum so ein Zirkus, so hohe Wellen wegen zehn Tage mitten im Juni? Lediglich der alte Tag der Deutschen Einheit am 17. Juni vor der realen Deutschen Einheit fiel in diesen Zeitraum.

Michael hatte den Auszugstermin bewusst auf den 15. gelegt. Die Alte erkannte zu spät diesen taktischen Schachzug.

Der feine Anwalt wurde nach zwei Minuten hin und her pampig: »*Gut, Herr Schneider*!«, grätschte er in Michaels Argumentation. »*Also – Kommen 'se! Wenn Sie, wenn Sie da nicht kompromissbereit sind, dann äh, dann äh, machen we es weiter schriftlich! Dann hat es ja kein Sinn, dass we sprechen. Ich dachte jetzt, wir vier fän – finden hier doch noch 'ne vernünftige Basis ...«* Er murmelte noch etwas weiter.

»Nein! Herr Beule! Wenn ich mit meinem Schwiegervater und meiner Frau endlich etwas vereinbart habe ...« Marianne kam rein, nahm die leere Tasse vom Tisch und eilte wieder aus dem Büro. *»... und wir endlich diese Sache aus der Welt kriegen. Da finde ich es eine dreiste Unverschämtheit, wie man dann ein Schreiben von einem Rechtsanwalt bekommt. Wo dann die Vereinbarungen wieder aufgeweicht werden. Das wäre das Gleiche, als wenn ich jetzt sagen würde: »Och jo, wir machen jetzt einen Notartermin, aber ich zahle 20.000 Euro weniger. Das wäre doch genauso fies.«*

»Nein, es geht doch nur noch um den Räumungstermin, und da sagen die, der ist noch nicht fest vereinbart gewesen. Sonst ist doch alles ok. Die sind doch sogar bereit, nach Kassel zum Notar zu fahren.«

»Das ist ja deren Pflicht. Das ist ja jetzt kein Entgegenkommen.«

Kurze Pause, dann führte Michael weiter aus: *»Ich finde es eine dreiste – ne Unverschämtheit. Der Schwie – da hab ich – das habe ich dem Herrn Meyer erzählt. Das habe ich meinem Vater erzählt. Ich sag, der Ludwig, der war so kompromissbereit. Der hat sich so – äh, äh mir gegenüber gezeigt – die Caro, die wollte da noch länger und der Ludwig hat mir da fest zugesichert ... dann haben wir uns tatsächlich auf den 15.06. geeinigt ...«*

Das Gespräch verfing sich in Wiederholungen, Michael verteidigte seinen Wiedereinzugstermin.

Herr Beule gab auf: »*Ja, dann müssen we mal sehen, ob der Vertrag zu Stande kommt, wenn Sie das nicht akzeptieren.*«

»*Herr Beule! Wir haben uns geeinigt!*

Und ich finde es eine fiese Nummer. Das habe ich meinem Schwiegervater auch gesagt: »Ich bin von dir enttäuscht. Du hast mir mal gesagt« »Ein Mann, der über 60 ist – da kannst du – da zählt ein Wort noch.« Und das ist genau hier nicht passiert! So was!«

»*Ich war bei dem Gespräch nicht dabei. Ich weiß es nicht. Mir ist es anders gesagt worden.*«

»*Ja, da kann ich Sie verstehen. Klar, Sie ...*«

»*Ja.*«

»*Sie sehen das aus einer anderen Sicht. Ist, ist – kann ich verstehen.*«

»*Herr, Herr Schneider – Sie haben doch dann sofort weitere Forderungen gestellt. Da is – zum Beispiel haben die mir gesagt, da wäre überhaupt nicht drüber gesprochen worden: Dass Sie – wenn, wenn Ihre Frau – wenn Sie die Kinder jetzt haben und Ihre Frau ist nicht da, dass Sie schon ins Haus gehen können und so was alles.*«

»*Nein, nein, das stimmt ja gar nicht! In den Garten! Da haben wir – das haben wir aber auch so vereinbart.*«

Herr Beule stöhnte auf.

Michael legte nach: »*Sehen Sie:*

Hier ist jemand, der immer alles verdreht!

Komischerweise!«

Man diskutierte kurz weiter. Michael regte an, die zukünftigen Gespräche aufzunehmen. Herr Beule schmunzelte dazu und sprach weiter: *»Gut! Ich hatte ja jetzt auch gedacht, Sie hätten Interesse daran, das Haus zu übernehmen.«*

> *»Na, das habe ich auch weiterhin!«*
>
> *»So ...«*

»Wir haben uns auch geeinigt!

Entweder wir machen es so, wie wir uns geeinigt haben. Oder die Sache platzt. Und dann habe ich das gleiche Recht, wie meine Frau beziehungsweise wie ein Eigentümer – dann bleibe ich auch erstmal ein Jahr mietfrei in dem Haus ...«

> *»Das geht doch alles gar nicht ...«*
>
> *»Natürlich geht das! Das ist doch mein Recht. Und dann werde ich mich um den Kauf kümmern, ob wir da nicht noch etwas Besseres rausschlagen und dann kann man es noch verkaufen.«*
>
> *»Ok.«*
>
> *»Ist überhaupt kein Problem!«*
>
> *»Ok, Herr Schneider! Schade, tut mir leid, ich hatte gedacht, wir kriegen's gelöst. Ist aber scheinbar nicht der Fall.«*
>
> *»Nee! Da bleib ich jetzt auch auf meiner – auf mein – auf meiner Vereinbarung steh'n.*

Und da wird kein Euro mehr hoch oder runter und auch keine Stunden mehr hin oder her – das bleibt so, wie vereinbart oder wir knicken den ganzen Kram.«

Päuschen – ein *»ne?«* von Michael kam noch dazu.

»Ich nehm es zur Kenntnis.«
 »Ja, okay!«
 »Jau! Danke!«
 »Ja, bitteschön!«
 »Tschüss!«
 »Tschüss!«

Nach Feierabend fuhr der zweifache Familienvater zum
Elternhaus seiner Kinder. Er ging in den Garten. Er konnte es noch
nicht fassen. All das, was er mit seiner Frau gemeinsam aufgebaut
hatte, war in wenigen Monaten vernichtet worden.
  Michael Schneider hätte diese brutale, unmenschliche
Zerstörungswut nicht durchgestanden, wenn seine Eltern, seine
Schwester, die Nacht am Schrotthorn, die Neutral Zone, der Josef
mit seinem Format, *frage nicht, wie oder was du schreiben sollst –
schreib!* und der Henkel, der am besten schmeckt, nicht gewesen
wären.

Caro kam zu Michael in den Garten wie im letzten Frühling. Die
beiden schauten sich an. »Wir können doch nicht einfach das Haus
der Kinder verkaufen!«, sagte sie.

War das alles nur ein böser Traum? War es nur eine wilde Vision
wie in einer der Nächte der langen Messer nach dem
Schützenfest?

Schon länger war Michael klar, dass es bittere Realität war. Mit seinem Vorhaben, das Haus komplett zu übernehmen, rettete er mehr, als ihm zu der Zeit bewusst war.

Die beiden sprachen kurz. Caro gab ihr Wort, bis zum 14. Juni ausgezogen zu sein. Michael reichte das gesprochene Wort nicht mehr. Er nahm die mündliche Vereinbarung auf sein Diktiergerät am Handy auf: »Caro und Michael Schneider vereinbaren, dass die Caro spätestens am 14. Juni um 23.59 Uhr das Haus verlassen hat.«

»Das ist sonntags abends, ist das.«

»Sonntag abends, allerspätestens.«

»Um 23 Uhr.«

»59.«

Caro lachte, wie sie immer lachte, wenn sie mit Michael rumflachste.

»Kurz vor Mitternacht.«

»Sind Sie damit einverstanden, Frau Caroline Schneider?«

Sie zögerte.

Sie lachte verlegen.

»Ich weiß es noch nicht.«

»Ja, das ist ja keine Vereinbarung.«

»Nein, dann sag jetzt einfach: »Wir machen für nächste Woche einen Termin beim Anwalt und fertig. Und ich versuch, so schnell, wie möglich aus dem Haus zu sein.«

»Ne! Ich will wissen. Ich will, dass der 14.06. steht jetzt!«

»Jaa!«

Am 14.06. hast du das Haus verlassen.«

»Ja!«

Die beiden lachten leise und erleichtert.

Um die letzten Formalitäten zu klären, ging er drei Tage später ein letztes Mal zum gemeinsamen Haus. Caro hatte noch einen Wunsch. Sie wollte die Gartenmöbel von der Terrasse mitnehmen. Michael stimmte zu.

Der Briefkasten vom Boxer, vom ehemaligen Besitzer, war nicht mehr in der Tür. Da hatten die damals noch jungen beiden durchgeschaut und von der gemeinsamen Zukunft geschwärmt.

Die beiden hatten es geschafft, in Freundschaft das Haus im Familienbesitz zu halten. Mit diesem Haus waren die beiden zuerst verbunden – weit vor der Hochzeit, weit vor den Kindern. Michael freute sich! Für seine Caro würde das Haus weiterhin offenstehen.

Für die Caro-2014 wird es verschlossen bleiben.

Und für die Zertrümmerfrau Bertha Schmidt?

Was war los in der Familie Caro und Michael Schneider?

Genau diese Frage stellte Jan seiner Mutter und berichtete seinem Vater genau an dem Tag, als seine Eltern zum letzten Mal gemeinsam zuhause waren nachmittags im Zwischenlager: »Papa, ich habe die Mama gefragt, was bei uns los ist.« Darauf hätte die Mama geantwortet: »Weiß ich auch nicht.« Darauf fragte der traurige Junge, ob das nur Oma Bertha wüsste. Darauf die Antwort der Mutter: »Ich glaube schon.«

Notar Althaus lud die Vertragsparteien ein zur Unterzeichnung in seine Kanzlei in Kassel. Ob man es glauben wollte oder nicht: Einen Tag vor der Unterzeichnung schickten die Eheleute Bertha und Ludwig Schmidt ein Schreiben zu Herrn Althaus. Man habe mit Notar Herrn Beule Rücksprache gehalten und wolle eine Änderung des Vertrages vornehmen.

»Der Auszug aus dem Haus soll auf den 25. Juni 2015 verschoben werden. Weiteren Abwandlungen werden wir nicht anerkennen.«

Notar Althaus rief Michael Schneider höchst persönlich an. Die Sache war schnell aus der Welt. Michael schickte ihm per E-Mail den Einigungsvertrag zwischen Caro und Michael Schneider, welcher von beiden am letzten Verhandlungstag, an dem Michael Caro noch die Gartenmöbel zugesichert hatte, unterschrieben war.

Bertha Schmidt musste ein NEIN akzeptieren!

Am 18. Mai 2015 war es dann so weit. Die Unterzeichnung des Kaufvertrages stand an.

Michael fuhr mal wieder auf den letzten Drücker los. Besonders um Kassel staute sich der Verkehr. Für die Parkplatzsuche blieben noch 10 Minuten. Von weitem konnte er schon das Notarschild mit dem Hessen-Wappen erkennen. Wo sollte er parken? Die Randstreifen der vierspurigen Straßen waren voll, kein Parkhaus weit und breit zu sehen. Rainer Althaus gab ihm noch den Rat: »Fahr zeitig los! Wenn du 30 Minuten zu spät bist, kann der Vertragspartner den Vertrag platzen lassen.«

Michael wollte sich gerade selbst zusammenfalten, als direkt vor der Eingangstür ein Fahrzeug aus einer Parklücke fuhr. Das Glück war auf seiner Seite. Er lachte laut vor Freude. Er war äußerst pünktlich!

Rainer und Anni Althaus begrüßten Michael. Man kannte sich seit vielen Jahren. Die Eheleute Althaus hatten über 30 Jahre lang eine Ferienwohnung in Oberhof gehabt. Der Notar und Fachanwalt für Familienrecht war oft bei Michaels Eltern zu Gast gewesen. Gern erzählte er von außergewöhnlichen Fällen seines Wirkens – natürlich stets anonym, ohne Namen, ohne Details: »Da sagte doch mal ein Mandant zu mir ...«

Von der Familie Schmidt war nichts zu sehen. Um 10:20 Uhr kam Anni, die mit in der Kanzlei arbeitete, in das Wartezimmer, in dem Michael allein saß: »Deine liebe Schwiegermutter hat gerade angerufen, sie sind jeden Moment da. Sie hatte die falsche Ausfahrt genommen.«

»Die hatte sie letztes Jahr schon genommen!«, entgegnete Michael grinsend. Anni lachte herzhaft. »Oh Michael! Deine Sprüche! Wie habe ich sie vermisst!«

Nach einer langen Zeit sah Michael Bertha wieder. Sie sah ihn nicht. Sie erledigte mit ihrem Ehemann eine notarielle Angelegenheit in Kassel. Sie hatte sich fein herausgeputzt. Sie saß da auf dem schwarzen Stuhle, aufgedonnert wie immer, im engen buntgestreiften Kleid, in hohen roten Schuhen. Die langen brünetten Haare hochgesteckt. Noch einen weißen ausladenden

Hut dazu und sie hätte ausgesehen wie Alexis aus Denver-Clan – zumindest von hinten. Alexis war ihr großes Vorbild!

Der Notar lass die Vertragsurkunde vor. Die Beteiligten unterzeichneten und der Kaufvertrag war abgeschlossen, so wie er zwischen Caro und Michael vereinbart worden war.

Warum waren die Eheleute Schmidt in Kassel? Den Darlehnsvertrag konnten diese bei Herrn Beule in Neukirchen in Auftrag geben, er war unabhängig vom Kaufvertrag.

Eine Woche drauf bekam Michael Post von Rechtsanwalt und Notar Beule. Caro und Michael hatten vereinbart, bis zum Umzug von Caro alle Kosten über das Gemeinschaftskonto abzudecken. Das hatten wohl andere Personen anders gesehen. Im feinsten Amtsdeutsch errechnet Herr Beule auf zwei Seiten eine Nettosumme, welche eine Köchin in einem Monat verdienen könne, als nachehelichen Unterhalt. Seine Mandantin, welche diesen Beruf erlernt hat, sei aber mit den Kindern beschäftigt und könne kein Einkommen erwirtschaften. Die Hälfte der Summe rechnete er für die beiden Jungs als Kindesunterhalt noch dazu. Mit dem Geld, für das man keinen Finger krumm macht, wird es sich wohl schön leben lassen.

Michael Schneider kannte sich nicht aus im Unterhaltsrecht – noch nicht! Er wusste, dass die Zeiten aus den 80ern, in denen das Denverbiest Alexis ihr Unwesen trieb, in denen die Mütter mit überhöhten Unterhaltsleistungen ihre ehemaligen Ehemänner und Schatzis an Existenzminimum und Armutsgrenze brachten, längst zu Ende waren. Nicht wenige Frauen hatten sich nach diesem Modell ein Kind angeschafft.

Im 21. Jahrhundert wurde den lieben Mammis durchaus zugemutet, mindestens eine halbe Stelle anzunehmen. Die Kindergärten und Tagesstätten lockten mit Betreuungsangeboten fast rund um die Uhr, sieben Tage die Woche.

Für Michael war klar: Die Arial-Bcule-Buchstaben stammten weder von dem Rechtsverdreher noch von Caro, welche nie etwas mit Zahlen zu tun haben wollte.

Zahlen auf dem Papier schrieb immer der Pappi – weit über das 18. Lebensjahr hinaus. Zahlen im Hinter-, im Untergrund waren das Steckenpferdchen des stets unschuldigen Berthaleinchens.

Michaels These legte zu Grunde, dass nach Berthas Vorstellung ihre Schönheit, ihre erste Million und ihre hübschen Töchter zum Zeitpunkt des Falles der Berliner Mauer
für eine komplette Generation von der Evolution und Inflation unberührt blieben.

Doch die Mutter Natur oder der Vater im Himmel machten auch bei ihr keine Ausnahme.

Michaels Psychoanalyse legte das Verhalten seit Anfang 2014 der alt gewordenen Dame als Beweis aus: Bertha Schmidt spielte der Natur einen Streich. Sie radierte einfach 25 Jahre aus und vollzog eheliche Maßnahmen an ihrem Schwiegersohn, welche sie an ihrem eigenen Manne ursprünglich durchführen wollte.

Das Schreiben des Herrn Beule unterstrich seine noch frische These. Sie war noch jung. Sie war zwar ausgeschrieben, musste aber reifen! Sie war nur in seinem Manuskript zu lesen. In einem Kapitel wollte er sich der Gier nach Geld widmen.

Die Eheleute waren noch nicht geschieden. Der Ehemann und der ältere Sohn sogar noch voller Hoffnung. Dennoch wurde versucht, aus dem Haus Kapital zu schlagen. Unterhalt sollte in extrem hohen Beträgen fließen. Michael sprach in sein Diktiergerät:

»Geld, Geld, Geld!

Der Alten geht es nur um Geld.

Nein!

Der Alten ging es immer nur ums Geld!

Ludwig sagte früher schon: *Bertha, wenn du dich mit deiner Schwester unterhältst, ist jedes dritte Wort »Geld«!*«

Schnell zückte er ein Blatt Papier von der Fensterbank in der Zwischenlage-Küche,

»Die Fahrzeuge!«

und notierte:

1. Geldtat: Schenkung wurde nach Geschäftsführer-Ernennung aufgehoben.

2. Geldtat: Ich bekam einen Firmenwagen. Caro bekam ein neues Auto – bezahlt von dem Familienauto und Caros Wagen, welche die Schmidts bezahlten = 100 % Kapital wieder zurückgeflossen. Geschickt!

3. Geldtat: Veräußerung der Haushälfte

4. Geldtat: Forderung hoher Unterhaltsleistungen

Die Notiz legte er sorgfältig ab, ebenso das Schreiben des Rechtsanwalts Beule. Den Ordner »Notizen« schob er behutsam an seinen Platz. Den Ordner »Anwalt« schoss er mit voller Wucht ins Regal.

Tags drauf gab es noch einmal einen Versuch der Versöhnung: Auf weißen Stühlen saßen sie zusammen. Michael spürte Caros Wärme. Das Fremde nahm zu. Dennoch glühte das Fünkchen Hoffnung vor sich hin. An dem Tag leuchtete es besonders hell.

»Sie haben sich doch mal geliebt! Sie haben sich kennengelernt und eine schöne Zeit erlebt. Sie haben gemeinsam zwei wunderbare Kinder bekommen. Vielleicht sollten Sie beide mal in sich gehen. Die schönen gemeinsamen Jahre, das gleiche Denken! Wo ist das denn alles auf einmal hin?«, trug Frau Dr. Naujoks mit ruhiger Stimme vor.

»Das frage ich mich auch – fast jeden Tag!«, gab Michael leise zur Antwort.

Frau Dr. Naujoks schaute zu Caro, welche traurig vor sich hinschaute. Sie ließ die Frage noch eine Weile im Raum stehen.

Die Chefärztin Frau Dr. Naujoks saß wie eine Freundin vor den getrenntlebenden Eheleuten. Sie strahlte eine Gelassenheit, eine Ruhe eine besondere Weisheit aus. Sie war selbst verheiratet und hatte auch zwei Kinder. Eine Karrierefrau, eine Powerfrau, welche auch nicht jeden Tag unbeschwert verbringen würde, welche sich anstrengen musste, um den fordernden Beruf und der Verantwortung als Mutter gerecht zu werden. Die Chefärztin hatte den beiden im Antwortschreiben an Michael ein Gespräch angeboten.

Nach eineinhalb Stunden fuhren die Eltern von Jan und Alex wieder getrennt zurück. Für deren Eltern, besonders für Bertha, war die Ehe längst beendet.

Warum war diese Frau so von Hass erfüllt?

Auch Michaels Mutter sagte immer wieder: »Das wird nichts mehr!« Ja selbst Michaels Optimismus schwand von Tag zu Tag. Das gemeinsame Haus wäre um ein Haar unter den Hammer gekommen. Die vielen Stunden im Haus, auf der großen Sonnenterrasse – Caros Lieblingsplatz – all das Glück, all die Lebenslust schienen gemeinsam mit dem Namen Caro Schneider aus dem Grundbuch für immer ausgelöscht.

Berthas Gründlichkeit, Berthas Penetranz zeigte wieder ihr Gesicht: Exakt an dem Tag, als sich das Schriftwort des deutschen Scheidungsrechtes erfüllte: »Ein Jahr von Tisch und Bett getrennt«, flatterte der Scheidungsantrag in Michaels Briefkasten im Zwischenlager.

Michael legte den Antrag ab, im Ordner »Rechtsanwalt«. Für ihn bestand kein Handlungsbedarf. Nicht, dass er die Scheidung nicht wahrhaben wollte. Das war der Antrag einer fremden Frau. Michael Schneider hat seiner Frau das Wort gegeben. *Ich halte zu dir in guten und in schlechten Zeiten.* Es war eine schlechte Zeit. Die schlimmste Zeit lag in der Vergangenheit.

Michael würde sich nicht von seiner Frau trennen.

Wenn sie sich trennen wollte, dann musste sie es tun. Er würde es nicht machen! Für ihn war beim Öffnen des Briefes klar: Kommt es zur Scheidung, stehe ich im Gerichtssaal auf und werde sagen:

»Ich stimme dem Antrag nicht zu!«

Die letzten Tage im Zwischenlager brachen an. Michael schaute auf die Spülmittelflasche und dachte an die nette junge Verkäuferin an der Kasse. Er strahlte vor sich hin. Noch vor einem Jahr hatte er auf die Rose in der Vase auf dem Küchentisch mit den vier Blüten geschaut und war in Tränen ausgebrochen. Jeder noch so unbedeutende Gegenstand, den er damals anblickte, hatte ihn an seine Frau erinnert, besonders in den Stunden bei der Firma Quandt kurz vor Weihnachten. Diese Gehirnströme waren mittlerweile ausgetrocknet. Die Quellen des neuen Denkens sprudelten.

Die Lagerzeit ging zu Ende, bald würde er wieder zuhause sein.

Am 10. Juni war Zahltag. Michael hatte sich freigekauft. Das Haus gehörte rechtlich gesehen seit dem Tag ihm allein. Der Auszug folgte am Samstag drauf. Sein Vater gab ihm den Rat, sich neben den LKW zu stellen, um zu kontrollieren, was mitgenommen würde. Er konnte es nicht. Wenn er auch beim Anblick einer Spülmittelflasche an eine andere Frau oder auch bereits im letzten Sommer hoch oben in den Bergen an die Frau mit den langen Beinen dachte. Es ging nicht! Hier zog nicht nur seine Frau aus. Hier zogen seine Frau, seine Caro, die Oskis, die Mutter seiner Kinder und seine beiden Söhne aus. Das konnte er sich nicht mit anschauen, wie die Kinderbetten in den LKW geladen wurden.

Michael war sich sicher, dass mehr mitgenommen würde als vereinbart – diese Menschen waren schlecht. Der Umzugstermin! Der musste eingehalten werden. Dafür hätte Michael noch 30.000 Euro draufgelegt. Bertha wusste nichts davon. Ludwig hätte sonst 60.000 Euro mehr rausschlagen müssen.

Alex und sein Vater bastelten bereits Einladungskarten mit Strohhalmen für den besonderen Tag. Alex freute sich auf das Fest.

Kapitel 21   Der 17. Juni

Die Umzugskartons waren gepackt. Sie standen seit 10 Monaten in der Besenkammer. Seine Kleidung legte er in seine drei Wäschekörbe. Den Aufwand des Umzuges konnte man mit dem Packen für einen zweiwöchigen Badeurlaub gleichsetzen.

Die Wohnung brauchte nur durchgewischt werden. Die drei Herren liefen nur auf Socken durch das Haus. Die wenigen Möbel hatte Michael bereits eines anderen Abends gesaugt und gewischt. Die Dusche wurde nach jeder Benutzung trockengewischt. Die Möbel wollte sich Rena abholen. Den Küchentisch, der in Michaels erster Wohnung, in der Wohnung der Oma gestanden hatte, nahm Michael mit. Seine Schwester brauchte ihn nicht. Dieser Tisch war ihm wichtig. An dem hatte er viele Stunden mit seiner geliebten Großmutter gesessen. Alle seine Freundinnen hatten gerne an diesem Tisch gefrühstückt. Michaels Denken lernte dazu: Nicht seine Caro hatte daran gesessen, sondern alle seine vorherigen Freundinnen.

Dieses schlichte Holztischchen würde noch eine ganz besondere Aufgabe bekommen.

Die blaue Couch verblieb in der Wohnung. Viele Jahre später wird Rena Michael schreiben:

»Vossi hat die blaue Couch zum Sperrmüll rausgestellt
    ... wenn die erzählen könnte! ;)«

Das Zwischenlager! Wochen, ja Monate hatte Michael gebraucht, um sich endlich im Bett der Schwester schlafen zu legen. Seine

Jungs hatten ihn zu sich gelockt. Für die drei war es ein Erlebnis gewesen, sie waren nun eine Erfahrung reicher. Das erste Mal hatte sich Michael am 2. Advent in der Mietwohnung heimisch gefühlt. Die Jungs sagten später, dass sie es schön fänden in der Wohnung. Das Getrennt-Wohnen wäre besonders für die Kinder sehr angenehm geworden.

Zwischenlager! Wie viele Flüchtlinge leben auf der Welt in Zwischenlagern? Von allen Lagerinsassen hatte es die Männerfamilie Schneider am komfortabelsten. Das Ende der Zeit war abzusehen gewesen. Die Behausung war modern und freundlich. Zu keiner Zeit hatte es an etwas gefehlt.

Lager! Wie viele Menschen waren im Zweiten Weltkrieg in Lagern zu Tode gekommen? Familien wurden brutal auseinandergerissen. Diesen Vergleich behielt Michael Schneider bei:

»Aus den Augen eines Vaters ist es unwichtig, wer

die Familie zerstört!«

Ein Führer mit einem Millionen-Heer
oder eine Führerin, Millionen schwer.

Er wird sie dafür nicht hassen. Die Mutter Natur hatte ihn gelehrt, wie man böse Gedanken neutralisieren kann.

Die Liebe zu seiner Frau schwand von Tag zu Tag, von Woche zu Woche. Der strenge Abstand hat die Gefühle weggesperrt.

Für ein lebenslanges Hinterherheulen war Michael zu jung. Immer öfter war er in die freie Welt des dritten Frühlings abgetaucht. Immer öfter hatte er in Clubs abgefeiert, vor allem im Helgeland.

Das Zwischenlager hatte ihn frei gemacht. Die drei hatten das Lager überlebt.

Zur Flucht verdonnert und verurteilt, vertrieben von Tisch und Bett, war er in eine neue Dimension katapultiert worden.

»Du kannst wieder ins Haus«, schrieb ihm Caro Sonntagabend um 21 Uhr. Er wollte sich schon die Jacke anziehen und los. Stopp! War das eine Falle? War der Kaufvertrag zunichte, wenn er einen Tag zu früh das Haus betrat?

Michael blieb vorsichtig. Er stellte sich den Wecker und fuhr am Montag ganz normal in die Firma, obwohl es vor Neugierde in ihm kochte.

Ludwig kam zweimal in sein Büro. Mit der Person redete er nur noch das Nötigste. Die Enttäuschung gegenüber ihm war groß! Auf das: »Ich bin so enttäuscht von dir« entgegnete dieser einfach: »Wir sind auch enttäuscht von dir.«

Marion kam dreimal in das Büro Schneider. Das Verhältnis zu ihr war entspannt, doch die Tage des gemeinsamen Arbeitens waren gezählt. Polter-Hermann kam an diesem Morgen auch überdurchschnittlich oft vorbei.

Das waren alles schlechte Zeichen. Alle drei kamen rein wie die Tatort-Kommissare. Der erste Blick schoss sofort in Michaels Gesicht. Hatte er schlecht geschlafen? War er schon im Haus? Hat er es schon gemerkt, dass wir …

»Hast du mal wieder die Fußleisten nicht bestellt? Du Oberpflaume!«, fauchte Hermann.

Michael holte sich mittags eine Kleinigkeit vom Bäcker und machte pünktlich um 17 Uhr Schluss. Die Spannung stieg. Er bog in die Straße ab. Klauken Mutter, die im ersten Haus wohnte und meistens um die Uhrzeit im Garten war, winkte nicht mehr. Sie wohnte nun in einem Altenheim.

Die Straße war leer, Kinder spielten nicht auf der Straße, obwohl es ein sehr schöner Sommerabend war. Der Wagen kam vor der Haustür zum Stehen. In den Carport traute er sich nicht. Wie fremd ihm alles war!

Michael stieg aus, ging zur Haustür und gab seinen Zahlencode in die Tastatur ein. Sofort öffnete die Tür. Langsamen Schrittes betrat er sein Eigentum. Im Eingangsbereich sah es gut aus. Die Garderobe und das kleine Sideboard standen an ihren Plätzen. Es roch leicht unbewohnt – als wäre man schon vor Wochen ausgezogen. Der ausladende Wohnbereich mit dem 15 Meter langen Panoramafenster und der integrierten Küche erinnerte ihn an den Tag, als der neue Holzboden fertig verlegt war und der kleine Jan vor Freude durch das ganze Haus rannte.

Das stimmte ihn für einen Moment traurig. Das alles, was er nun wieder sah, war für seine Kinder. Hier sollten sie groß werden.

Der Optimist in ihm kam wieder durch: Hier würden sie ja trotzdem großwerden: In der zweiten Hälfte ihrer Kindheit halt nur ein Drittel der eigentlichen Zeit.

Der antike Eichenschrank von Oma Klara stand nicht mehr an der langen Wand.

Michael staunte über seine Gelassenheit. Er lebte in einer Mietwohnung. Er hatte auf einem Feldbett und im Zelt geschlafen. Eichenschränke und Rasenmähertrecker sind materielle Dinge. Die Wertigkeit für Material war nach den Torturen der letzten Monate enorm gesunken.

Wenn man an so einer Stelle auf seinem Lebensweg ausharren muss, schwindet der Hang zu materiellen Werten extrem. Hier gibt es verschiedenen Varianten. Die Schlimmste wird sein, wenn man neben dem Material auch keinen Sinn mehr für die geistigen Werte findet.

In der »Schneider-Version« verschob sich die materielle auf die geistige, auf die seelische Wertschätzung. Dies führte dazu, dass der junge Mann viel deutlicher seine Lebensfreude wahrnahm. Es hatte wiederum den Nachteil – wie das so ist auf diesem Planeten – dass die Unlust am Leben ebenfalls krasser zu spüren war, der Lebensekel ein paar Jahrzehnte zu früh in Erscheinung trat.

Der massive Eichentisch mit den acht Stühlen stand ebenfalls nicht mehr an seinem Platz vorm Panoramafenster. Eine schicke Liege würde sich an dieser Stelle gut machen.

Auf dem ausgebleichten Teppich im Schlafzimmer zeichnete sich ein großes dunkelblaues Quadrat mitten im Raum ab, auf dem einst das übergroße Boxspringbett gestanden hatte.

Michaels Besichtigung endete im Keller. Auch damit hatte er gerechnet. Doch er hatte nicht am LKW stehenbleiben und zuschauen können, wie man das Haus leerräumte. Das konnte er noch nicht. Dafür war er noch viel zu schwach.

Mit dem Rasenmähertrecker wird Bertha Schmidt wohl hinter dem LKW hergefahren sein, weil darin kein Platz mehr für sie war.

Zufrieden bis neutral nahm er sein Eigentum an – keine Freudensprünge, keine Wiedereinzugsparty. Noch wusste Michael nicht, was er da für einen Joker in den Ärmel gesteckt bekam. Wenn sein Vater nicht gewesen wäre – wer weiß, wie sich dann die Eigentumsverhältnisse geklärt hätten.

Draußen vor der Garage rappelte es. Kam der Abrissbagger von Bertha? »Lass ihn das Haus kaufen. Wenn er drin ist, schieben wir es mit der Planierraupe platt und dann ist er weg!«

Ein seltsames Zischen hörte man durch das geschlossene Tor. Dann schepperte es.

Michael ging vor das Haus. Der Alte, der befreundeten Bauunternehmer, brachte den bestellten Sand. Michael erschrak zunächst über die Menge.

Der Alte klopfte mit einer Schüppe den letzten Sand aus der Kippmulde. »Na, will'ste de Schwiegermutter entsorgen?«

Michael lachte laut. Das war typisch der Alte. Seine Sprüche waren weltbekannt. »Nein, nein – der ist für unsern Garten.«

Der Alte wusste nicht, mit welcher Schwiegermutter man es im Hause Schneider zu tun hatte. Noch gab Michael die Bitte an seine Eltern und seine Schwester raus, die Familiengeschichte in der Familie zu belassen.

Der Sand war für den Garten. Aber am 17. Juni diente er als Überraschung.

Am 17. Juni hatte Alex Geburtstag.

Deshalb fertigten sie die Einladungen mit den Strohhalmen für Alex Freunde an: für die Strandparty im Schneider-Garten.

Der 17. Juni, »getarnt« als 15. Juni, war der größte Streitpunkt im Kaufvertrag gewesen. Wobei die zwei Tage vor dem Geburtstag auch als Vergeltungszeichen gewertet werden konnten: Bertha hatte zwei Tage vor dem Geburtstag von Alex ihre Tochter und Enkel an sich gezogen.

Geschickt hatte Michael den 15. Juni als Einzugstermin gewählt. Er wusste, an dem langen Wochenende vom 17. bis 21. Juni waren die Kinder bei ihm.

Die Kindsmisshandlung vom 17. Juni 2014

»Das ist unser Treppenstein!«

sollte sich nicht wiederholen!

Am Mittwochabend holte Michael die Jungs zu sich. Die beide staunten nicht schlecht, als sie den riesigen Sandberg vor der Garage erblickten.

»Sollen wir da drauf rennen, Jan?«

»Erst zieht ihr alte Sachen an!«, schob der Vater schnell ein. Zwei Minuten später waren sie auf dem Sandberg. Die Nachbarskinder kamen herbeigeeilt. »Hat dein Vater extra den Sand für dich geholt, Alex?«

»Ja!«, strahlte der Kleine und war mächtig stolz: »Kommt! Wir bauen eine Burg!«

Bis in die Nacht gruben und buddelten sie. Am Tag drauf kamen nachmittags noch ein paar Kinder dazu. Sie bauten eine Burg und eine Kugelbahn. Nach dem Kuchenessen ließen sie mit dem Gartenschlauch Wasser durch die Rinne laufen und verlängerten den Auslauf quer durch den Garten.

Oma Christel war den ganzen Tag mit im Einsatz. Sie backte Waffeln und versorgte die wilde Truppe mit Getränken. Vor dem Essen der Bockwürste am Abend packte Alex seine vielen Geschenke auf der Terrasse aus.

»Papa, das ist der schönste Geburtstag meines Lebens!«

Caro kam vorgefahren. Sie brachte ein Geschenk mit. Was macht man in so einer Lage? Sie hatte ihren Mann per Gericht vom Grundstück gejagt. Nun besetzte er den Grund und Boden. Was für eine Kunst! Michael ging auf sie zu und rief zu den Kindern rüber: »Alex, schau! Die Mama ist da!« Sollte er ihr Grundstücksverbot erteilen? Michaels Mutter ging ins Haus. Sie konnte die Frau nicht mehr sehen. Sie hatte großes Leid über ihre Familie, über ihren Sohn, über ihren Mann und über ihre Enkel gebracht. Auch wenn Michael sie beschützte. Nein, Frau Schneider Senior wollte Frau Schneider Junior nicht sehen.

Er rief ein zweites Mal: »Alex, schau mal, die Mama ist da.« Caro blieb auf der Straße stehen. Ein Fuß war in der Regenrinne des Pflasters von Michaels Grundstück.

Zwei Menschen standen sich gegenüber. Ihr Sohn hatte Geburtstag. Caro stand da, wie Michael sie schon oft gesehen hatte. Der fremde Blick der letzten Monate war weg. Sie stand vor ihm in frecher Jeans und weißem Top. Am liebsten hätte er sie bei der Hand genommen und auf die Wiese geführt. Aber es ging einfach nicht mehr.

Die Regenrinne schien ihm wie eine tiefe, unüberwindbare Schlucht.

»Sie sind beide sehr verletzt!«, hatte Frau Doktor Naujoks vor ein paar Tagen zu den Eheleuten gesagt. Michael hatte seine Frau aber nicht verletzt! Wer hatte sie dann verletzt?

Langsam kam Alex zur Straße. Er sagte nichts. Er stellte sich hinter seinen Vater und schaute seine Mutter nicht an, die mit einem großen Paket und zwei bunten Luftballons auf ihn wartete. Vor zwei Jahren hätte Alex sie vor Freude angesprungen. Nein! Hätte er nicht. Jan hätte es gemacht. Alex war ein ruhigeres Kind.

Wobei: Bei seinem Vater, im Zwischenlager, beim Hüttebauen und den Abend zuvor auf der Sandburg war er sehr temperamentvoll!

Genau da wollte Michael Schneider niemals hin! Wie oft hatten Caro und er Filme geschaut, in denen die Eltern getrennt waren. Nun war er mittendrin in so einen blöden Trennungsdrama.

Genscher, der mit im Mietshaus Voss gewohnt hatte, war der Erste, welcher sich damals in Oberhof hatte scheiden lassen. In Michaels Familie gab es keine Scheidungen.

Jan fragte Anfang 2014 seine Mutter: »Mama, wollt ihr euch scheiden lassen?« Michael und Caro waren erstaunt über die Frage gewesen. Sie antwortete damals: »Das würden wir niemals machen.«

Vor zwei Jahren wäre Alex auf seine Mutter zugegangen und hätte sich an ihre Beine geklammert. Vor zwei Jahren wäre Caro nicht erst am späten Nachmittag gekommen. Familie Schmidt startete die Geburtstage der Familienmitglieder immer mit einem gemütlichen Frühstück. Das war an diesem 17. Juni auch so - ohne die Mama.

»Schau mal, Mama hat dir ein so schönes Geschenk mitgebracht.« Michael ging in die Hocke und streichelte dem Kleinen über das Köpfchen.

Caro ging ebenfalls in die Knie und lächelte dem Kleinen zu.

Langsam ging er auf sie zu. Sie nahm ihn in den Arm. Michael stand wieder auf.

Schreien hätte er können!

Es war alles noch so frisch. Über die tiefen Wunden der Seelen zog sich nur langsam eine neue Hülle.

»Wenn du magst, kannst du mit in den Garten. Wir haben noch Kuchen«, kam es aus Michael heraus. Er hütete das Fünkchen Hoffnung wie den wertvollsten Edelstein der Erde. Die Zeit war kalt und stürmisch. Ständig drohte das Fünkchen für immer zu erlöschen. Es war zu kalt. Es wärmte nicht.

»Nein, ich fahre wieder. Ich wollte nur dem Kleinen gratulieren. Ich habe auch noch einen Kuchen gebacken.«

Sie ging zum Wagen und nahm den Kuchen von der Rückbank, ein typischer Oski-Geburtstagskuchen: ein Rührteig mit Schokoladenguss drüber, mit bunten Schokolinsen garniert. Caro ging wieder zur Einfahrt. Sie sah nicht das fröhliche Treiben der Kinder. Sie sah nicht die überdimensionale Sandburg, aus der das Wasser sprudelte.

Caro nahm ihr Söhnchen noch einmal in den Arm. Dann stand sie auf und schaute Michael an. Was dachte diese Frau? Michael nahm ihren vertrauten Duft wahr.
    Die beiden blickten sich für eine kurze Zeit an. Jede Umherstehende, jeder Umherstehender hätte gesagt: »Na los! vertragt euch wieder!«

Außer diese Eine! Und genau das war eine zu viel.

Caro ging wieder zu ihrem Auto. Sie setzte den Wagen zurück. Sie blieb eine Weile vor dem Haus stehen. Dann fuhr sie an der Garageneinfahrt vorbei. Sie trug eine Sonnenbrille.

Alex hatte von den Spannungen, von den Wellen, von dem glühendem Fünkchen nichts mitbekommen. Mit dem Geschenk und den Luftballons lief er freudestrahlend zu seinen Freundinnen und Freunden.

Kapitel 22   Ich – die Bertha und meine Tochter müssen!

Am kinderlosen Wochenende drauf stieg die komplette
Belegschaft der Firma, außer zwei Hand voll Mitarbeiter, mit
denen sich Hermann am liebsten zoffte und die nicht auf der Fahrt
ein gutes Betriebsklima mimen wollten, um 6:30 Uhr in zwei
Busse. Ludwig fuhr im zweiten Bus.

Michael erkannte das Signal. Seit 6:36 Uhr stand es auf Rot.
Stand es auf 180 Grad. Stand es auf Umkehr.

Hermann und Marion saßen zusammen. Beim Vorbeigehen
schaute Herrmann aus dem Fenster. Marion sagte überfreundlich:
»Guten Morgen!«. Herrmann schaute aus dem Fenster. Für
Michael eine unübersehbare Botschaft: »Was meinst du, wie
schnell wir dich wieder los sind, mein Freund!« Aus dem »Der
Andreas, du und ich – wir müssen zusammenhalten!« Wurde ab
dem 26.06.15, 6:36 Uhr ein »So einen Geschäftsführer, den wird
man doch ganz schnell wieder los!« Die ganze Fahrt über saßen
die beiden zusammen.

Doch so schnell ging es nun auch nicht. Es ging genau so vor
wie bei der Zerstörung in der Familie. Es fing langsam – kaum
spürbar - an und es ...

Für Michael war klar: Es war der Startschuss für die
Rückvergütung der Eigenleistung. Er freute sich auf sein Projekt:
Das Buch über gestörte Löwen wird direkt im Löwenkäfig
geschrieben.

Am Montagmorgen fuhr er wie gewohnt den Rechner hoch, holte
sich eine Flasche Wasser, öffnete das Fenster und schaute in den

jungen Morgen. Die Vögel sangen besonders schön. Eine Amsel setzte sich in den alten Apfelbaum und sang Michaels Lieblingssolo. Der ganze Vogelchor war wie der junge Mann am Fenster: nicht zu bremsen!

Er ließ das Fenster eine Weile offen. Zügig öffnete er eine Schreibdatei und haute in die Tasten, als wenn er den Auftrag seines Lebens, als wenn er diesen herrlichen Gesang da draußen auf einem Blatt Papier verewigen müsse. Ein frischer Wind zog auf. Michael ging wieder zum Fenster und schaute noch einmal in den Sommermorgen.

Er erschrak! Am Horizont stand ein alter Mann mit langem weißen Bart. Am blauen Himmel erstreckte sich ein langes Wolkenband. In der Mitte formten die dunklen Wolken die Figur eines alten, weisen Mannes. Es sah aus, als würde der liebe Gott aus dem Himmel auf die Erde herunterschauen.

Michael schaute sich dieses besondere Bild an und meditierte eine kurze Weile. Dann ging er zurück an seinen Schreibtisch und blickte noch einmal aus dem Fenster. Er lächelte. Ihm vielen wieder die Worte vom alten Pfarrer Heinrich ein: »Den lieben Gott dürfen wir uns nicht als alten Mann vorstellen, der mit einem langen weißen Bart aus den Wolken zu uns herunterschaut.« Wie treffend dieses Wolkenbild zu diesem Zitat passte!

Seine Finger tippten und tippten. Sein Manuskript nahm Form an. Nach einer Stunde speicherte er die Datei ab in seinem privaten Ordner und schickte sie per Mail an seinen Laptop.

Am dritten Tag schrieb er die sechste »S&M-Seite«.

Hermann Meyer kam in das Büro gestürmt. »Was ist mit dem Fernet-Autrag? Mann! Ist das immer eine Scheiße!«

Er stand an der Tischkante. Der Bildschirm zeigte an:

MOBBING BEWEISBAR MACHEN

Wie kannst du die Taten beweisen?

Mit diesen Regeln:

1. Schreib alles auf!

Lege ein Tagebuch oder einen Kalender an und trage alle ungewöhnlichen Handlungen ein. So wirst du schnell eine Regelmäßigkeit oder eine Taktik erkennen können.

2. Spiel mit!

Bleib auf deiner Linie und verteidige sie – ehrlich und fair. Ein Mobb (eine Mobbing-Aktion) soll meistens zu einem schnellen Fall des Opfers, zu einem schnellen Erfolg der Täterin, des Täters führen.

Übe dich in Ausdauer und Fantasie. Was will die Täterin/der Täter erreichen? Wo soll ein Schaden zugefügt werden? In den meisten Fällen erreichen diese ihre Ziele. Das wirst du nicht vermeiden können. Aber je länger du den Mopp-Akt hinauszögerst und mit deinen Aktionen »bereicherst«, desto mehr Beweise werden geliefert.

Mobber/innen fühlen sich meistens sehr siegessicher. Nutze dies aus, stelle ihnen Fallen.

3. Schweig!

Erzähle niemanden von deinem Verdacht. Auch nicht deinen engsten Freund/innen. Besonders innerhalb der Familie.

Michael rollte mit dem Stuhl zurück. »Was ist denn wieder scheiße?«

Hier spielte er nicht mit dem Feuer! Wollte er erwischt werden? Er setzte einen ganzen Urwald in Brand. War er lebensmüde?

Der Bildschirm stand leicht schräg. Aus Hermanns Perspektive konnte man die Zeilen lesen. Michael stand später auf und prüfte die Ansicht. Hatte Hermann das nicht sehen wollen? War er kurzsichtig? Das wäre die perfekte Vorlage für eine Abmahnung, für einen Rausschmiss gewesen.

»Ja, du hast die Fußleisten wieder zu spät bestellt. Mann! Ist das immer eine Scheiße! Zeig mir mal den Auftrag. Den finde ich nicht hinten im Auftragsregister.«

Michael schaute erst durch den Stapel auf seinem Schreibtisch, dann in einer Schublade. »Hier ist er doch. Und da steht es: Auslieferung in vier Wochen. Die Leisten kommen Ende der Woche. Es läuft alles nach Plan.«

»Ich habe die Dielen aber schon fertig! Mann, Mann, Mann ...«, Hermann Meyer knallte die Tür zu und war wieder weg. Michael hatte die Leisten nicht zu spät bestellt. Der unfehlbare Herr Meyer hatte den Fernet-Auftrag um drei Wochen vorgezogen. Teamplayer war dieser Hermann nie gewesen, was als Chef jedoch nicht auffiel.

Ende der Woche waren zehn Seiten Manuskript geschrieben. So ging er seit der Betriebsfahrt vor, Tag für Tag, Woche für Woche.

Die Auftragslage war wieder sehr gut. Die Ferienzeit begann. Aber die Kunden bestellten und bestellten. Trotz der täglichen Manuskriptstunde wollte Michael nach wie vor seiner Verantwortung als Geschäftsführer gerecht werden. Ab dem kommenden Wochenende würden die Kinder für drei Wochen zu ihm kommen. Er musste sich etwas einfallen lassen, um Manuskript, Firma und Kinder unter einen Hut zu bekommen.

Schon seit Monaten, eigentlich bereits seit Jahren wurde ein Teil der Arbeit mit nach Hause genommen. In den letzten Herbst- und Osterferien, wenn die Jungs eine Woche bei ihm gewesen waren, war Michael morgens für zwei Stunden in die Firma gefahren. Das hatte reibungslos funktioniert. Die Kinder standen nie vor neun Uhr auf. Ihr Vater kam um acht Uhr zurück, brachte frische Brötchen mit und deckte liebevoll den Frühstückstisch.

Jan, der für sein Alter schon sehr vernünftig war, der seit der Trennung ab und an in die Rolle des ganz großen Bruders oder Ersatzvater schlüpfen musste, konnte schon mit dem Telefon umgehen. Michael programmierte die Anlage so, dass er nur auf Kontakte und auf die eins drücken musste. Einmal machten sie einen Test-Notfall. Jan musste seinen Vater anrufen: Kontakte, eins gedrückt – schon klingelte Michaels Handy.

»Morgen üben wir das noch mal.«

»Das brauchen wir nicht Papa. Das ist doch ganz einfach! Ich habe dich doch schon öfters auf dem Handy angerufen, wenn wir bei Mama waren. Die hat auch deine Nummer gespeichert.«

Das war ein Plan! Zur Not würde er die Manuskriptstunden ausfallen lassen und diese nach der Kinderzeit nachholen.

Es war alles klar geregelt: mit den Kindern, zwischen den Eheleuten. »Es wird wohl nun endlich Ruhe einkehren«, so Michael zu seinen Eltern.

Kapitel 23 Der letzte Schlagabtausch: Sie oder er?

Nein! Es kehrte keine Ruhe ein! Direkt am Montagmorgen sorgte ein Untier für Unruhe!

Nach langer Zeit kam Ludwig Schmidt mal wieder früh morgens um sieben Uhr ins Büro. Seine Bürotür knallte nicht zu wie sonst üblich. Er versuchte, sich so leise wie möglich zu verhalten. Sofort leuchtete die rote Lampe auf der Telefonanlage hinter dem Namen Schmidt. Nach wenigen Sekunden erlosch sie wieder.

Es dauerte keine zehn Minuten, da blinkte das schmale rote Lämpchen hinter dem Namen Schneider. Das Display zeigte an: »Zuhause ruft an.« Michael nahm sofort ab.

»Papa, wir können nicht schlafen. Die Oma Bertha ruft hier immer an.«

»Wartet! Ich bin sofort zuhause.«

Der Fuchs Michael ließ sich nichts anmerken. Leisen Schrittes ging er in die Fertigung und verließ über den Mitarbeitereingang die Firma. Hermann war in seinem Büro in seinen Bestellungen vertieft.

»Na warte! Du falsche Schlange! In deinen langen Balg werde ich erstmal einen Knoten ziehen!«

Michael eilte nach Oberhof, ging in den Garten und wählte das Haus Schmidt in Münchhausen an:

»Hallo? Hier ist Michael Schneider.«

Der Empfang war schlecht. Michael lief schnellen Schrittes durch den Garten.

»Hallo?« Die Gegenseite meldete sich, man konnte sie aber nicht verstehen.

Dann stand die Leitung: *»Der Jan fragt, warum ihr hier immer anruft.«*

»Ich habe einmal ...«

»Nein, der sagt dreimal! Es hätte so lange geschellt immer. Der konnte gar nicht schlafen.«

Der Empfang des Handys war immer noch schlecht. Er ging ins Haus. Der Akku des Haustelefons war fast leer. Er steckte das Telefon in die Ladestation und wählte die Nummer zum dritten Mal.

Jan kam aus seinem Zimmer. Michael legte wieder auf. *»Papa, meine Wasserflasche ist leer.«*

»Dann kannst du dir eine Neue holen. Komm, wir rufen die Oma eben an.« Jan holte sich eine neue Flasche und ging wieder in sein Zimmer. Er wollte noch ein wenig schlafen. Michael drückte auf Wahlwiederholung.

Nach dem ersten Tut meldete sich die Dame: *»Schmidt!«*

»Hier ist nochmal Michael. Anscheinend ist unser Akku leer oder wir haben einen schlechten Empfang.«

»Ja, das kann sein!«

»So: Warum ruft ihr hier morgens um sieben an?«

Pause.

»Michael! Weil wir Sorge haben, dass die Kinder allein sind.«

»Das sind die jetzt schon öfters gewesen. Da habt ihr doch gar nichts mit zu tun. Die steh'n unter meiner Obhut.«

»Die Caro, die ist vollkommen fertig hier.«

»Ach, schon wieder? Ich dachte, der ginge es jetzt so gut.«

»Die hat noch kein Telefon, das klappt nicht mit der Telekom …«

Der Mieter vor ihr hatte eine einwandfreie Telefonverbindung gehabt.

»… das ist noch nicht – sonst hätte die angerufen. Die ist vollkommen fertig hier.

Weil sie die Kinder nicht sieht.«

»Ja! Warum sieht sie die denn nicht?«

»Ja?!«

»Warum habe ich sie denn letztes Jahr sechs Wochen in den Ferien nicht gesehen?«

»Das ist ja noch eine ganz andere Situation. Da war die Caro bei uns.«

»Ich hab letztes Jahr – hätte ich drei Wochen – drei Wochen hätte ich letztes Jahr Anspruch gehabt in den Ferien.«

»Bitte?«

»Ich hätte letztes Jahr drei Wochen Anspruch gehabt auf die Kinder in den Ferien! – Habe ich freiwillig drauf verzichtet.«

»Michael, das weiß ich ja gar nicht.«

»Ja, ich aber!«

»Ja, ich weiß das ja gar nicht.«

»Ja, du weißt nie was. Das weiß ich auch schon.«

»Weiß ich gar nicht – was, was – letztes Jahr ist die Caro bei uns hier im Haushalt gewesen. Du hast mich auf's tiefste verletzt und beleidigt. Das gibst du selber zu.«

»Ich hab gesagt du bist 'ne falsche Schlange und das – mittlerweile sag' ich, das bist du sogar!«

»Und dann – was, was, hö? Was? Noch mal bitte, das gleiche.«

»Wie, was denn noch mal bitte das Gleiche. Du muss mal besser zuhören.«

»Du wiederholst das! Das möchte ich nochmal hören. Das habe ich nicht verstanden.«

»Hasse nicht verstanden? Ich hab gesagt, dass du die beste Schwiegermutter vonne Welt bist.«

»Na dann ist's doch gut.«

»Na siehst du.«

»Bin ich doch immer, oder nicht? Wir haben uns doch immer super verstanden und ich war wirklich immer nett und freundlich zu dir und ...«

»Ja, und warum hast du mir dann Hausverbot gegeben, beim Alex auf dem Geburtstag?«

»Bitte?«

»Warum du mir Hausverbot auf dem Treppenstein auf Alex Geburtstag gegeben hast.«

»Weil du mich verletzt und beleidigt hast bei deiner Mutter im Wohnzimmer, bei euch Wohnzimmer – bei euch im – bei deine –

bei euch unten im Wohnzimmer, bei deiner Mutter im
Wohnzimmer.«

Sie meinte den einen Abend, wo sie nach der großen Aussprache,
an der sie nicht teilgenommen hatte, eine Woche später gekommen
war. An dem sie fünf Minuten im Wohnzimmer von Michael und
Caro gesessen hatte und dann vier Stunden in der Küche von
Michaels Eltern, in die sie einfach unangemeldet, uneingeladen
hereinspaziert war.

»Weil du mich verletzt und beleidigt hast ...«

So wie er Caro verletzt haben soll?

Wie viele Spielchen waren schon bis zu dem Abend auf ihre
Veranlassung betrieben worden? Und dann die arme, beleidigte
Memme spielen? Eine wahre Intrigen-Königin!

»Wo hab ich dich denn da beleidigt?«

»Verletzt und beleidigt und unmöglich behandelt ...«

»Sag mal 'ne Tatsache!...

... Wo? Wie? Wo habe ich dich da beleidigt?«

Du hast mich beschimpft!«
    »Wie? Ich hab dir gesagt, ich möchte mit dir ein Jahr nicht
mehr an einem Tisch sitzen ...«

»... du hast zu mir gesagt – diese verdammten Meyers!«

»Wann habe ich das denn gesagt?«

»Ja unten bei euch im Wohnzimmer – mit dir rede ich kein Wort mehr. Mit dir sitze ich nicht mehr an einem Tisch...

Waren das Beleidigungen?

... Was wolltest du denn dann hier?«

»Ich hab dir gesagt, ich möchte ein Jahr lang mit dir nicht mehr am Tisch sitzen ...«

»Ja und was ...«

»... und ich bin nach Münchhausen gefahren und wollte nur meinen Sohn gratulieren.«

»Ja, konntest du doch!«

»Ne! Du hast mich doch rausgeworfen! Du hast mich doch vom Treppenstein geschubst!«

»Was?« Sie lachte verlegen und abfällig.

»Ich habe dich aus unserem Flur geworfen!

Und ich habe gesagt, du solltest auch bitte von unserem Treppenstein verschwinden!«

»Genau! Ganz genau!«

»Ja, ganz genau! Und was wolltest du hier, wenn du mit mir nicht mehr an einem Tisch sitzen willst?«

Michael fiel leider nicht die passende Gegenfrage ein: »Warum wurden die Kinder zwei Tage vor Alex Geburtstag aus ihrem Elternhaus gerissen?« War er ein unmöglicher Ehemann und Vater? War er gewalttätig? War Michael Schneider so ein Tyrann, wenn er sonntags den Frühstückstisch deckte? Ersparte man den Kindern und auch der Mutter zwei Nächte lang den Rohrstock? Die Peitsche?

»In deinem lupenreinen Flur und auf deinen frisch geschruppten Treppenstein stand kein Tisch!«, wäre auch eine nette Antwort gewesen.

»... sollte ich dann ...« Kurze Stille » ... stehen und du wolltest sitzen, oder wie hast du dir das ...«

»Bertha! Ich hab ver – ich wollte den Kleinen drücken und wollte ihm sagen: »Herzlichen Glückwunsch zum Geburtstag und dann wieder fahren!«

»Ja, kannst du ...«

»Da brauchtest du vor den Kindern nicht so einen Terror veranstalten, der demnächst überall zu lesen ist.«

»Ja ich freue mich darauf! Wir warten alle darauf!«

»Ach, da freust du dich auf noch drauf!?«

»Ich freue mich auf das – wann erscheint das Buch denn?«

»Wer redet denn jetzt von einem Buch?«

»Ja, du redest doch die ganze Zeit von einem Buch!«

»Ich hab nicht ein Wort von einem Buch gesagt.«

Sie lachte verlegen und abfällig.

»Ach ...« Pause »... du hast mir doch vor sechs Wochen gesagt, dass du ein Buch schreibst.«

»Ja, das mache ich ja auch. Aber da habe ich doch gerade nichts von gesagt.«

»Ach! Gerade nicht!«

»Nö.«

»Sechs Wochen – jetzt redest – hast du doch gesagt.«

»Was?«

»Du hast doch gerade gesagt, du – wir würden demnächst alles lesen.«

»Ja, aber ich hab doch nichts von einem Buch gesagt.«

»Wo soll'st denn dann stehen? Auf'm Blatt Papier, oder wo?«

»Ja, ganz genau!«

»Ja, dann iss ja ...«

»Ja, du glaubst doch wohl – das Jugendamt weiß es schon. Die Schulen – die, ähm die ähm – die Therapeuten, Ärzte wissen's auch. Und die haben ziemlich mit dem Kopf geschüttelt, als die das gelesen haben.«

»Bitte?«

»Die haben ziemlich mit dem Kopf geschüttelt, als die das gelesen haben.«

»Was gelesen?«

»Ja, die, die Aktion da auf dem Treppenstein! ...«

Stille

»... das gibt's schon zu lesen.

Die Fachleute haben das alles schon vorliegen.«

»Dann iss'es doch gut!«

»Ja ist es – ja die, die sagen, wie können denn Menschen so mit einander umgehen? Sagen die.«

»Du hast mir vorgeschrieben,

dass du mit mir nicht an einem Tisch sitzen willst.«
    »Ja, das hat mit der Sache aber nichts zu tun.«
    »Ja, natürlich! Weswegen – was willst du denn in unserem Haus, wenn du mit mir nicht an einem Tisch sitzen willst? Warum kommst du dann in unser Haus – du willst mit mir nicht an einem Tisch sitzen! Willst du an unserem Tisch sitzen und ich soll stehen? Oder wie hast du dir das gedacht?«

Man achte hier auf ihre Dreierregel: Dreimal sagen! Dann bleibt's im Kopf.

Und: Die wichtigste Mobbingregel:

Aktionen ausblenden – Reaktionen ins Rampenlicht!

... »Bertha! Ich wollte den Kleinen gratulieren und wieder fahren. So habe ich es auch der Caro gesagt.«

»Ja! Das weiß ich aber doch nicht!

Du hast mir – ich hab – ich hab schon – du hast hier in unserm Flur nichts zu suchen.

Es ist mein Haus!

Du willst hier nicht mit mir an einem Tisch sitzen ...«
     »Und warum sagt mir die Caro das nicht vorher am Telefon: Du hast hier Hausverbot. Komm besser nicht hier hin?!«

»Das habe ich dir da erst gesagt!«

»Jo, komisch! Woll!? ...«
     »Da hab ich's dir ...«

»Das ist, das ist deine tolle Art! Woll? Terror zu veranstalten!«

»Ja!«, entgegnete sie leise, röchelnd.

»Warum ruft der Ludwig denn heute Morgen sofort nach euch an?« Pause. »Was sind das für Spielchen?«
     »Was für Spielchen? Was für ...«
     »Ja, der Ludwig ruft dich an, du rufst hier an ...«
     »Ja, wir wollten ...«
     »Diese Terrorspielchen ...«

»Nein! Wir woll'n mal gucken, ob die Kinder allein sind.«

»Oh! Soll ich denn bei euch jetzt auch immer um halb sieben anrufen und gucken, was die Kinder machen?«

274

»Ja, das kannst du machen. Die werden ...«

»Och, das ist aber schön, Mutti! Das ist aber toll.«

»Ja, wir werden die Kinder – die werden in der Zeit nicht allein sein. Wir lassen die Kinder nicht allein, nicht eine Minute.«

»Und wo war die Caro, wo der Jo und der Alex die Hecke geschnitten haben, bei uns im Garten mit scharfen Werkzeugen?«

»Die ...«

»Wo war die Caro denn da?«

»Da war'n die nicht alleine – de, de – wir haben das gesehen!«

»Ach ihr habt zugeguckt, wie die die Hecke schneiden?

Ah so! 'N Sechsjähriger und 'n Fünfjähriger schneiden 'ne Hecke allein und ihr guckt zu.«

»Was denn ...«

»Habt 'er alles richtig gemacht!«

»Wovon sprichst du überhaupt?«

»Ja, ich spreche von der Aufsichtspflicht deiner Tochter.«

»Was denn ...«

»Wo war den die Caro, als der Alex mit einem 20 Zentimeter langen Messer auf 'n Spielplatz ging?« Kurz Ruhe »Wo war sie da denn?« Ich kann dir noch mehr Geschichten erzählen, die hier mittlerweile von Zeugen gesehen worden sind. Wo die Kinder hier allein waren und die Caro eigentlich die Aufsicht hatte. Können wir gerne machen. Können wir gerne auch noch aufzählen.«

»Da weiß ich ja alles gar nichts von.«

»Ja! Das weißt du alles immer nicht!«

»Nein, das weiß ich nicht.«

»Ich weiß es aber!«

»Was denn für eine Hecke geschnitten?«

»Ja, unsere Gartenhecke haben die geschnitten. Ich komm hier nach Hause, fahre auf's Grundstück. Und Jo Hölter und Alex Schneider schneiden bei uns die Hecke.« Kurz Ruhe.

»Ja super! Da kann ja nicht einer mal 'ne Hand in die Heckenschere kriegen – nö! Ist alles kerngesund! Ne? Unter Zeugen ist das gesehen worden.«

»Ach Michael.«

»Soll ich das auch mal zum, zum – was ach Michael?«

»Man kann vernünftig reden.«

»Ja, machen wir doch.«

»Ja, ganz genau und jetzt hör doch mal ...«

»Und der Jan hat mich sofort - ich hab – dem Jan das Telefon da hingelegt. Ich sag: »Jan, ich bin morgens in der Firma. Wenn was ist, rufst du mich an.« Und kaum hast du hier deinen Terror beendet, hat der Jan angerufen: »Äh, Papa, ich kann nicht schlafen. Die Oma Bertha ruft immer bei uns an.«

»Die Oma Bertha hat einmal angerufen ...«

»Nee! Die hat dreimal hier angerufen! Ich hab's hier im Telefon gespeichert.«

»Das weiß ich gar nicht.«

Michael wurde lauter: »Ich weiß es aber! Und ich kann's auch belegen, auch!«

»Ja ...«

»Also jetzt pass mal so langsam auf hier! Ne? Ich kann mittlerweile so viel belegen, wie viel Terror du veranstaltest. Dass es schon mittlerweile peinlich wird für dich!«

»Es ist überhaupt nicht peinlich. Es geht nicht, dass die Kinder morgens allein sind ...«

»Natürlich geht das!«

»Ja, natürlich, das geht nicht!«

»Das kann ich verantworten. Ein zehnjähriger Junge darf morgens auch mal allein sein. Das ist 'ne ganz klare Sache, ist das.«

»Ja.«

»Wo war er denn, wo die Caro ins Fitnessstudio gefahren ist sonntags immer. Ist doch auch einfach immer abgehauen und hat die Kinder hier allein gelassen! Was ist damit denn?«

Stille.

»Kann ich dir nichts zu sagen.«

»Ja, da kannst du auf einmal wieder nichts zu sagen. Komisch, woll?

Oh Bertha, pass mal auf: Du hast dir hier den Falschen ausgesucht.

Und das kannst du deinem Persil-Anwalt auch sagen!

Michael Schneider, der weiß noch, was er sagt!

Guten Abend!«

Michael legte auf und deckte in Ruhe den Frühstückstisch.